翘摇 著
别对我动心
Falling in love
完结篇
江苏凤凰文艺出版社
JIANGSU PHOENIX LITERATURE AND ART PUBLISHING

图书在版编目（CIP）数据

别对我动心. 完结篇 / 翘摇著. -- 南京 : 江苏凤凰文艺出版社, 2023.4(2024.3重印)
ISBN 978-7-5594-6773-7

Ⅰ. ①别… Ⅱ. ①翘… Ⅲ. ①长篇小说－中国－当代 Ⅳ. ①I247.5

中国版本图书馆CIP数据核字(2022)第062391号

别对我动心. 完结篇

翘摇 著

责任编辑　周颖若
特约编辑　鲁　赞
封面设计　吴思龙 @4666 啊
出版发行　江苏凤凰文艺出版社
　　　　　南京市中央路 165 号，邮编：210009
网　　址　http://www.jswenyi.com
印　　刷　嘉业印刷（天津）有限公司
开　　本　880mm × 1230mm　1/32
印　　张　10.125
字　　数　263 千字
版　　次　2023 年 4 月第 1 版
印　　次　2024 年 3 月第 3 次印刷
书　　号　ISBN 978-7-5594-6773-7
定　　价　48.00 元

目录

Contents

江城ONE
HC互娱
翘摇街站

o(>w<)/

语音通话

【**糯米小麻花**】向你发起了语音通话。

拒绝　　接听

34

这天晚上，岳千灵在床上翻来覆去没睡着。

本来她都快调整好心态了，结果顾寻来这么一出，竟让她想起了更多不堪的回忆。

比如，“我换工作当然是为了追他啊，不然呢？还能是为了梦想？”

又比如，“唉，不当我男朋友长那么帅干吗！真是的。”

……

一想到这些她极力在顾寻面前隐藏的羞耻面，全都一字不落地被他亲耳听到，岳千灵便想找个洞自己钻进去。

以至于第二天早上，她头昏脑涨地醒来，决定在家里自闭一天，连外卖都不想点，怕一出门又跟顾寻迎面撞上，提醒他自己曾经犯过的那些花痴。

她就在家里简单煮了一些速冻的食物解决了一日三餐，其他时候则是裹着一条小被子窝在电脑前打游戏，连手机都没看一眼。

到了晚上，因为接了妈妈的电话，她才不得不看了一眼手机。

中午小麦在群里叫嚷着打游戏，叫了她好几次，见她没有动静，这场游戏最终没有组成。

可惜躲得过初一，躲不过十五。

到了周一，岳千灵不得不出门工作。

她七点半就起了床，简单地收拾了一下，火速离开这个是非之地。

到公司时，一层大厅的保安都才刚刚上班，电梯里也没什么人。

一路走到自己的工位都没遇到什么熟人，岳千灵总算松了口气。

不过游戏公司常年有人通宵加班，办公区永远有人坐着，岳千灵的出现也不算太突兀。

她放下东西，在座位上趴了一会儿，被一个人拍了拍肩膀。

“你今天怎么来这么早？”

岳千灵抬头，黄婕站在她面前，手里端着两杯咖啡。

“邻居装修，睡不着，就早点过来了。”

“谁家大清早就装修啊？这可以举报了！”

岳千灵有气无力地点了点头，黄婕便把其中一杯咖啡递给了她。

“谢谢啊。”

岳千灵只当是黄婕给她买的，接过就喝了一口。

黄婕：“刚刚在楼下遇到了顾寻，他请我喝咖啡，说顺便给你也带一杯。喏，你喜欢的冰美式。”

咖啡刚入口，冰凉的感觉刺激着口腔，并且在同一时间得知是顾寻买的，岳千灵突然呛住，弯腰猛咳了起来。

“怎么了？！”黄婕连忙帮她拍背，想到什么，突然揶揄地笑，“至于惊讶成这样吗？”

顺过气后，岳千灵用纸巾擦着嘴，低声道：“没有，我例假要来了，不能喝冰的。”

黄婕了然：“哦，那你快去喝点热的。”

但那么大一杯咖啡摆在岳千灵桌上，余光总是能瞥见，阴魂不散地提醒着岳千灵她想忘记的事情。

手边正好有一支马克笔，岳千灵转头盯着咖啡看了几秒，突然拿起笔，在上面画了个栩栩如生的大乌龟。

一个上午过去，岳千灵没再动过那咖啡一口。

大家都起身出去吃饭了，因为天气太热，岳千灵不想动，便订了个外卖。

接到外卖电话时，她目光再次注意到那杯咖啡。

里面的冰块已经融化，液体变成不均匀的浅咖色，已经分层，还有些许沉淀物。完全不能喝了。

岳千灵想了想，将它拿起来，朝外面走去。

站在电梯前，岳千灵四处看了看，发现背后就有一个垃圾桶，于是她又转身，走到垃圾桶前，盯着杯上的大乌龟出了会儿神，随后摇了摇脑袋，径直将咖啡杯丢了进去。

“砰”的一声，砸出一道闷响。

但她准头不是太好，咖啡杯砸到垃圾桶边缘时溅出几滴，直接飞到了衣服上。她烦闷地“啧”了一声，拿出纸巾擦了擦衣服。

不耐烦地把纸巾揉成团扔进垃圾桶后，岳千灵一转身，倏地和顾寻四目相对。

电梯门不知道是什么时候打开的，由于没有人进去，此刻正在合上。里面站满了人，没有空位，而顾寻就站在最前面。

他紧紧盯着岳千灵，两人的目光遥遥相对，在空气里激荡出轻微的涟漪。

岳千灵还没反应过来，顾寻的视线便移到她身后的垃圾桶上。

沉默两秒后，他紧抿着唇，在目光黯淡得太明显之际收回视线，垂下了眼，不再看她。

电梯门徐徐合上，他也逐渐消失在岳千灵的视野里。

不知为何，顾寻刚刚那个眼神竟让岳千灵感觉到一阵恍惚，莫名哽了一下。

她在原地站着，没有再上前。

直到下一趟电梯停在这里，有人走了出来，岳千灵才如梦初醒一般连忙走进去。

整个下午在埋头工作中过去。

下午六点半一到，岳千灵是唯一一个高效率完成了工作任务的人。

她收拾好东西，礼貌性地跟尹琴打了声招呼，然后准备离开。

黄婕突然叫住她："你等我一下吧，我马上做完了，晚上一起吃饭？"

岳千灵看了一眼时间，俯身在她耳边说："我要去楼上。"

"楼上？"黄婕想了一下，忽然明了，"你去第九事业部啊？"

岳千灵点点头。

上周五她和卫翰约定好之后，也把这件事情告诉了黄婕。当时黄婕觉得她给自己找麻烦，白白牺牲自己休息的时间。但见岳千灵一脸雀跃，她也没说什么。

岳千灵拿上东西离开后，尹琴敲了敲鼠标，似闲聊一般问："她去第九事业部啊？干什么呢？"

"没干什么呀。"黄婕拿笔挠了挠额头，并不想跟尹琴和盘托出，随口道，"找朋友玩呗。"

尹琴喃喃地"哦"了一声："她人脉还挺广的嘛。"

第九事业部没有硬性规定的上下班时间，平日里很多人几乎是住在了公司。

不过这个时间点大多数人都去吃饭了，岳千灵一路走到卫翰的办公室，途中并没有遇到顾寻。

卫翰正在吃外卖，见岳千灵来了，让她稍微等了一会儿，随后狼吞虎咽地吃完饭，一边用手机通知开会，一边带着她往会议室走去。

两人坐下没多久，原画师、3D 建模师，以及策划们都陆陆续续进来了。

有的人岳千灵没见过，有的略微眼熟，大家简单地打了个招呼后，卫翰指着一个年轻男人，问道："阿正，你先来吗？"

宿正是第九事业部的游戏策划，他打开投影仪，开始发言。

西格莉德的原画进度依然停滞不前，大家已经在这个人物上尝试了无数条路，依然没有得到满意的结果，这些曾经的思路反而组成了迷宫，让大家都在这样的思维中走不出去。

而这些迷宫，在初次到来的岳千灵面前是不存在的。

她只知道西格莉德最初的人物设定，思考也由此出发。虽然很多想法不成熟，但像是带着大家回到了几个月前刚刚开始设计西格莉德的时候。

他们时不时纠正一下岳千灵对西格莉德理解不合适的地方，在这个过程中，顺便也找到了他们最初的想法。

那些曾经走过的弯路对他们的思维禁锢在回归初心的过程中渐渐变淡，一群人聊到最后，像是进行了一场大脑清理。虽然空白了一大片，却又感觉有无限可能。

卫翰长叹了一口气，这就是他急需一个合适的新人加入的原因。

四个小时下来，卫翰说得口干舌燥，却没感觉累。

见天色已经不早了，他才关上电脑，说道："大家先回去休息吧。"

想了想，他又说："千灵，你有什么想法也可以直接跟阿正聊。"

岳千灵闻言，朝宿正笑着说："好的，宿策划。"

她上一次像这样真正感受到游戏设计的乐趣，还是在校招跟一群人进行无领导小组讨论的时候。

"别这么客气。"宿正挥挥手，"叫我'阿正'就可以了。"

会议到此结束，离开时，宿正和岳千灵并肩朝电梯走去。

刚刚的会议上，他和岳千灵在很多想法上都一拍即合，初次见面却像多年的老搭档一样。离开的时候，他还滔滔不绝地继续着刚才的话题。

"其实我之前也提出过尝试克苏鲁风格，但是吧，咱们画了太多次西格莉德了，不管怎么设计，总跳脱不开旧思路——"他说到一半，突然停下，朝身旁的人打了个招呼，"顾寻，才走啊？"

岳千灵闻言，神经下意识绷紧了些。

顾寻不知什么时候站到他们旁边的，无声无息，淡淡地看着电梯门，像是没注意到他们一般。

“下楼买杯咖啡。”

宿正对他们开发部的工作时间见怪不怪，也没多问。

而岳千灵听到“咖啡”两个字，又想起中午扔掉的那杯咖啡，以及顾寻那……似乎有点委屈的眼神。

她低头，看见衣服上那片被咖啡弄脏的小污点，嘀咕道：“大晚上喝咖啡，还睡不睡了。”

没承想隔着一个宿正，顾寻还是把她的话一字不落地听了进去。

还是关心他的。

也没那么绝情。

顾寻微不可察地笑了笑，平视着电梯，说道：“咖啡对我没有提神作用。”

岳千灵挑了挑眉，侧头看他：“那你……”

顾寻也看了过来，视线越过宿正，落在她眼里。

“就是喜欢而已。”

岳千灵对上他直勾勾的目光，总觉得他话里有话，可又品不出是什么意思。

正好电梯门开了，她立刻别开脸，头一个跨进去。

短暂的电梯下降时间宿正也没放过，和岳千灵聊了两句，直到电梯停留在一层。

只有岳千灵和顾寻走了出去，而宿正要去负一层开车。

走了两步，岳千灵突然停下，转身喊道：“阿正！”

并排的顾寻脚步突然也跟着一顿。

阿……正？

阿正？！

他侧头看向岳千灵，而她根本没有注意到他的视线，两三步走回电梯，拿出手机对宿正说：“咱们加个微信，我一会儿要是有什么想法，可以在微信上随时跟你聊。”

听到“微信”两个字，顾寻想到自己还“躺”在黑名单里，耳朵顿时就像扎了一根刺。

然而他的目光盯得再紧，岳千灵也没注意到，跟宿正互相加了好友后，她一边改着备注，一边从他身边走过，头也没回。

买了咖啡回到 HC 互娱大楼，顾寻耳朵里还在回响“阿正”两个字。

就在他们关系最好的时候，岳千灵也没这么亲热地叫过他吧？

她和宿正才认识多久？

顾寻越想越觉得可笑。

半个小时后，手机振动了几下。

已经放假的小麦成天无所事事，晚上不睡白天不醒，这个时候又在群里问有没有人打游戏。

骆驼：我不来，我明天要上班。

骆驼：你问问她 @ 糯米小麻花。

小麦：她应该也很忙吧，一天都没说话了。

她不是忙，顾寻无奈地想，她只是不想跟他们说话而已。

然而没一会儿。

小麦：小麻花又跟别人玩双排[①]去了。

顾寻目光倏然一紧，像是有什么感应似的，立刻打开游戏。

左边好友栏里，果然显示岳千灵在游戏中。

而宿正，恰好也在游戏中。

第六感告诉顾寻，这两人在玩双排。

可他却不信邪似的，非要点进去观战。

果然如此。

顾寻支起一条腿，背靠在椅子上，偏着头看着这两人。

---

① 游戏术语，即双人组队模式。“单排”即单人模式，“四排”即四人模式。

他们已经进入决赛圈，岳千灵也已经跑进了安全区，而宿正还在跟毒圈赛跑。没一会儿，宿正便因为吃毒过多倒在了毒圈[1]里。

看到这里，顾寻抬了抬眉，心想岳千灵指定在语音里把他骂得狗血淋头。

然而下一秒，他却看见岳千灵掉头，千里迢迢地跑过来扶宿正。

但这圈子实在太毒了，刚扶起宿正，岳千灵自己又倒了。

于是宿正又去扶她。

结果一样，扶起一个，另一个立马倒下。

顾寻就眼睁睁地看着这两人像亡命鸳鸯似的坎坎坷坷地进了安全区。

跟岳千灵认识这么久，他什么时候有过这待遇？

哪次不是他在毒圈里来不及跑了，岳千灵还让他要死就先把药丢给她再死。

她什么时候冒着生命危险千里迢迢回来救过他？

算了。

顾寻倏地按灭了屏幕。

宿正这人在第九事业部有着“游戏王语嫣”的称号，他工作能力很优秀，对市面上各款游戏也非常熟悉，谈起来简直如数家珍。

可惜就是菜得不行。

就岳千灵这脾气，最多忍他两局。

半个小时后，顾寻又拿起了手机，打开游戏，不可置信地眯了眯眼。

居然还没退出游戏？

他再次进入观战视角，眼前的场景让他开始怀疑岳千灵是不是被盗号了。

---

① 游戏术语，即淘汰圈。若在规定时间内仍未离开毒圈，游戏角色将会掉生命值直至角色死亡。玩家一般将逃离毒圈称为“跑毒”。

她……居然把身上的 AWM 狙击枪……给了宿正？

顾寻自己和岳千灵打游戏的时候，别说 AWM 狙击枪，就是一把 M24 狙击枪，她哪次不是跟他抢得头破血流？

现在她居然就这么让给了宿正？

而且她让给高手顾寻还可以被当作是她想上分。

但让给这么一个菜鸟……

怎么，在哄人？

35

顾寻在观战视角听不到队内语音，体会不到岳千灵有多绝望。

她只是晚上回来想打会儿游戏放松一下，便一个人上号打算玩单排，正好游戏好友列表里出现了她刚刚加的微信好友宿正。

宿正也刚上游戏，看见岳千灵上线，立刻就拉了她组队。

因为顾寻，岳千灵觉得第九事业部的人打游戏一定都是高手，便同意了。

谁知道他第一把就落地成盒[①]。

岳千灵想，大概是他运气不好。

第二把落地成盒时，她发现不对劲，去看了看宿正的 KD[②]，被那个数字惊得半天说不出话。

谁又能想到，堂堂第九事业部的游戏策划，在会议室说起自己的想法时头头是道，而真的上手玩游戏时却能菜成这样。

人菜就算了，偏偏瘾还特别大。

“扶我起来！我还能再战！”这句话岳千灵在两三把游戏里起码

---

① 游戏术语，指玩家刚落地开始游戏不久就被敌人淘汰。

② KD 指在游戏里的杀人数与死亡数之比（kill/death）。KD 越高，能力越强。

听了五六次。看着自己的分数大段大段地掉，她突然萌生了一种公司快要倒闭的感觉。

宿正人菜就算了，理想还特别大，看不上稳定的使用 5.56 毫米子弹的枪支，就喜欢用伤害性高的使用 7.62 毫米子弹的枪支。他又不会压枪，抖得就像得了帕金森综合征似的，把把得到的称号都是“人体描边大师”。

但宿正态度又特别好，当他拖累了岳千灵，立刻就态度端正地道歉。

“对不起对不起，我的错，我下次不犯了，我下把努力。”

这么一说，岳千灵反而不好意思骂人。

但道歉有用吗？

宿正真的菜到令人发指，梦想还特别大——最菜的手指，要用最猛的枪。

到后面，骂又不好骂，岳千灵完全呈躺平姿态，就当是做慈善了。

想要猛男枪？给你。

想要大狙击枪？没问题。

想要 AWM？你拿去玩儿吧。

好不容易进入决赛圈，岳千灵辛辛苦苦趴在草地里，蠕动了半天，找到一个绝佳的位置，准备偷袭对面山头的一队人。

就在这时，身边的宿正一枪走火，响彻天际。

随着那声巨响，岳千灵的心态彻底崩掉。她感觉自己的电竞生涯得到了升华。

然后她从容地从背包里掏出窜天猴，点燃。

宿正还特别捧场：“哇！这个新出的特效不错！我记下来了！”

岳千灵也笑：“哈哈，漂亮吧。”

对面的敌人就没见过这么张狂的人，开枪吸引他们的火力就算了，还生怕他们定位不到位置似的，燃起了烟花。可敌人提起枪想干吧，又怕对面是在钓鱼，有埋伏。于是敌人也警惕地按兵不动，可是又有点心有不甘，于是也放起了烟花。

岳千灵第一次在决赛圈里和敌人拼着放烟花，便开了公麦：“对面的大哥，迟来的新年祝福送给您。”

对面也不甘示弱：“客气客气，相逢就是缘，我谨代表我方队友给您拜个早年。”

岳千灵终于理解到了什么叫作“比赛第二，友谊第一”。

约定的五把游戏结束，岳千灵感觉自己像经历了一场心灵的洗涤。

电子竞技，不存在的。

下线的时候，宿正还说：“和你打游戏很开心，下次还找你。”

岳千灵像个神经病一样笑了起来：“我从来没有过这种游戏体验，非常感谢你。”

退出游戏后，岳千灵看着天花板放空大脑。

这一天晚上，岳千灵一闭上眼就会想起她那垮掉的分数。

她不知道自己是什么时候睡着的，混混沌沌进入梦乡，又是一场激烈的战争。

而这次和她并肩作战的是顾寻。两人的配合比以往任何一次玩双排还要默契，一路横扫千军，把把都是冠军。

每一局结束，岳千灵都在计算自己的得分，到最后补上她和宿正玩双排掉的分后，她激动地睁开了双眼。

看着黑漆漆的房间，岳千灵发了一会儿呆，从来没这么怀念过和顾寻一起打游戏。

殊不知住在她隔壁的那个男人，在看见她给宿正放烟花时，差点儿没把自己炸成一朵烟花。

第二天早上，岳千灵照常出门上班，看见自己门上贴了一张小广告。

她将字条摘下来看了两眼，感觉奇怪，又转身去看顾寻的门。

他那里怎么没有？

怎么，打广告的还区别对待吗？

岳千灵狐疑地又走近了几步，想看看是不是已经被他撕掉了。就在这时，面前的门突然开了。

目光撞上的那一刻，岳千灵下意识就转身想走。

刚迈出一步，却听到顾寻的声音："我就知道。"

他大概在想自己走到他家门口一定是别有目的。

岳千灵只好转身，提着气，尽量让自己看起来很坦荡。

"我门上被贴了小广告，只是想看看你家门上有没有。"

顾寻："我不是说这个。"

岳千灵不明所以地抬头看他。

顾寻往前走了一步，反手关上门，"咔嗒"一声，楼道感应灯亮起。

明亮光照下，他脸上的倦容十分明显，睫毛垂下时，还能看见眼底泛着轻微的红血丝。

他垂下头，直直地看着岳千灵："我就知道，你现在完全不想理我。"

他的声音不大，只够岳千灵一人听见，低低哑哑的，像靠在她身边耳语一般。

那不是怕尴尬吗？

岳千灵转过身，背对着顾寻，想顺顺气，却发现自己的心情怎么也整理不好。

两人成天抬头不见低头见的，藏着掖着也不是办法，索性坦白吧。

"那我有什么办法，你什么都知道，就我一个人被蒙在鼓里被你看笑话，我还怎么面对你？"

"看你笑话？"顾寻仿佛听见了什么不可置信的事情，声音突然高了些。

看见岳千灵执拗的背影，他无声地叹了口气，又放柔了声音："我就算再不堪，也不至于去看一个女孩子的笑话。"

闻言，岳千灵手指轻轻地蜷缩，却没有出声。

顾寻似乎又朝她走了一步，靠得很近。他大概刚刚洗过澡，还余留着沐浴露的香味。

在静谧的楼道里，他的声音格外清晰。

“我从来没想过这么巧的事情会发生在我身上。虽然不知道你是怎么发现的，但我确实从来没想过要把你蒙在鼓里看你笑话。”他说到这里，停顿了一下。

“我没谈过恋爱，也没怎么跟女生接触过。”

岳千灵听到这里，正想说这种事情和谈没谈过恋爱没关系，却又听他说：“不知道要怎么做才能让你不讨厌我。”

他的声音太温柔，语气里还带着一丝难以察觉的委屈，让岳千灵根本分不清他是不是在卖惨，直愣愣地转头问他：“你还怕我讨厌你？”

“怕。”

“怕”这个字从顾寻嘴里说出来，岳千灵突然震了震。

眼前这个人，仿佛不是当初那个冷言拒绝她的顾寻。而他这样的态度转变，加上他特意提到自己没谈过恋爱，岳千灵不得不发散思维……

当顾寻还是林寻的时候，她就怀疑过他喜欢她。

只是她无论如何也无法把网上跟她打游戏的林寻跟顾寻结合在一起。

但想到那张照片，她下意识顺着他的肩膀，看向他的手。

顾寻：“你看什么？”

岳千灵想，我总不能说，我怀疑你喜欢我吧？

顾寻会喜欢一个游戏网友吗？可能吗？

半晌，岳千灵舔了舔嘴角，低声嘀咕道：“你对游戏太容易认真了，应该去路边贴钢化膜。”

看着岳千灵急匆匆跑掉的背影，顾寻烦躁地闭了闭眼。

女人的心思怎么就这么复杂呢。

路上，岳千灵一直在想这件事情，总觉得世界太过奇妙。

吃早饭的时候，她看着手里的饭团，觉得下一秒这个小东西开口说话都算不上什么奇事。

直到走进公司大楼，她看见忙碌的人群，立即拍了拍脑袋，把那些不重要的事情抛之脑后。

今天上午还是和往常一样的工作，只是午饭时，卫翰突然给她发消息，叫她把手头的事情放一放，下午就去楼上找他。

岳千灵本来还犹豫着自己的本职工作，卫翰却说跟老板打过招呼了，叫她先去第九事业部帮忙。于是岳千灵放心地上了楼。

一群人在会议室里待了整整一个下午，在U形桌上解决了晚饭后，大家又继续头脑风暴。

看着宿正在投影下侃侃而谈的样子，岳千灵觉得这个世界更奇妙了。她实在无法将这个条理清晰的策划跟昨天晚上那个菜鸡联系在一起。

可见，现实和网络，真的有太大的区别了。

夜里十点，会议终于结束。

岳千灵和宿正一边聊着，一边朝外走去。

身边突然笼上一层熟悉的感觉，她还未来得及扭头看，就见顾寻已经越过她和宿正，阔步朝电梯走去。

看着他的背影，岳千灵又想到了早上的事情，悄然分了一会儿神，思绪又很快被宿正的话拉回正轨。

电梯到了一层，宿正看了眼时间，说道："要不我送你回去？"

岳千灵："不用麻烦，咱们两个方向，不太顺路，我坐地铁就好了。"

宿正也没坚持："行，那你注意安全，到了跟我说一声吧。"

岳千灵点点头，走出了电梯。

坐了两站地铁后，岳千灵拎着包慢悠悠地朝家走去。

突然，手机里钉钉专属的声音响起。

岳千灵以为是什么工作内容，连忙拿出来看，却发现是顾寻发来的。

第九事业部顾寻：所以，你什么时候把我从小黑屋里放出来？

岳千灵：“？”

什么小黑屋？

她低头打字，按了几下，忽然感觉到四周有一点异样，仿佛有什么人跟着她似的。

岳千灵眉心跳了跳，收回注意力，想继续打字。

然而身后的脚步声好像离她越来越近。

岳千灵突然攥紧了手机，回头看了一眼。一个穿着黑色短袖的男人正跟在离她两米远的地方，见她回头，默不作声地别开了脸。

在这种深夜，岳千灵第六感作祟，总觉得有些不安全。再加上早上在家门上发现贴的小字条，她开始怀疑是不是自己作为独居女生被人踩点了。于是，她加快了脚步，朝小区走去。

刷门卡时，她注意了一下四周，那个男人果然跟着她走了进来。

岳千灵不敢百分百确定这个人有什么心思，毕竟她才搬来不久，可能人家也是这里的住户。

就算是坏人，在这么多户人家的小区，他总不能胆子这么大吧？

想是这么想，岳千灵还是不由自主地加快脚步。

进了她住的那栋楼，她把包紧紧攥住，两三步踏进电梯。

然而就在电梯门快要合上的时候，一只粗糙的手突然伸进来挡住了电梯门。

岳千灵当即吓得猛退一步。

紧接着，电梯门开，那个黑衣男人走了进来。阴沉的目光轻轻扫了岳千灵一眼，随即转身，看着电梯壁。

电梯开始缓缓上升。

岳千灵注意到他没有按楼层，心下更慌，后背不知不觉出了一层冷汗。

这几秒像几个世纪一般漫长，岳千灵心跳止不住地加快，脑补了各种刑事案件，甚至摁住了手机的电源键，随时准备报警。

等电梯门一开，她立刻大步迈出去。

特别是当她发现那个男人也跟着她出了电梯后，浑身的神经都开始绷紧。

不是吧？！还真是踩了她的点？！

现在可怎么办？！

她看着自己家的门，开始屏住呼吸。

顾寻刚回来没多久，见岳千灵还是没把他放出“小黑屋”，便烦躁地去洗了个澡。

这会儿他刚出来，只穿了一条长裤，上半身裸着，头发还滴着水，突然听到门铃响了起来。

这个时候谁来找他？

顾寻一边擦着头发，一边朝门口走去。

“谁——”

“我回来啦！”

岳千灵？

顾寻眯了眯眼，有点没反应过来这是什么情况。

她的声音持续传来。

“快开门呀。

“哥哥！”

虽然不知道岳千灵在干什么，但“哥哥”都叫了，哪个男人经受得住。

顾寻两步跨过去，直接按下了门把手。

只是门还没完全打开，岳千灵便带着她身上的香味，一下挤了进来，不偏不倚地撞进顾寻怀里。

36

顾寻家的客厅没开灯，黑漆漆的一片，只有门缝透着从楼道投进的一丝灯光。

当岳千灵撞到顾寻身上那一刻，安全感突然袭来，但心跳仍然无法平静，连双手也不住地颤抖。

她一只手抓住顾寻的手臂，另一只手立刻倒勾门把手，用力一拉，听到门关上的声音时，她终于松了一口气，整个人靠在了门上。

但岳千灵还是没有松开抓着顾寻手臂的手，因为后怕，她反而越攥越紧，手心汗涔涔的。

许久，粗重的喘息终于平复了一些，岳千灵再一抬头，整个人愣住。

顾寻因为被她用力拽过去，此刻一只手正撑着门，另一只手还被她抓着，以一种环抱的姿势垂眸看着她。

岳千灵对上他漆黑的双眸，一时无言，直到感觉有水滴落在自己额头上。

她眨了眨眼睛，视线缓缓下移。

好不容易平复下来的心又开始狂跳。

灯光虽然昏暗，但她却能清晰地看见顾寻的上半身……一丝不挂。

而自己还抓着他的手臂。

岳千灵突然像被烫到了一样猛地松手，手往下一垂，小指还滑过了他的腰侧。

像是又被烫了一下，岳千灵手肘撞到门，发出一声闷响。

她怔怔地和顾寻对视了好一会儿，完全忘了说话。

直到顾寻抬手，轻轻一按，灯光大亮。岳千灵下意识垂眼，他赤裸的上半身赫然出现在她面前。

耳垂的温度陡然上升，岳千灵立刻别开脸。

“发生什么事了？”

岳千灵想张口说话，但视线稍微往他那边一带，喉咙便哽住。

半晌，她才支支吾吾地开口：“你就不能穿件衣服再说话吗？”

顾寻觉得好笑：“我在自己家里刚刚洗完澡，你就叫着‘哥哥’冲了进来，难道你在家里随时衣衫整齐？”

岳千灵自知理亏，低着头没有说话。

看见岳千灵红透的耳朵，顾寻紧紧盯着她，慢慢站直了，转身时才收回视线。

一开始见岳千灵贸然闯进来他还挺诧异，但几秒的沉默，他似乎感觉到了她的恐惧，便没说什么，直接去衣柜里拿了件短袖，穿到一半就往外走。他出来时，岳千灵正好看见衣摆从胸膛垂下遮住腰腹肌肉的那一瞬间。

不知为何，他穿衣服的那一两秒动作总是在岳千灵脑海里回旋，以至于他重新站到她面前时，她不知道目光该往哪儿放，紧张地靠着门。

顾寻的身影重新笼罩过来，不等他开口，岳千灵立马说：“我回来的时候感觉被人跟踪了，不敢贸然打开自己家门，所以才叫你‘哥哥’……”

“跟踪？”顾寻的注意力全在前半句，他眸光骤然一凛，一把拉开岳千灵，打开了门。

楼道里安安静静的，什么声音都没有，也不见人影。

“什么情况？”

岳千灵深呼吸了好几口，才敢探头往外看去，见没有什么动静，悬着的一颗心终于稍微放了放。

“我不知道，就是回来的时候有个男人一直跟着我上楼，直到出了电梯。”

她看了一眼对面的自己家门，又嘀咕道："今天早上我就说那个小广告不对劲。"

独居女性被跟踪且跟踪者入室作案的新闻屡见不鲜，顾寻并没觉得岳千灵大惊小怪。

她警惕性一直挺高的，绝对不是过于敏感。

顾寻拧着眉环视楼道一圈，突然拉起岳千灵的手往外走："去看看监控。"

岳千灵还处于胆战心惊的后怕中，整个人有点蒙蒙的，就这么被顾寻拉着走了出去。

进入电梯，顾寻抬头看着摄像头，问道："路上他跟你说过话吗？"

岳千灵摇头："没有，就是我走快的时候他也走得快，我放慢脚步他也放慢，一直跟在我后面。"

顾寻没有接话，岳千灵却感觉他握着自己手腕的力道又大了些。

她那一片肌肤莫名升温，想抽离，却又使不上力。于是她便这么一路被顾寻带到了保安室，顾寻才松开手。

夜里十点多，正门处只有一个保安，听说他们的来意，立刻打开了监控器。

四台桌子一般大小的机器整齐地摆放在房间里，保安一边调监控，一边说："每天这么多人进进出出，我们小区租户也多，是得小心一点。"

他点了点鼠标，又回头对顾寻说："这么晚回家，你要是没什么事就该去接你女朋友。"

岳千灵怔了一下，想说什么，偷偷侧头见顾寻只是凝神看着监视器，便只暗暗在心里嘀咕了一句。

保安很快把监控调了出来。

出于隐私保护，每栋楼只有一层大门的走廊和电梯里有监控。

保安从顾寻和岳千灵到这里的时间开始向前浏览监控，可以看见十分钟前，确实有一个如岳千灵所说的黑衣男人从十三层乘坐电梯离开了。

回来的时候岳千灵不敢回头看，直到此刻，她才注意到这个男人身材有多高大。

他低着头，几乎看不清面容。

即便如此，岳千灵心头还是猛然一跳。

果然是跟踪她。

只不过那人见她敲开了一个年轻男人的门，这才离开。

顾寻看了这一段，一扭头，发现岳千灵目光直直地看着显示器，双手紧紧攥着衣摆，双唇有些发白。

保安在一旁絮絮叨叨，岳千灵似乎一句都没听进去，满脑子都在想如果她对面住的不是顾寻，如果顾寻没有开门……在这没有其他熟人的住处，后果不敢设想。

脑海里不由自主地浮现出那些新闻里报道过的画面，在这盛夏的夜里，岳千灵突然觉得浑身发凉。

直到一只温热的手牵住了她，掌心相接，属于他的体温持续不断地传来。

岳千灵指尖一颤，心神微动，没有去看旁边的人，也没有抽出手。

保安又调出了岳千灵回来时的画面。

走进一层走廊，岳千灵便走得越来越快，而那个男人头埋得更低，见她进了电梯，三两步冲过去，和岳千灵有一瞬间的对视。

“你还记得他的长相吗？”顾寻问。

那个男人长相其实挺普通的，扔人群里就找不到的那种，而且岳千灵当时紧张得六神无主，哪儿还注意得到他有什么特点。

岳千灵努力回想了半天，只说了几个没什么用的形容词。

“反正按照监控来看，这个男人确实很可疑。”

保安挠了挠下巴，又说：“不过也没啥确凿证据，只能说小姑娘以后自己得多小心点。”

岳千灵没说话，只是眉心皱了起来，一肚子的委屈全都涌到了喉咙口。她做错了什么，凭什么遇到这种事情要她时时刻刻提心吊胆生活。

“麻烦您把这段监控调出来传给我。”顾寻突然开口道。

保安“嗯”了一声，又继续念叨：“还好你今天在家，不然这男的真要想做点什么，你女朋友这么个小姑娘怎么打得过，说不定没等其他邻居反应过来人就被拖走了。唉，我们老家那边以前就发生过这种事情，还是大白天呢，那一拳头下去，女人什么挣扎能力都没有了。”

“您别说了。”顾寻突然开口打断他，“先帮我调监控吧。”

保安这才坐下来开始操作。

在这等待的几分钟里，岳千灵一直没说话。

因为保安说的话，她又止不住地开始害怕，也想不明白自己为什么要遭受这无妄之灾，难道以后每一天都要活在这种陌生人的阴影下吗?

数不清的复杂情绪在胸腔里翻滚，一不注意，她的双眼就涌上一股热流。

不想被人看见自己被吓哭了，岳千灵几乎是立刻就背过身，用手背抹了抹眼睛。

可是眼泪还是不争气地流了下来。

她低着头，连忙从包里掏出纸巾，但因为整个人都紧绷着，动作也稍显慌乱，一不小心纸巾就掉到了地上。

她愣了愣，正要弯腰，纸巾已经先一步被顾寻捡了起来。

他没走到她跟前，就站在她身后，拆开纸巾，抽出一张，手臂从她身后绕过，擦了擦她的眼睛。

“怕什么，不是有我在吗。”

从保安室拿到监控，顾寻带着岳千灵去了派出所。

因为男人没有实质性的伤害行为，所以警方也只是给岳千灵备了案。

不过有了几个警察的安慰，回来的路上，岳千灵情绪平静了不少，也想通了很多。

这世界上坏人那么多，难道她以后就不出门了吗？

有些事情注定无法百分百避免，那就只能直面它。

只是这种被人盯上的感觉，始终像一层阴影笼罩在她头上，又像一双无形的眼睛，不知道在什么地方凝视着她。

岳千灵沉沉地叹了一口气，头靠着车窗，看着外面飞速后退的绿化带和霓虹灯。

渐渐地，视线飘忽，重新聚焦时，她正看着车窗上映着的顾寻的侧脸。

此时车内安静的氛围以及窗外稀少的行人都在提醒着岳千灵夜已经深了。这么晚，好在还有顾寻陪着她奔波。

岳千灵从未想过有一天她会从顾寻身上汲取到如此真实的安全感，而不是总在远处偷偷看他。

恐惧和委屈散去一些后，岳千灵偷偷觑了顾寻好几眼，见他一直没说什么，便悄悄拿出手机，把他从黑名单里放了出来。

刚刚做完这一步，顾寻突然出声："把你手机给我。"

"怎么了？"

岳千灵吓了一跳，以为自己的小动作被发现了，立刻抱紧手机。

此时他们停在红绿灯前。顾寻无言地侧身看了她两秒，扯了扯嘴角："你知道紧急联系人在哪儿设置吗？"

岳千灵被问蒙了："什么紧急联系人？"

顾寻懒得再说，直接从她手里拿过手机，低头弄了一会儿，才把手机还给她。

"连按三次电源键，手机就会自动给我发定位短信。"

"哦……"

岳千灵接过手机，却没再看。

到家后，岳千灵浑身的气压依然很低，她闷闷地说了一声“谢谢”，然后转身去开门。

她刚走进去，顾寻突然拉开门，也走了进去。

岳千灵倏地抓紧了门把手，瞪大眼睛看着他：“还有什么事吗？”

顾寻一边打量着她的家，一边说道：“当然是跟你回家。”

他咂了咂嘴，漫不经心地说：“我们男孩子被人家看光了身体，是娶不到老婆的。”

岳千灵：“……”

见岳千灵愣着，顾寻突然笑了起来，越过她，径直朝客厅阳台走去。

岳千灵回过神，连忙追过去：“你是不是有——”话音未落，见顾寻探头出去看了看窗户，岳千灵这才止住嘴。

顾寻把她家里的门窗全都检查了一遍，确定没有什么异样，才退了出来。

他站在门口，逆着灯光，突然伸手拨了拨岳千灵的头发。

“早点睡，哥哥回去了。”

关上门，岳千灵坐在沙发上发了好一会儿呆，感觉自己的脑子像在同时播放两部影片，一部是歹徒劫持女人的恐怖动作电影，一部是顾寻拨她刘海那一幕的循环。

直到手机闹钟响起，提醒她该睡觉了，她才倒在沙发上揉了揉脑袋。

今天晚上发生的事情耗费了她太多精神，但这会儿她也没什么睡意。

想跟爸妈说一声，电话拨出去了，她却又挂断。这种事情，好像除了给爸妈徒增担忧也没什么用。

她烦闷地翻了个身，又找到印雪的电话。

打过去时，印雪果然还没睡。岳千灵简单跟她说了一下今晚发生的事情，只是言语之间隐去了顾寻的出现。

印雪听后，吓得立刻起身去看了看自己的门窗。

“这也太惊悚了，你要不去网上买一些什么防狼喷雾啊，还有报警器什么的。”

印雪说着说着，突然咳嗽了起来。

“你病了？”岳千灵问。

“有点感冒，不知道是不是最近的流感。”印雪擤着鼻子，瓮声说道，“最近天气热，你也注意点，别老吹空调，容易热伤风。”

印雪简单的一句叮嘱，突然把岳千灵的记忆拉回到好些天前的那个雨夜。

岳千灵望着地面出神，耳边似乎又出现了潺潺雨声。

时间一分一秒地过去，电话里印雪的声音飘得很远，而眼前却不由自主地浮现了那天晚上顾寻敲开她的门时，头发和衣服都湿了一片的模样。

许久，岳千灵突然打断印雪的絮絮叨叨：“我问你个事。”

“啊，你说。”

“就是如果一个男生知道一个女生病了，冒雨去给她买药，却骗她说那是他的常备药，他什么意思啊？”

“这能是什么意思？”印雪笃定地说，“那个男生喜欢你，但他不好意思说。”

37

虽然岳千灵并非毫无感知，她自己这两天也暗戳戳地琢磨过顾寻的意思，但被印雪这个局外人这么直截了当地戳穿，岳千灵还是有些蒙。

她清清楚楚地记得告白那天顾寻对她说的每一句话。

说现在不喜欢她，以后也不会喜欢她。

说她根本就不是他喜欢的类型。

想了一会儿，岳千灵迷迷糊糊地穿上拖鞋，进了房间，而手机里印雪还在不停地发消息。

印雪：所以那个男生是谁？同事吗？帅吗？高吗？

印雪：反正我觉得挺好的了！现在这样的男生不多了，大部分都是油嘴滑舌，嘴上说说而已，有实质动作的屈指可数！

印雪：什么顾寻不顾寻的，去他的，你还有大片森林呢！

她垂眼看着印雪发的内容，不知道说什么。

那顾寻现在又算什么？

男人的心思可真难捉摸啊。

她坐到床边，揉了揉脸，打开床头落地灯，正好又看见旁边电脑桌上的键盘。

因为搬了家，空间足够大，岳千灵便让爸爸把这个键盘寄了过来。她刚拆了快递，还没来得及安装。

没有通电，这个键盘看起来平平无奇，和她以往用的机械键盘差不多。岳千灵却盯着它看了好一会儿，似乎明白了一些。

第二天早上，岳千灵醒来时脑袋昏昏沉沉的。

不知道是不是因为昨晚被吓哭过，所以她睡得格外沉，错过了第一道闹钟，起床时距离上班只剩四十多分钟。

她来不及梳妆打扮，简单地洗脸刷牙涂防晒后便急匆匆地出了门。

走了两步，她心里依然有点发毛，于是又掉转回去。

踮着脚从上到下检查了一下门，确定上面没有什么贴纸也没有奇怪的印记，她还不放心地扯了一下门把手。所有迹象都表明正常后，她才松了口气。

她不知道昨天晚上的事情会给她残留多久的阴影，也不知道那个跟踪她的男人到底想做什么，有没有放弃她这个目标。

一切担忧都像伴随着呼吸一般，不知何时她才能正常生活。

岳千灵甚至想要不要搬家，换一个环境，或许就能摆脱目前的危险。可是转身看到对面那道门，岳千灵抿了抿唇，刚刚冒出的想法又被一点点摁了回去。

如果搬家，她再遇到昨天的情况，不知道新邻居会不会给她开门，还大晚上的陪她去派出所。

正想得出神，顾寻的门突然打开。

顾寻睡眼惺忪地跨出一步，看到岳千灵，突然顿住脚步，抬了抬眼皮："你在等我？"

岳千灵一噎，转身就往电梯走："没有。"

顾寻一关门，楼道里灯光亮起。

他三两步追上岳千灵，和她挤进了同一趟电梯。

"行吧，我摊牌。"

岳千灵："什么？"

"其实是我在等你。"

嗓子突然痒了一下，岳千灵什么都没说，伸手去按电梯楼层。

进入电梯，两人都沉默着。

当进入窄小的空间，身旁人的存在感就会放大。

感觉到顾寻平稳的呼吸，岳千灵脑海里却再次浮现昨晚和那个黑衣男人站在这里的场景。

也是这样静谧的环境，他的呼吸声像危险的信号顶在她头顶。

像个梦魇一般，整个晚上过去岳千灵还是后怕。

不自觉地脑补一些场景后，她重重地叹了一口气。

顾寻听见她的叹气声，摁手机的动作一顿，抬起头，侧身看她："叹什么气？"

"唉，没什么。"岳千灵垂眸看着地面，强行让自己想些别的，于是连忙转移话题，"你为什么等我？"

"这还用问？"顾寻将手机放进兜里，抱着手臂，理所当然地说，

“自从昨晚发生了那种事情，我深刻意识到，你的安危就是我的安危。”

岳千灵目光微闪，片刻后，她抬头：“是吗？”

“当然。”顾寻偏了偏头，也沉沉地叹了口气，“昨晚是我运气好，穿了条裤子。那下次你冲进我家的时候我要是什么都没穿，怎么办？”

顾寻朝她抬了抬下巴：“你对我负责吗？”

岳千灵突然觉得印雪和她都想多了，顾寻怎么可能有不好意思开口的话。

沉默半晌，她却还是忍不住问了一个很关键的问题：“你在家有裸奔的习惯？”

“虽然说出来很不好意思。”顾寻顿了顿，“但我确实有这个习惯。”

岳千灵深吸一口气，握紧了拳头，然后又听见顾寻一本正经地开口：“打小的习惯，有点难改。希望你不要因为这种事情看不起我。”

“顾寻。”岳千灵冷冷开口，“你是不是想吃拳头？”

说完，电梯门开，岳千灵气冲冲地走了出去。

看着她的背影不再沉重，顾寻笑了笑，快步跟上去。

两人一起到了公司，快要进电梯了，岳千灵突然想起自己还没吃早饭，停下脚步，准备退出去：“我去买点早餐。”

顾寻跟着她一起走出来：“我也没吃。”

话音刚落，宿正从电梯里出来。

“巧啊。”因为是在电梯口，宿正见岳千灵和顾寻一同出现也不意外，自然地跟他们打了个招呼。

岳千灵点点头，看了宿正一眼，发现他下巴有淡淡的青黑，便问道：“你熬夜了？”

“也不算吧。”宿正说，“昨天晚上我回去睡到一半，突然理顺了西格莉德的想法，一看时间才三点半，连夜就起床来了公司。”

他说着说着，发现岳千灵震惊地盯着自己看，于是不好意思地摸了摸下巴：“太着急了，所以忘了刮胡子，不过我写好了策划案，等下我就发给你，还是老样子，你那边忙完了就上楼，咱们具体聊聊美术方案。”

岳千灵还震惊于他三点半起床来公司这件事，蒙蒙地点了点头。

宿正目光落在她脸上，发现她看起来也有些憔悴，想到这几天确实总把她拖到很晚才回家，于是不好意思地说：“你这几天是不是太累了？要不你就中午抽空过来，晚上还是早点回家，毕竟我们也是找你帮忙，不好让你总是深更半夜才走。”

顾寻闻言，开口道：“她——”

话还没说完，岳千灵突然打断他：“我不累，昨晚就是喝了点咖啡没睡好，你放心吧，我下午忙完就来找你，没关系的。”

话虽这么说，但宿正还是有点担心。

“这也不是一天两天的事情，我刚刚也想了想，我们得对你的安全负责啊。”

“没关系。”顾寻突然插嘴，“我晚上可以送她回家。”

宿正抬头，看向顾寻，踌躇地说：“你们……”

顾寻：“怎么？”

见宿正面露疑惑，岳千灵解释说：“我们是邻居，住一个小区的。”

“哦，这样……”宿正点了点头，“那成，等下我买了早饭就把策划案发给你，内容有点多，你看仔细点。”

“好。”

因为和宿正说了几句话，岳千灵和顾寻没赶上这一趟电梯，她盯着电梯门，有片刻的晃神。

“其实，”顾寻站在她身旁，不紧不慢地开口，“你可以拒绝的。”

岳千灵知道他什么意思。虽然她帮第九事业部解决西格莉德的原画设计是有报酬的，但她也有权利拒绝熬夜加班。

“我又不是逞强。”

顾寻抬了抬眉梢：“昨晚哭成那样，还不是逞强？”

岳千灵想了想，决定还是跟他说一下自己的想法，免得他觉得自己都遭遇了这种危险还要作。

“我承认我害怕，可是那又怎样？”

她顿了顿，才接着说：“我刚刚来 HC 互娱的时候，听说过一个姐姐，是你们第九事业部的开发人员，不知道你有没有听说过。”

顾寻“嗯？”了一声：“我们没有女开发。”

“是啊，因为她去年九月就离职了。”岳千灵就知道他根本没有听说过，耷拉着脑袋，盯着自己手指看，低声道，“我觉得她是被逼的。”

顾寻没有接话。

“她家里条件好像不是很好，为了省钱，租的房子在三环外，特别远。

“你们不是常常加班吗，因此她经常赶不上最后一班地铁，就只能打车，但是她住的是城中村，鱼龙混杂，什么人都有。好像有一天晚上她就被酒鬼在半路拦住了，还好当时有个烧烤摊的老板帮了她一把。

“后来她好像是跟同事说了这件事情，大家就叫她不要加班到那么晚，男同事们可以帮她分担。

“那个姐姐挺高兴的，每天晚上九点就回去了，结果时间一长……”

岳千灵抬头，觑了顾寻一眼，见他认真在听，才又继续说：“就跟不上节奏了，于是主动提了离职。”

其实岳千灵说得很委婉。

她当时听到的说法是，作为项目组里唯一的女开发，那位姐姐的同事们一开始确实想照顾她，但时间一长，又觉得不公平，于是怨声载道，觉得她拖累了项目进度。长此以往，她除了自身的不好意思，项目上的贡献确实也追不上别人，这才离职。

但在岳千灵看来，这就是被逼的。

她虽然做不到像宿正那样大半夜一个人赶来公司，但也不想跟那个姐姐一样，因为是个女生，因为漂亮，因为需要“特殊照顾”，所以丢掉摆在面前的一个机会。

“所以我——”

“知道了。”电梯门在这个时候打开，顾寻没等她说完，拍了拍她的后脑勺，“你还不上去，等着迟到扣钱？”

“踩点了！”

岳千灵被他一提醒，看了眼时间，连忙蹿进了电梯。

顾寻却没有进去。

他站在外面，沉沉地看着岳千灵，直到电梯门缓缓合上，才转身朝外面走去。

岳千灵几乎是一路小跑到自己的工位，坐下来后立马打开电脑，果然收到了宿正发来的需求文案。

而另一边，她所在的手游项目组的主美术[①]也发来了新的需求文案。

岳千灵手忙脚乱地把两边的文件整理归档，仔细一对比，发现第九事业部光是西格莉德这个人物的角色个性和背景的文学描述，就比她所在的手游项目的所有策划案还多。

她坐在凳子上，看着这两份文档，无声地叹了一口气。

累是真的累，她感觉自己脑子里像压着发动机，催着她一刻也不能停。

短暂地歇了一会儿，岳千灵拿出数位板，先开始做手游的草图设计。

几分钟后，她感觉肚子叫了两声，于是打开抽屉拿了两块饼干。

刚啃了一口，电脑上的钉钉又开始闪动。

岳千灵以为又有新需求，打开一看，却是顾寻发来的消息。

第九事业部顾寻：出来，电梯口等你。

岳千灵：“……”

---

① 即首席设计师。游戏等行业多称该职位为“主美术”。

看来他还不知道自己已经被放出“小黑屋”了。

感觉在钉钉上和顾寻聊天有点奇怪，于是岳千灵拿出手机，给他发了微信。

糯米小麻花：什么事?

校草：？

校草：我去。

过了一会儿。

校草：过来拿你的早餐。

校草：再不来，我就要向你们部门围观我的人收门票了。

岳千灵愣了片刻，见四周的人都在埋头工作，于是轻轻地推开椅子站起来，朝外面走去。

顾寻果然就站在她们这一层的电梯口，手里拎着两个袋子，只是四周空荡荡的，哪儿有什么围观的人。

此时顾寻也看见了她，有点不耐烦地说：“吃饭都赶不上热的？”

岳千灵只好快步朝他走去。

刚站到他面前，身旁的电梯门开了，易鸿就站在里面，一抬头看见顾寻，立刻两步跨了出来。

“我还以为你没看见我的消息，还说自己出去买吃的。”

和宿正大晚上赶来公司不一样，易鸿一晚上压根儿就没有离开过。通宵了一晚上，好不容易休息会儿，他饿得两眼昏花，一看时间估计顾寻也该来了，于是发消息让顾寻帮忙带点早餐。

“你也没吃吗？”易鸿饿得头晕，也没注意顾寻为什么在手游事业部这一层，只是看见他手里那一袋子三明治、牛奶、奶黄包，还有咖啡，口水都快流出来了，“快给我。”

说着，他就伸手去拿。

顾寻却嫌弃地抬了抬手，把那一袋丰盛的早餐给了岳千灵。岳千灵接过后，他才把另一袋给易鸿。

易鸿看了看顾寻递给他的那份简陋早餐，又看了眼岳千灵手里的东西，视觉和味觉都受到了冲击。

他咽了咽口水，很有骨气地没有接。

“顾寻，你为什么偏心？”

岳千灵闻言，睫毛一颤，也抬眼看着顾寻。

顾寻却只是略显嫌弃地把东西塞到他手里，然后抬了抬眼，非常理直气壮地看着易鸿：“你心脏难道长在正中间？”

语音通话

【糯米小麻花】向你发起了语音通话。

拒绝　接听

快开门呀，哥哥　第一章

我是在追你　第二章

？？？　第三章

？？？　第四章

？？？　第五章

？？？　第六章

？？？　第七章

？？？　第八章

？？？　番外篇

38

岳千灵回到工位上，把袋子里的三明治、奶黄包、热牛奶，还有咖啡都拿了出来。

她撑着下巴，还没想好先吃什么，黄婕就在一旁说：“你买这么多吃得完吗？”

是啊。岳千灵心想，她又不是猪，哪儿吃得完。

盯着这堆东西，她又想到离开前顾寻说的那句话。

——你心脏难道长在正中间？

意思就是，我就是偏心怎么了？

虽然不知道顾寻是不是在跟易鸿开玩笑，但岳千灵听着这句话，心里莫名觉得怪舒服的。

黄婕见她愣着，伸过手来拿了个奶黄包：“我今天早上都没吃什么，分我一个。”

下一秒，黄婕一口咬下去，奶黄流心瞬间流出来，漏了她一桌子。

“哎哟我的妈！”

看见黄婕手忙脚乱地拿纸巾擦桌子，岳千灵莫名笑了起来，没再去想那些乱七八糟的。

尹琴却在一旁笑了笑，阴阳怪气地说：“黄婕，你也不怕吃了肚子疼啊？”

岳千灵和黄婕同时抬眼，不明所以地看着尹琴。她却只是一副高深莫测的神态，什么都没说。

岳千灵也懒得再搭理她。

新入职的原画师分走了一个角色，所以岳千灵最近手头上的本职工作并不多，但西格莉德的人设原画任务随时压在她头上。

跟踪事件的阴影还很重，她虽然不想因此拒绝西格莉德的设计，但也计划着能早点回家就早点回家。

于是她今天的工作效率出奇地高，中午随便吃了点东西也没睡觉，下午四点便将一张卡面设计提交到了主程序。

而黄婕和尹琴她们才进行到一半。

岳千灵见手头上没什么事了，便拿着工具准备上楼。

“你要走啦？”黄婕见她起身，连忙问道，“作业交了？”

“提交了。”岳千灵把椅子推进去，低声说，“一会儿主美术要是有什么事，你跟我说一声啊。”

黄婕点点头，让她放心走。

她刚离开没两步，尹琴撑着脸，声音不大不小地说：“这么明目张胆地公费恋爱，不太负责吧？”

岳千灵走得急，没听清楚尹琴说了什么，倒是黄婕扭过头问道：“你说什么？”

尹琴笑了笑：“你不知道呀？就你今天早上吃的东西，是人家顾寻给岳千灵送来的呢。”

黄婕一愣，手里的画笔僵住，周围的其他同事也露出八卦的目光看了过来。

“我说当初岳千灵怎么铁了心要走，回头又不走了呢。”尹琴似自言自语般说道，“原来源头在这儿呢，想不到她也是个……”

她想了想措辞，踌躇片刻才说：“色令智昏的人。

“真是看不出来呢。唉！只是她想谈恋爱就谈恋爱吧，倒是有点拖我们后腿呢。”

黄婕还震惊于早上她吃的东西是顾寻给岳千灵买的这件事上，没注意尹琴后面说了什么。

好家伙，暗度陈仓这么久，她竟然一点没看出来。

另一边。

岳千灵到了第九事业部，在门口遇到卫翰，直接就被他带去了美术部门。

游戏原画既要为游戏研发服务，又要为后期的 3D 模型及特效提供基础，前几天岳千灵和大家一起在会议上商讨了西格莉德的设计思路，但她终归是半路加入，对整个游戏的风格、气质和氛围都不太了解，为了保证游戏的统一性，她还得花时间去看完整个项目的资料文件。

为了赋予西格莉德足够的生命力，又得足够投入地感受她的内心世界。

宿正和艺术指导是两个非常有情绪感染力的人，一直在大家耳边渲染情绪，弄得岳千灵一会儿想哭一会儿想笑，像精神分裂了一般。

直到夜里八点，她才开始真正上手做草图设计。

然而光是解剖结构就让她眼前一黑。

纸上谈兵容易，真正要落到实处，岳千灵发现自己在学校里学的那点理论知识根本不够用。光是要在维持西格莉德美感的同时设计出合理的运动功能和重力反应就足够让她一个头三个大。

偏偏大家都很忙，她也不好去打扰人家工作，只能自己摸索着查阅专业资料。

画了删删了画，两个小时过去，岳千灵的图纸还是一片空白。

宿正不知什么时候走到她身后，见她头发都乱了，心知她也着急，便俯身拍了拍她的肩膀："先不着急，慢慢来，也不早了，你要不先回家？"

岳千灵环顾四周，见大家都还在忙，于是抬头看着宿正，不好意思地低声说："会不会不太好？"

宿正维持着俯身的姿势，倏然撞见岳千灵的双眼，他愣了片刻，才又笑道："心急吃不了热豆腐，慢慢来，你可以去参考一下其他人的解剖结构，跟他们说一声就是了，没什么。"

岳千灵此时脑子里信息量爆炸，听了宿正的话，只是点了点头，心里还是在想西格莉德的重力反应。

这时，宿正仿佛察觉到了什么，鬼使神差地往旁边一扭头，下巴轻轻擦过岳千灵头顶。往外面一看，他发现顾寻就站在外面，隔着一道落地玻璃，正盯着他。

顾寻单手插着兜，视线在两人身上扫了一圈，最后还是落在宿正身上，勾起唇角笑了笑。

宿正觉得顾寻那个笑是在赞赏他的工作态度，于是也礼貌地点了点头，并且还单手比画了一个"OK"，示意他不用担心他们的进度。

顾寻的嘴角逐渐落下，抬了抬眼，转身就走。

下一秒，岳千灵就收到了一条微信。

校草：还不走?

校草：要我顺便也护送阿正回家吗?

岳千灵："……"

"回家吗？"与此同时，宿正的声音也响起，"这么晚了，我送你吧。"

没等岳千灵回答，顾寻的消息又进来。

校草：电梯口等你。

校草：快点。

校草：我要困死了。

岳千灵看了一眼手机，又看了眼宿正，拿着东西站起来，说道："不麻烦了，顾寻也要回家，我们正好顺路。"

宿正闻言，有些惊诧地抬眼往外面望去，却没说什么。

岳千灵走出来，经过开发部，发现易鸿他们都还在埋头工作，四周都是此起彼伏的键盘声。

怎么，顾寻作为主开发，竟然走这么早？

她带着一点疑虑，想问问他，却见他不停地发消息催她。

校草：还没出来？

校草：非要我把轿子抬到你门口？

岳千灵抿唇，一路小跑过去，在电梯口碰到顾寻。

他孤零零地站在那里，冷着一张脸，睨了岳千灵一眼，语气也不太好："怎么这么慢？"

岳千灵脚步一顿。

这人真的如印雪所说，是喜欢她，且不好意思开口？

那一瞬间，岳千灵感觉她和印雪都想多了。

她觑着顾寻，轻哼了声："再催，头都给你打爆。"

电梯门开，顾寻轻声哂笑，先一步跨了进去。

这是什么态度。不想送就不要送，一副大爷样子是摆给谁看。

岳千灵跟着走进去后，站在角落里，闷闷不乐地说："我看你们也挺忙的，你要是没空，我可以自己想办法，总不能一直麻烦你。"

闻言，顾寻淡淡地"哦"了一声："然后换阿正护送你？"

岳千灵："……"

她目光闪了闪，心头有什么想法在跳跃，好像明白了顾寻为什么突然态度这么差。

憋了一会儿，她没憋住，就在顾寻以为她默认了的时候，她冷不丁问："你在吃醋？"

电梯里突然陷入一种诡异的沉默，岳千灵从未感觉过电梯里的空气这么稀薄。

她刚刚都说了什么？！

吃醋？！

虽然她和印雪都猜测顾寻是有点喜欢她的，但他从来没有自己开过口。

万一……

万一不是呢？！

那现在岂不是很尴尬？

“当我没说。”岳千灵强撑着镇定，平静地说，“你刚刚听到的都是幻觉。”

说完，电梯正好到了负一层，岳千灵快步走了出去。

顾寻在原地站了几秒。随后，他又抬起了下巴，睨着岳千灵的背影。

我？

吃醋？

怎么可能。

回去的路上，两人都没说什么话。

快要到家时，顾寻突然接了个电话。

“这周末？没空。

“你怎么这么闲，明年准备二战？

“随你，你自己玩儿吧。”

挂了电话，顾寻正好也把车停好了。

岳千灵解开安全带下车，两人一同进入电梯。

原本以为就要这样一直沉默到回家，然而在电梯门开的那一刻，顾寻突然开口：“岳千灵，你刚刚想多了。”

岳千灵眉心一跳，呼吸陡然收紧。

都说了当她没说，怎么又提了起来？

感觉头皮有点发麻，岳千灵没说话，连忙跨了出去，然后就听见顾寻在身后不紧不慢地说：“送你回来并不算麻烦我，反正我每天也差不多是这个时候回家。”

半晌，岳千灵“噢”了一声。

接连几天，岳千灵都在第九事业部忙到晚上十点多，有一次还拖到了零点才走。

不过她发现顾寻的时间很灵活，没什么限制，每天都能如约把她护送到家。这样一来，岳千灵心里那点害怕消退了不少。

这天周末，她难得休息，想到印雪跟她说的一些独居女性防身小招数，便出了一趟门，买了一些男人的衣服准备挂在阳台上。不管效果好不好，总归是给自己求一份安心。

下午回来的时候，电梯口等了好几个人。

岳千灵最后一个进去，低头看着手机，没过一会儿，其他人便陆陆续续出去了，到十层时，只剩她和一个男人。

岳千灵抬头，看了一眼电梯按钮，只剩十三层还亮着。

那种熟悉的惧怕感又袭来。

她握紧手机，通过电梯壁观察着身后的男人。

高大，黑衣，戴着一顶黑色鸭舌帽。

好像还背了一个双肩包。

岳千灵垂了垂眼，竖起耳朵，关注着那个男人的动向。

两秒后，电梯到了。

她低着头走出去，同时往后一瞥，那个男人也跟着走了出来。

这一层只有四户，分别在电梯两侧。

从脚步声判断，岳千灵感觉他跟着自己走向了同一边。

也就是说，走向只有她和顾寻住的这一边。

不是吧，竟然真的还在跟踪她？！

噩梦再次袭来，岳千灵心神一凝，立刻连按了三下手机电源键。

同时，她朝顾寻家那边拐去。

而那个男人，也紧紧跟在她身后。

岳千灵整颗心都提了起来，加快脚步跑过去，一边摁门铃，一边拨打 110。

然而楼道里信号不太好，她电话还没拨出去，那个男人就已经站到了她身后。

岳千灵倏地握紧了门把手，另一只手伸进包里去掏防狼喷雾，同时，强装镇定地说：“你是谁？来我家干吗？”

见男人偏了偏头不说话，只是盯着她看，岳千灵脑子一热，立刻说道：“我老公马上回来了，你找他有事？”

“小麻花？”

男人摘下鸭舌帽，震惊地看着她，又呆滞地看了看面前的门，不可置信地发出三连问：

“林寻？

“你家？

“老公？”

39

男人开口的那一瞬间，岳千灵便感觉他的声音特别熟，并且他说的话里提到的关键词信息太明显，很难不猜到他是谁。

只是这冲击来得太突然，岳千灵迟疑了好一会儿，才有些不确定地开口：“小麦？”

“是我啊！”小麦激动地开口，声音太大，声控灯忽地亮起，将他的面容照得清清楚楚。

岳千灵还处于震惊中，掌心的手机突然振动了两下。

拨出去的那通报警电话接通了。

岳千灵连忙接起来，不停地道歉。

“不好意思不好意思，是我太敏感了，是朋友，我现在没事。

“对不起对不起，麻烦您了。”

警察那边几番确定岳千灵没有被威胁，这才挂了电话。

听完整通电话，小麦更迷惑了：“你……这……什么情况？”

岳千灵脑子到现在还蒙蒙的，不知道怎么跟小麦解释。

紧接着，另一通电话打了过来。岳千灵见来电显示是顾寻，抿着唇，一言难尽地接起。

“你现在在哪儿？报警了吗？我现在回来。”

岳千灵瞄了小麦一眼，才磕磕巴巴地说：“没什么……是小麦来了。”

顾寻沉默半晌，挂了电话。

短短几十秒，岳千灵后背的冷汗已经将衣服打湿，黏黏糊糊地贴在背上。再次抬头，安静的走道里，岳千灵想起自己刚刚那声“老公”。恐惧褪去，只剩尴尬。

小麦还一脸蒙地看着岳千灵，她咽了咽口水，说道：“我们要不进去再说？”

岳千灵几乎忘了她此刻是站在顾寻家门口，伸手按了按指纹，没反应。

小麦见状，走到她旁边，按开了密码。

岳千灵踌躇片刻，想着把小麦带到自己家里好像也挺奇怪的，于是跟着他进了顾寻家。

小麦也是刚刚才到江城，顾寻在公司，没空搭理他，便告诉了他自己家的密码，叫他自己先回去待着。因此小麦走进来，也挺陌生。

他环顾四周，坐在沙发上，满意地点点头：“还挺干净。”

岳千灵进来后，放下手里的东西，拿纸巾擦了擦额头沁出来的汗，感觉喉咙干燥，想起自己回来的时候买了一瓶冰矿泉水，就在袋子里，于是她低头去翻袋子：“小麦，你喝水吗？我这里有矿泉水。”

小麦扭过头，视线随着她的手臂下移，看见袋子里竟然是男装。

他挑眉，心里啧啧称叹：林寻这家伙瞒得可真紧啊。

“不用不用，我刚刚下车的时候正好喝完一瓶水。”

虽然两人认识也很久了，但这还是初次见面，岳千灵不知道说什么，于是拧开瓶盖喝了一大口水。

还没咽下去，就见小麦目不转睛地盯着她，问道：“你跟林寻都同居了？”

“噗——”一口水喷出来，岳千灵呛得昏天黑地，弯腰咳了好一会儿才满脸通红地抬起头。

“咱们第一次见面，你也不必如此语出惊人。”

顺了气，岳千灵和小麦一起坐到沙发上，她原原本本地把这几天发生的事情告诉他。

小麦知道了岳千灵竟然真的被人跟踪过，震惊半晌，又看到岳千灵指了指地上的购物袋说：“你没看我买了一堆男人的衣服吗？就是打算晾在阳台上，免得别人看我独居就起了歹心。所以我刚刚那么说，只是权宜之计，我们就是……普通邻居。”

小麦闻言，不知道在想什么，半晌才“噢”了一声：“看来他不行呀。”

听起来还挺失望。

岳千灵：“什么？”

“没什么。”

小麦摸了摸后脑勺，还以为顾寻行动力这么强，没几天就把人拐进家里住着，还叫上“老公”了。

思忖的这两秒，他突然又想到了另外一件事。岳千灵和顾寻是邻居，现在又认出了他，并且没觉得惊讶，那么……

“等会儿，所以你——”

见他欲言又止，岳千灵抬眼：“嗯？”

“你……都知道了？”

岳千灵捏紧手中的矿泉水瓶子，皮笑肉不笑地说：“所以你和骆驼也什么都知道，对吗？”

听到她的声音，小麦感觉那股熟悉的杀气围绕在他周围，立刻往沙发角落里挪了挪，拿抱枕捂住头。

“那我们不也是很蒙，不知道要怎么跟你说嘛！万一你生气了，不来打游戏了，林寻肯定也不会玩手游了，那谁带我飞嘛！”

闻言，岳千灵沉默了一会儿。

她的重点在小麦的后半句。她不去打游戏了，顾寻也不会玩手游了。

她觑了小麦一眼，想问什么，但感觉有点不好意思，于是闭上了嘴。

客厅里突然沉默了下来。

岳千灵徐徐收回目光，盯着自己的膝盖，也不知道在想什么。

小麦斜眼觑了她几次，想问什么，但觉得自己的立场好像不方便开口，于是偷偷摸摸地拿出手机，本来想给骆驼发消息，想了想，又切到有顾寻的那个三人小群里。

小麦：我见到小麻花了！

小麦：她没撒谎，真的是美女！

小麦：而且刚刚我过来的时候，她居然说林寻是她老公！

骆驼：？？？

小麦：唉！不过她跟我解释了，是个误会，以为我是坏人才那么说。

骆驼：？

小麦：她说跟林寻就是普通邻居。

小麦：唉，林寻你可真不行，这都什么时候了，人家还只是把你当普通邻居。

骆驼：废物。

小麦：废物。

此时顾寻正在回家的路上，他本来想回两句话，但看见小麦后面说的话，捏了捏手机，什么都没说，只是加快了脚步。

岳千灵看小麦一直在玩手机，两人是初次见面，刚刚又经历了一场误会，她不知道再聊什么，便拿着东西准备回去。

小麦也没拦着，等她走后，他又在顾寻家里转悠了一圈，然后去洗了个澡，刚出来，便见顾寻已经站在了客厅。

因为过年没有回家，小麦上一次和他见面已经是去年暑假的时候，算起来也有一年了。于是，小麦热情地走过去，准备跟他来个兄弟间的拥抱。

顾寻却伸手一挡，把他抵在一臂外，张望四周，一丁点儿目光都没有落在他身上："岳千灵呢？"

小麦："岳千灵是谁？"

顾寻垂眼，沉沉地看着他。

两秒后，小麦反应过来了："小麻花啊，她回家了啊。"

顾寻不意外地"噢"了一声，看了眼时间，转头往外走。

小麦跟在他后面："干吗去？"

"吃晚饭。"

小麦正想问那要不要叫岳千灵一起，就见顾寻已经径直走向对门。

他看着顾寻的背影，哼笑了声。

岳千灵刚把买来的男人衣服晾到阳台，就听见了门铃声。

因为小麦来了，岳千灵心里大概知道是谁在敲门，所以看见顾寻站在她门口时，也不算意外。

"什么事？"

顾寻还没开口，小麦就从他身后探出一颗脑袋："你的普通邻居想约你吃个晚饭。"

本来和小麦初次见面，大家一起吃个晚饭很正常，但他用了"约"这个字眼，就显得这句话有点微妙。

岳千灵抬了抬眼，看着顾寻："是吗？"

顾寻朝一旁抬了抬下巴："走吗？"

小麦也在后面眼巴巴地看着岳千灵，好像感觉她大概率会拒绝似的。

不承想岳千灵利落地点头："好啊。"

这有什么好犹豫的。

三人一起进电梯，按楼层前，顾寻突然问：“你想吃什么？”

“啊，我不知道你们这里什么——”

小麦说到一半，突然觉得顾寻好像不是问他，因为他在看着岳千灵说话。

小麦认命地点点头，也看向岳千灵。

“你的客人你还问我。”岳千灵嘀咕了一句，把问题还给小麦，“你大老远过来，有什么想吃的吗？”

“也就你记得我是客人，你真好。”小麦笑眯眯地往岳千灵身边挪了点位置，“我不知道你们这儿什么好吃啊，你推荐一下？别太远就行，天气太热了。”

“那我们就近原则？”岳千灵拿出手机开始翻东西，嘴里碎碎念道，“前几天我同事说附近开了一家店，她来吃过，说是很好吃，我一直想去，没时间来着。”

小麦：“近点好啊，是什么菜？”

岳千灵：“烤鱼。小麦你吃吗？”

“我倒是可以。”小麦摸了摸鼻子，看向顾寻，“但是他……”

岳千灵抬了抬眼：“他怎么了？”

顾寻也随着她看向小麦：“是啊，我怎么了？”

小麦：“……”

一起生活那么多年，小麦对顾寻的饮食习惯很了解。

小时候他常常一个人在家吃饭，有一次被鱼刺卡到，自己去喝醋，然后差点儿窒息，家里又没人，还是骆驼的爸妈把他送去了医院。自那之后他就跟有心理阴影似的，再也不吃鱼了。

但现在——

“没什么，吃鱼就吃鱼吧，我又不怕刺。”

两人的话题到此为止。

但岳千灵也不傻，她听小麦和顾寻那话的意思，大概是顾寻不吃鱼，只是他懒得说。

思及此，岳千灵放慢脚步，又看起了手机。

“我们去吃中餐吧。”

顾寻回头看她：“为什么？”

岳千灵没说话，目不斜视地往前走，只是从他身边擦肩而过时，嘀咕道：“你可真挑食。”

顾寻在原地愣了两秒，随后，嘴角弯了弯，快步跟了上去。

夕阳余晖洒在两人身上，将影子拉得细长，两道身影交错着朝光亮处走去。

小麦平时打游戏的时候话不多，但私底下其实是个挺外向的人，饭桌上光听他逮着岳千灵问这问那，两人你一句我一句，顾寻也没什么插嘴的机会。

一顿饭下来，天色也暗了。走出餐厅，顾寻看着往来的人群，突然觉得这难得的周末过得有点亏。

“可真热啊。”

小麦拎着一瓶冰可乐，猛灌了一口，回头看向岳千灵：“我不想在外面待着了，要不我们回去打会儿游戏吧？你都好久没跟我们玩四排了，对电竞生涯懈怠了！”

岳千灵也觉得热死了，而且她这几天几乎每晚都忙到半夜回来，确实需要放松一下。反正现在大家什么都知道了，她也没什么好纠结的。

“好啊，我——”

“要不小麦你先回去吧。”

晚风吹过，带着夏夜独有的浓厚烟火气息。

顾寻看着街对面的电影院，碰了碰岳千灵的手背：“我们去干点别的？”

虽然这只是个小动作，但岳千灵心头微跳，感觉手背被他碰得有点痒，面上却不显，平静地说：“你想干什么？”

顾寻刚张口，小麦的脑袋又从他身后探了出来：“他想泡你。”

两人同时回头瞪小麦。

岳千灵：“当我是方便面？”

顾寻：“你能不能别胡说八道？”

他们几乎异口同声，话音一落，对视一眼，又都沉默。

小麦自觉失言，不好意思地捂着嘴，向岳千灵投去抱歉的眼神。

但岳千灵根本没看见小麦的眼神，她听出刚刚顾寻急于否定的语气，心里陡然浮起异样的情绪。

就说怎么可能……这段时间果然是她自作多情了。

路边霓虹灯闪烁，赤红灯光映在岳千灵脸上，把她眼里的情绪全都藏住。

顾寻垂眼看着她：“我不是小麦说的那个意思。”

岳千灵缓缓地垂下眼睛，很轻地“哦”了一声。

或许是她这声“哦”带了几分复杂的情绪，触动了顾寻心里某根弦。

他紧紧盯着岳千灵看了一会儿，突然弯腰，俯身在她耳边，用只有她听得见的声音说：“我是在追你。”

40

今晚月色很美，朦朦胧胧地透过云层，安抚着这座燥热的城市。

浴室里水声潺潺，伴随着岳千灵沉重的呼吸声。

她已经淋了快半个小时的热水了，还丝毫没有停下来的意思。

一闭上眼睛，脑海里就不停浮现一个小时前的场景。

当时她说了什么来着？岳千灵不太想得起来，只记得当顾寻那句话落下的瞬间，她的双眼便没眨过一下。

当时周边行人来来往往，小贩叫卖声与商场音乐嘈杂地交织在一起，而岳千灵耳边却似空无一声，只反复回荡着顾寻那句“我是在追你”。

对于这件事，岳千灵有过猜测，有过揣摩，甚至在几秒前，她一度觉得自己自作多情了。

可这句话真的从顾寻嘴里说出来后，那种氤氲在胸口好些日子的情绪终于落地，却带来另一种感受。

岳千灵发现自己有点慌张。

这种慌张，来源于她发现自己还是喜欢顾寻，却不知道顾寻有多喜欢她。

虽然好像似懂非懂地摸清楚了事情的来龙去脉，但这也太不真实了。

之前，她抱着百分之一的希望也期盼成真。而现在，她连千分之一的不确定性都不想承受。

许久，岳千灵感觉自己快被满浴室的热气闷死了，才关掉了水龙头。

裹着浴巾走出来，她照着镜子，也不知道是不是洗了半个多小时热水澡的原因，脸颊竟然红得像喝醉了酒。

在镜子前站了好一会儿，岳千灵才又打开水龙头，用凉水拍了拍脸。

“有点出息，岳千灵，又不是没被人追过，紧张什么紧张！”

吹干头发后，岳千灵感觉自己像被耗尽了力气一般，躺在床上一动不动。

这时，手机响了。

校草：?

岳千灵盯着屏幕看了半晌，也敲了一个问号过去。

校草：不是，你给我个看法吧。

糯米小麻花：什么看法？

校草：就是关于……

校草：我在追你这件事。

这哪儿有让人给看法的说法？

难道给他写篇小论文？

岳千灵在床上翻了个身，手指放在屏幕上，好一会儿，才敲出一个字。

糯米小麻花：哦。

校草：哦？

校草：哦是什么意思？

糯米小麻花：就是我没感觉到的意思。

校草：……既然这样，那再跟你坦白个事。

岳千灵看着这句话，莫名有点紧张。

糯米小麻花：有话就说，磨叽什么。

校草：我第一次追女生。

校草：其实挺不好意思的。

校草：也没什么经验。

校草：如果之后你还是感觉不到的话，你及时指出一下。

校草：我努力表现得再明显一点。

糯米小麻花：……怎么，还要我教你怎么追我？

这句话一发出去，岳千灵感觉不对劲，立刻撤回。

可惜对方已经看见了。

校草：这当然是最好的。

校草：如果你愿意的话。

糯米小麻花发了一个“微笑”的表情。

校草：顺便再问一下，我情敌多吗？我做个背景调查。

看见“情敌”两个字，岳千灵指尖一颤，删掉了原本要说的话。

糯米小麻花：有病。

发完这句，岳千灵放下手机，感觉有些天旋地转。

兵荒马乱之后，她安静下来，平静地看着天花板，忽而叹了口气。

不知道为什么，明明是该开心的事情，她心里却有些泛酸，甚至有一点点想哭。

一墙之隔的另一间房。

顾寻站在阳台，侧望另一边，能看见她房间的灯光还亮着。

还能骂人，就说明有希望。

顾寻突然觉得这个逻辑有点奇怪，他在阳台吹了一会儿风，才转身朝客厅走去。

小麦躺在沙发上玩手机，见顾寻进来了，直起身来，问道："哎！刚刚回来的路上都没怎么说话，我一直想问来着，在餐厅门口你跟她说了什么啊？我看她表情好奇怪。"

顾寻坐到他旁边，不咸不淡地说："没说什么。"

"啧。"小麦斜眼瞄着他，心知肯定是问不出什么，索性作罢。

"明天是礼拜天你总没事吧，咱们去玩点什么？"

顾寻侧过身，打量着小麦。

"我们两个大男人能去玩什么？"

也是。

其实江城作为一个大城市，没什么旅游景点，那些什么网红打卡点小麦也不乐意去。他就是考完试太闲了，想换个地方继续空虚度日而已。

这次来江城，知道顾寻忙，他本身也打算自己在这儿溜达几天就回去。

小麦想了想："看看电影呗，最近不是有好多新电影上映吗？"

顾寻双眼忽然亮了亮："好提议。"

说罢，他又打开手机。

菜也犯法吗 sir：明天下午有空吗？

菜也犯法吗 sir：一起去看个电影？

发完，他便开始浏览购票软件，看了一会儿，选了个最热门的，买了两张票。

小麦凑在他旁边，看见他下单，连忙阻止："哎哎，我不想看爱情片，想看动作片！"

顾寻头都没抬一下："那你看啊，我又没拦你。"

小麦："……"

好一会儿，小麦长长地"哦"了一声："我懂了，我懂了，不过也要看人家搭不搭理你。"

话音刚落，顾寻就收到了回信。

爱吃辣椒的香菜精：没空。

岳千灵这天是真没空。

她妈妈最近肠胃上的老毛病犯了，想来江城的省医院看看，预约了周一早上的专家号，所以周天就要来岳千灵家住一晚上。

下午，岳千灵接到鞠云珍的电话，便去小区门口接她。

虽然说是来看病，只在这边待两天一夜，但鞠云珍还是拎着大包小包下的车。

岳千灵见她热得满头大汗，连忙上去帮她拿包。

"你怎么来一趟还带这么多东西？"

"不都是给你带的吃的。"

鞠云珍一路走，一路打量小区的环境："这里绿化还行，地面上也没什么车，不像我们那老小区……噢，这里治安还好吧？我看门口的保安都是些老头子。"

岳千灵噎了一下，含糊地说："还可以。"

鞠云珍点头："那就好。女孩子一个人在外地工作，我什么都不担心，就担心你安全。"

两人一起到了家里，岳千灵放下东西，连忙去给鞠云珍倒水。

而鞠云珍进门第一句话就说：“你看看你家里多脏，哎哟我都看不下去了，我去把这地拖两遍。”

岳千灵低头一看：这不挺干净吗？？

鞠云珍当然不管这些，拿着拖把就开始打扫，还不让岳千灵插手，嫌她碍手。

岳千灵只好一个人去整理她带来的东西。

没一会儿，她突然听到鞠云珍在房间里大声喊她：“岳千灵！”

“怎么了？”

岳千灵连忙小跑过去，见鞠云珍指着她阳台晾的男人的衣裤，惊诧地看着她：“你谈恋爱了？还同居了？！”

岳千灵：“我这不是一个人住嘛，我看网上说挂点男人的衣物会比较安全，昨天刚买的呢。”

“噢……你不是说这里挺安全吗？”鞠云珍半信半疑地看着岳千灵，“其实谈恋爱也没什么，你都这么大了，没必要瞒着我。”

“真没有！妈，我要是谈恋爱，一定第一个告诉你好吧！”

看岳千灵就差指天发誓的架势，鞠云珍没再问，转身去了厨房。

只是看到女儿做这些事情，想到她平时一个人应该挺提心吊胆，鞠云珍便觉得挺心酸的。

她知道岳千灵平时肯定都吃外卖，所以这次过来专门买好了菜，准备给她做一顿晚饭。

岳千灵在客厅里等着，闲着没事看了看手机，发现十分钟前，顾寻给她发了一条消息。

校草：晚上也没空吗？

岳千灵往厨房看去，正好撞上鞠云珍的目光，莫名有点心虚地别开了脸。

“你在那儿闲着干什么呢？去把你换下来的那些脏衣服都洗了。”

"哦，好。"

于是岳千灵匆忙地回了个"没空"，便抱着脏衣篓进了洗手间。

夏天衣服换得勤，岳千灵这几天又忙，确实堆了不少衣服。鞠云珍在这儿，她也不敢直接丢洗衣机，只好一件一件地手搓，感觉自己就像被贬到了浣衣局。

半个多小时后，岳千灵才抱着盆子出来，一到客厅，却发现顾寻站在厨房边上。

她脚步突然顿住，愣愣地看着他："你怎么在这儿？"

顾寻转过头，只是抬了抬眉梢，没说话。

紧接着鞠云珍便端着一碟菜走了出来。

"我刚刚把垃圾丢出去，正好跟顾寻碰上了。你这孩子，人家住你对门也不说一声。"

她说话的时候，顾寻还特乖巧地接过鞠云珍手里的菜，端上饭桌。

岳千灵还有点不明白现在的情况，直到顾寻走到她身边，低声说："刚刚阿姨碰到我，见我没吃饭，非要叫我过来吃晚饭。"

听那意思，好像是在说"我不是故意的，你可别多想"。

"那小麦呢？"岳千灵问，"你怎么不把他一起叫过来？"

"小麦说他怕生，"顾寻放好了菜，顺势靠着墙，屈起一条腿，慢悠悠地说，"不好意思跟第一次见面的阿姨一起吃饭。"

那你这才第二次见面就好意思了？

鞠云珍正朝他们走过来，岳千灵便没把这句话说出口。

"过来吃饭了。"

直到三个人坐下，岳千灵还没想明白，顾寻怎么就这么顺理成章地吃上她妈做的饭了。

当然，鞠云珍叫顾寻过来吃饭，也不单纯是因为他妈妈的关系。

她给顾寻夹了一筷子菜，笑眯眯地说："小寻啊，既然你就住在对门，我们千灵一个女孩子家平时就多麻烦你照顾照顾了。"

“妈——”

岳千灵刚开口，就听到顾寻说：“应该的。”

她余光瞄了他一眼，抿着唇，后面那句话就没说出来。

鞠云珍又说：“我看你们这儿的保安好像也不是特别好，刚刚我就看外卖什么的不用登记就进来了，所以要是晚上听到什么动静，麻烦你多注意注意。”

“嗯。”顾寻点头，“每天晚上我都送她回家的。”

鞠云珍的筷子突然顿在半空中：“啊？”

见状，岳千灵连忙说：“我们是同事，晚上加班都一起回来。”

“哦！这不更巧了嘛！”鞠云珍脸上笑容更甚，“这样阿姨就放心多了，不然最近我看新闻，那叫一个提心吊胆啊。”

岳千灵含糊地“嗯”了一声，也不知道怎的，总觉得顾寻会说些什么奇奇怪怪的话，于是连忙转移了话题。

饭吃到尾声，鞠云珍突然想到一件事。

“对了，最近天气热，等一下我要熬点绿豆汤，清热解暑的，你也来喝点？”

“不了阿姨。”顾寻放下筷子，拿纸巾慢条斯理地擦着嘴，“我晚上要去看电影。”

“噢，看电影啊。”鞠云珍今天心情好，打趣儿道，“跟女朋友？”

岳千灵突然抬了抬眼，视线在顾寻身上轻轻扫过，猝不及防和他目光相接。

饭厅昏黄的灯光下，顾寻目光沉沉，那一瞬间的对视就像某种信号，点燃了四周的空气。

感觉到氛围不对劲后，岳千灵立刻移开了眼。

“暂时还没有女朋友。”

顾寻说得平平淡淡的。

但岳千灵听着，总觉得意有所指，垂眼看着碗里的菜，长长的睫毛遮住了她的目光。

“哦哦。”

鞠云珍点头，正想说什么，又听顾寻道：“我一个人去看。”

鞠云珍：“啊？一个人啊？”

“嗯，我在这边没什么朋友。”顾寻拧开矿泉水瓶喝了一口，表情看起来还有点落寞，“看电影吃饭也都是一个人，一直独来独往。”

许是他的语气听起来太可怜了，鞠云珍想到了过年的时候和顾韵萍聊天，听说他春节也是一个人在江城过的，顿时有些母爱泛滥。

再想到岳千灵也是一个人在外工作，她感觉现在的年轻人也太可怜了，连忙说道：“你们住这么近，又是同事，没事叫千灵陪你去啊，反正她也闲。”

“我怎么闲了？！”岳千灵倏地抬头，语气中有自己没有察觉的慌张，“我平时也很忙的。”

“我看你平时不是在床上躺着就是打游戏打一天，年纪轻轻的，活得像个老年人。”

鞠云珍本来就担心岳千灵一个人在外面住不安全，好不容易碰着一个认识的邻居，当然希望她跟人家多走动走动，打好关系，以后有什么事情才方便照应。

于是她放下筷子，严肃地看着岳千灵：“没事多出去走走，我都怕你在家里发霉，要不今儿晚上你就陪顾寻去看看电影，我正好把你这狗窝里里外外好好打扫一遍。”

顾寻放下矿泉水，接着她的话说道：“会不会太麻烦她了？没事，我一个人吧，我习惯了。”

一听这语气，岳千灵总算反应过来了。

——他故意的。

“我——”

“麻烦什么麻烦。”鞠云珍就知道岳千灵懒得出门，抢了她的话，

“她一个女孩子，以后要麻烦你的地方才多呢。”

岳千灵咬着牙，瞄了顾寻一眼，不死心地说：“以后再说吧，人家肯定票都买好了。”

话音刚落，顾寻就拿着手机看了两眼：“这场电影没什么人，我前后左右都是空的。”

岳千灵还想说什么，鞠云珍就伸手拍了一下她的肩膀：“你就懒！我看懒死你得了！”

岳千灵侧头看向顾寻。

果不其然，他低着头，嘴角轻轻勾了一下。

41

暑期档是电影上映井喷期，又恰逢周末，电影院大厅里连个空位都没有，连空气里都充斥着爆米花的甜腻味道。

岳千灵从电梯出来，看见这场景，有点蒙。

她觑了一眼身旁的顾寻，见他面不改色地朝柜台走去，不由得扯了扯嘴角。

这就是他说的前后左右都有空位？

嘴上跑起火车来还真是草稿都不用打。

买饮料爆米花的人排了长龙，顾寻取了票后，朝那边望了一眼，侧身问岳千灵：“想喝什么？”

岳千灵没说话，抱着手臂，紧抿着唇，凉凉地看了他一眼，然后环顾四周。

小孩子们开心地跑来跑去，成人们捧着冷饮热络地聊天，有的女孩还举着手机自拍，一片热闹。

大概是被这种氛围感染了，秉持着“来都来了”的想法，岳千灵放下手，负到身后，朝顾寻抬了抬下巴：“我要可乐。”

“好，等我。”说完，顾寻转身朝柜台走去，嘴角不自觉地笑了笑。

顾寻说距离电影开场还有十来分钟，而岳千灵看着大厅里张贴的巨幅广告，突然想起自己都没问顾寻买的哪一场。

她走到排列整齐的易拉宝前，目光直接定在最中间的动作片上。

这是一部很火的系列枪战片，岳千灵和印雪看过前两部，还挺喜欢，两人本来打算一起来看第三部。但是最近太忙，她倒是把这事给忘了。

想想顾寻作为一个男生，肯定也是冲着这部电影来的。

十分钟后，两人坐进了电影厅，大屏幕开始放广告，岳千灵拿出手机给印雪发了条消息。

糯米小麻花：一般来说，系列电影到了第三部都会烂尾，我先来试试毒。

印雪：?

印雪：你居然不等我，是不是外面有狗了?

印雪：是上次给你送药的那个男生吗?

印雪：如果是他的话，我暂时同意这门亲事。

岳千灵余光瞥了一眼顾寻，没有再回复，不动声色地收了手机。

没一会儿，广告结束，正片开始。

妆容精致的人物出来的那一瞬间，岳千灵迷惑地眯起了眼睛。

——这小清新的画风不对劲啊。

她下意识侧头去看了一眼顾寻，见他神色如常，便没说什么。

一段似是而非的剧情后，大屏幕终于打出片名——《可知我有多喜欢你》。

岳千灵：“? ”

不是枪战片吗?

她连爆米花都嚼不动了，蒙蒙地看向顾寻。

但他依然只是喝着可乐，盯着屏幕，眼里没有丝毫错愕。

没想到他竟然还喜欢看这种电影。

行吧。

岳千灵只能继续以“来都来了”的心态看下去。

——但是这电影也太无聊了点。演了近半个小时，没什么故事，片段式地交代了作为青梅竹马的男女主角从小到大感情有多好。

岳千灵忍住打哈欠的冲动，拿手机看了一下剧情简介。

“本片讲述了从小一起长大的青梅竹马纯真无邪的爱情。”

这什么玩意儿？

“你——”岳千灵实在忍不住了，戳了戳顾寻的肩膀，“喜欢看这种电影？”

电影院昏暗的灯光下，顾寻侧过头，轮廓藏于阴影中，不甚清晰，灼灼的目光却直直落在岳千灵脸上。

原本想说什么，看见岳千灵的眼神，他顿了顿，话锋一转：“对啊。”

见岳千灵不说话，顾寻才缓缓收回视线，重新看向大屏幕，嘴角却不自觉地翘了翘，不轻不重地说：“总不能以后你想起我们第一次看电影都是噼里啪啦的枪战，至少留点浪漫的回忆。”

虽然这时电影音乐声很大，但岳千灵还是清晰地听到了顾寻的话。

她喝了口可乐，没说什么。

又是近半个小时过去，岳千灵眼皮已经开始打架，不得不把手肘支在扶手上，撑着自己的脑袋，以免睡着。

不过她动作稍微大了点，碰到了顾寻。

他转过身，问：“困了？”

岳千灵半合着眼看他，脸上明明白白写着三个字：你说呢？

顾寻正想张口说什么，环绕音响里突然传出一句台词。

“我喜欢你，一直都喜欢你，你知道吗？”

两人目光皆是一滞，两秒后，同时缓缓地扭头看向屏幕。

女主角穿着一身白色连衣裙，抱着一束薰衣草，站在男主角面前，满脸仰慕地看着他："十二岁那年，你骑着单车载我去薰衣草花田那一段路程，我就知道，我喜欢上你了。"

男主角却像听到了什么天方夜谭似的，呆滞了半晌。

"我、我一直把你当妹妹，对你从来没有那个意思。"

脑海里仿佛有某根神经被刺了一下，岳千灵身体一僵，目光再也不动，一旁的顾寻拿可乐的动作也停滞在半空。

半晌，直到女主角伤心地哭着走了，顾寻才转过头，动作有些微的僵硬："你不是困了吗？要不我们早点回去？"

岳千灵眨了眨眼，片刻后，徐徐坐直了。

她理了理衣服，双手放在膝盖上，定定地看着屏幕："你不是挺喜欢这电影吗？"

"……"

之后的十分钟，电影节奏突然变得很快。

导演以蒙太奇手法展现了女主角伤心离开的这半年。男主角的生活状态，从一开始的夜夜笙歌，到后来的借酒消愁。然后在一个月朗星稀的夜晚，男主角在海边瞎逛了一个小时，抽了整整两包烟，幡然悔悟。

——啊，原来我离不开她。

——啊，原来我很爱她。

当男主角深情地说出这句台词时，电影院内哄笑一片。

连观众都被这剧情气笑了。

岳千灵却目光凝住，手指突然把一颗爆米花捏扁。

顾寻偏头看过来时，正好瞧见这一幕。他徐徐抬眼，在和岳千灵目光相接的那一刻，视线定住。

屏幕的画面还停留在深夜的海边，原本就晦暗的影厅环境几乎伸手不见五指。

当岳千灵感觉到顾寻正在看她时，眉心跳了跳，然后别开脸，昂着下巴看屏幕，假装无事发生。

过了一会儿。

顾寻："要不我们去看点别的？"

"不用啊。"岳千灵喝了一口可乐，"这剧情不是挺有意思的吗？"

"……"

画面一转，女主角回来了。她褪去青涩，穿着性感成熟的衣服出现在男主角面前。

在那之后的半个小时，电影内容几乎就一个主题——看着女主角不停地换男朋友，男主角夜夜心如刀割。

剧情是狗血了点，但很明显，影厅里看手机的人少多了。

岳千灵也不怎么吃爆米花了，专注地看着屏幕，没发现身旁的人有点如坐针毡。

好不容易熬到最后，顾寻看了眼时间，电影还剩二十分钟。

而女主角还在和男二号你侬我侬，完全视男主角为空气。

男主角又带着一蓬薰衣草去了女主角家里。女主角不见他，他便在楼下大声喊："我错了！我知道我错了！我以为我把你当妹妹，其实不是的！我一直喜欢你！"

女主角躲在窗帘后，泪如雨下。

剧情到这个时候才算进入了高潮，影厅内比刚刚还要安静。

这时，前排一个女观众大概是看入了神，情不自禁说道："男人就是贱啊，BE[①]吧，我看这男人不要也罢。"

顾寻右眼皮跳了跳，不动声色地转头去看岳千灵，她目不转睛地看着屏幕，没什么特殊表情。

顾寻突然觉得很烦躁。

这都什么破电影。

悲伤的配乐响起，影厅里却莫名洋溢着一股欢乐的氛围。

---

① 网络用语。bad ending，即悲剧结局。

顾寻就不懂了，明明是这么惨的剧情，为什么有好几个观众在笑。

盯着岳千灵看了一会儿后，顾寻沉着脸，重新看向大屏幕，并伸长了腿，靠在椅背上。

行呗。他倒想看看这男主角怎么收场。

五分钟后，画面转到夜晚。男二号带着女主角约会，中途下起了暴雨，两人便走进路边一个小亭子里躲雨。这时，男二号拿出戒指单膝下跪求婚，女主角震惊。

男主角就在这时候出现，他冲进大雨中，大喊着“不要”，女主角见了他，反而抬起了手，准备接受男二号的求婚。

这时，男主角扑通一声跪在地上。

岳千灵看呆了。

顾寻却感觉头皮一阵发麻，太阳穴突突地跳。

紧接着，观众还没反应过来，一辆大卡车就冲向男主角。在女主角的尖叫声中，画面陡然一黑。

岳千灵实在没憋住，扑哧一声笑了出来。

顾寻倏地直起了腰，半张着嘴，不可置信地看着屏幕，一句脏话脱口而出。

电影的结局和观众预料的一样。

黑屏过后，被包裹成木乃伊的男主角在医院里缓缓醒来，女主角在他身旁哭得像个泪人。两人互诉衷肠后，男主角挣扎着抬手，摸了摸女主角的头发。

画面再一转，已经是半年后。女主角推着男主角的轮椅，在晨曦下幸福地散步。

随后，片尾曲响起。

在轮椅出现那一刻，岳千灵就没忍住笑出了声。

大概是结局的冲击力太大，岳千灵差不多忘了前面具体发生了什么，笑得肚子都有点痛。

她伸手揉了揉小腹，又擦了两下眼角。

“喂。”她用手肘碰了碰顾寻，“你觉得这个浪漫吗？”

顾寻难言地看着她，皱了皱眉，忽然拉着她的手起身：“回家了。”

一路上顾寻都没怎么说话。

他一直在想，怎么就非要图名字喜庆选了这么个破电影，为什么就不听小麦的去看个枪战片。

那岳千灵是能沉浸在爱情电影里的女人吗?

她不是。

她是喜欢扛着狙击枪追着人打三条街的女人。

直到走出商场大门，屋檐下站满了人，他才发现，不知道什么时候下起了瓢泼大雨。

盛夏总是这样，也不算意外。

只是两人图方便，是走路过来的，这会儿想打车回去，怕是要等上好一会儿。

雨实在太大，落在地上四处飞溅，岳千灵感觉自己鞋子上沾了点水，便下意识往里挤了挤。

当她的肩膀和顾寻的手臂挨到一起时，顾寻突然上前一步，把岳千灵挡在身后。

狂风夹着雨不停地往顾寻背上飞，他垂头，看着岳千灵，目光倏忽闪烁。

“千灵。”突然，他沉沉地开口，语气里流露着自己都没察觉的挫败感，“这雨下得真大。”

——要不我们重新看一部电影再回家吧。

但是这句话还没说出口，就听见岳千灵说：“是啊，跟男主角被撞飞的时候一样大。”

“……”

虽然没直接暴露在雨中，但他感觉自己跟一只落汤鸡也没差。

42

夏天的雨总是来得快去得快，回到小区时，乌云早已散开，月亮也朦朦胧胧地露了个脸。

两人在电梯里，一直没说话。

岳千灵盯着楼层，渐渐出了神。

其实看电影的时候，岳千灵完全被后面的神转折吸引了，根本没想太多。在商场门口那句话也只是有感而发，并没有故意针对顾寻。

只是这会儿回想起顾寻的反应，以及他看电影时的神情，岳千灵才反应过来。

——他应该是把男主角的经历对照到自己身上了。

也不知道他心里具体想了什么，但看他那样的表情，岳千灵脑子里仿佛有一个人在说“吓死他吓死他”，另一个人又在扯着她的神经说“这也太好笑了”。

两种情绪交错不断，岳千灵嘴角的笑容没忍住，越来越大。

“有这么好笑吗？”

顾寻在回来的路上全程低气压，一直没什么表情，这会儿一侧头，却见岳千灵盯着地面笑得酒窝都出来了。

她居然有酒窝。

酒窝浅浅的，平时微笑的时候根本就看不出来。

岳千灵发现顾寻盯着自己的脸看，怕被他拆穿自己的心思，连忙别开了脸，却又忍不住再提了一下电影。

“好笑啊，你不觉得这电影很好笑吗？”

“……”

今晚月色格外温柔，声控灯没有亮起，楼道里也有一层微弱的荧光。

不知谁家在门口摆了一盆栀子花，清香阵阵拂过鼻尖，让人心情也变得好起来。

岳千灵哼着歌开了门，刚进门，便见鞠云珍正把沙发套从洗衣机里捞出来，要拿去晾。

“这么晚啊？”

“刚刚下雨了，等了一会儿车。”

岳千灵见她手里抱着盆，连忙上去帮忙：“哎，你就不能早点休息吗，这些我才洗过的。”

鞠云珍不理她，自顾自地朝阳台走去：“你哪儿洗得干净，还不是得我来。”

“对了，今晚电影怎么样嘛？”鞠云珍晾到一半，突然回头问。

岳千灵愣了一下，没立刻回答，只是别过脸，悄悄弯了弯唇角。

好一会儿，她才开口：“挺好的。”

另一边。

小麦正躺在沙发上玩手机，见顾寻回来，立马坐起来。

“今天的约会怎么样？”

顾寻瞪了他一眼，冷笑一声没说话。

小麦把手机放下，拉住他的衣袖不让他进房间：“不是，说说呗，我可是自个儿吃的外卖，就为了给你制造机会，你别说什么都没发生。”

顾寻拂开他的手，沉沉地说：“我就是觉得——”他烦躁地吐了一口气，“我上辈子得罪了月老。”

“……啊？”

小麦还是不明白到底发生了什么，但顾寻显然已经不想多说，他只好作罢。

在顾寻洗澡的时间，小麦坐在沙发上想了好一会儿，还是想不通。

这怎么会呢？

顾寻是说他和岳千灵没缘分吗？

那不可能啊。

小麦觉得，就凭他俩之间发生的事情，这世上没人会比他们有缘分了。

思忖间，小麦低头看向手机，突然想到了什么。

顾寻冲了个澡就出来了，见小麦还在玩手机，也没说什么，径直回了房间。他坐下来，准备加会儿班，桌边的手机却突然振动了两下。

顾寻拿起手机看了一眼，是小麦拉了一个叫作“王二狗”的聊天机器人进群。

什么玩意儿？

顾寻对这东西没兴趣，正要放下手机，屏幕上突然弹出一条消息。

小麦：二狗 @ 糯米小麻花和 @ 菜也犯法吗 sir 配对。

爱吃辣椒的香菜精：？

顾寻抬了抬眉，突然觉得有了点意思，就那么盯着屏幕。

下一秒。

王二狗：@ 糯米小麻花和 @ 菜也犯法吗 sir 的配对指数是——

王二狗：15 分。

王二狗：在最新配对的 312448 对情侣中，你们击败了 223 对有缘人。

王二狗：你们的缘分——有缘无分，貌合神离。

小麦：……

骆驼：……

菜也犯法吗 sir：？

他突然站起来，推开门，冷冷地看着客厅里的小麦。

“呃……”小麦尴尬地笑了笑，“你说得对，上辈子你可能抢过月老的 AWM。”

顾寻回到房间里，正想把这个机器人踢出去，却发现岳千灵居然也玩起了这个游戏。

爱吃辣椒的香菜精：二狗 @ 菜也犯法吗 sir 和 @ 小麦 配对。

菜也犯法吗 sir：？

王二狗：@ 菜也犯法吗 sir 和 @ 小麦 的配对指数是——

王二狗：90 分。

王二狗：在最新配对的 312449 对情侣中，你们击败了 310223 对有缘人！

王二狗：你们的缘分——天赐良缘，天生一对。

爱吃辣椒的香菜精：嗑到了嗑到了。

菜也犯法吗 sir：……

爱吃辣椒的香菜精：二狗 @ 菜也犯法吗 sir 和 @ 骆驼 配对。

王二狗：@ 菜也犯法吗 sir 和 @ 骆驼 的配对指数是——

王二狗：99 分。

王二狗：在最新配对的 312450 对情侣中，你们击败了 311440 对有缘人！

王二狗：你们的缘分——天造地设，佳偶天成！

爱吃辣椒的香菜精：嗑死我了嗑死我了。

骆驼：……

菜也犯法吗 sir：……

紧接着。

菜也犯法吗 sir 已将王二狗移除群聊。

看到这条消息，小麦拍案而起："我花三十多块钱买的呢！"

这一晚虽然过得有点混乱，但不知为何，岳千灵心情莫名很好，睡觉的时候拉着鞠云珍聊天，滔滔不绝，仿佛有说不完的话。

到后面鞠云珍都烦了，忍不住打断她："你明天还上不上班了？话怎么这么多呢，快点睡觉。"

岳千灵说"好"，闭了一会儿眼，却突然又开口问："妈，顾寻他是不是改过名字啊？以前好像姓林。"

“哦……好像是有这么一回事。”

“为什么改啊？”

这两年鞠云珍和顾韵萍的联系也不多，对他们家的事情不算了解，只是偶尔会听老同学们聊起。

“好像是离婚了，就跟妈妈姓了呗。唉，这多正常，现在单亲家庭太多了。”

岳千灵“哦”了一声，睁眼看着黑漆漆的天花板，思绪反而不能平复。

爸妈离婚了吗……

正想得出神，鞠云珍突然开口：“谁家里还没本难念的经了，你可别去戳人家的伤心事。”

岳千灵眨了眨眼，转身靠近她，低声道：“我当然不会去戳他的伤心事。”

鞠云珍快要睡着了，说话声变得绵长。

“嗯……我看他平时也挺孤单的，单亲家庭的小孩嘛，可能没那么会关心人，你就多跟他走动走动，打好关系，这样在外有个人照应，我也放心点。”

因为睡意袭来，鞠云珍说话也没什么条理，想到哪里说到哪里。

沉默了一会儿，她又开了口：“我听以前老同学说，他爸妈关系一直不好，他爸好像从来没怎么管过他，你知道他妈妈又是个特别严肃的性格，不苟言笑的，这种家庭氛围下的小孩，我估计过得也不容易。”

听着鞠云珍说的话，岳千灵低低地“嗯”了一声，感觉心里某一块地方软绵绵地塌了一些。

第二天早上，岳千灵醒来时，鞠云珍已经给她做好了早餐。

母女俩简单收拾了一下，便一同出门，在地铁站兵分两路，一个去省医院，一个去公司。

临近八月，第九事业部急着出新的游戏样片，每个部门都催得很紧。

岳千灵跟主美术说了一声工作分配的问题，获得同意后，她手头上的本职工作逐渐少了些，有更多的时间去琢磨西格莉德的原画。但即便如此，她还是每天忙到晚上十点多才回家。

顾寻他们的研发工作自然也轻松不到哪儿去，所以小麦来江城这几天，他们几乎没怎么一起玩过。

岳千灵偶尔刷刷朋友圈，发现小麦一个人到处走走逛逛，倒也还怡然自得。

周四这天，小麦在群里说他明天要回去了。

岳千灵想着怎么也算是认识一年的朋友，作为半个东道主，她怎么也得请他吃个晚饭。

虽说是这么打算，可岳千灵依然没能如愿提前下班。

晚上十点，岳千灵终于忙完手头上的事情，刚起身要走，便见顾寻一脸困意地打了个哈欠。

“我发现你有点过分啊。”岳千灵经过开发部门时，见大家都还在加班，忍不住小声说，“你每天这么早退，老板没意见？”

“有什么意见？”顾寻非常狂妄地抬了抬眼，“我效率比较高，不行？”

“可是你们最近不是……”

“快走，我困死了。”

回家的路上，岳千灵本来安静地坐着，突然又想起小麦，于是说道：“小麦坐明天早上的飞机对吗？要不叫他出来，我请他吃个夜宵什么的？”

顾寻：“今天吗？”

“不然呢？明天他就走了。”岳千灵说着就开始翻手机找餐厅，“十点多还不算太晚，最多吃到十二点吧，也还行。”

见顾寻没说话，岳千灵感觉到他的犹豫，便问道：“怎么，你真就困到连一顿夜宵都不想吃了？”

路灯透过车窗映在顾寻脸上，他顿了片刻，才懒懒地“哦”了一声：“对啊。”

岳千灵：“那我单独请他，你回去睡你的觉吧。”

顾寻：“不行。”

“干吗？”岳千灵瞪了他一眼，“你又有什么意见！”

“我会——”车停在红绿灯前，顾寻缓缓侧头，看着岳千灵，没什么表情地说，“吃醋。”

岳千灵当然没信顾寻的鬼话，总觉得他奇奇怪怪的。

但她亲自私聊小麦问了问，得知他是明天早上八点的飞机，这会儿已经准备睡了，这才作罢。

只是回到家里，岳千灵想到小麦来江城玩这么多天，还就住在她对面，却只一起吃过一顿饭，始终觉得有点过意不去。

于是她拿出包，打算给小麦发消息，表达一下自己的歉意。

可是她在包里摸来摸去——

我手机呢？

她才刚进门没几分钟，包里没手机，其他地方也没有。

岳千灵思来想去，觉得只有可能是忘在顾寻的车里了。

还好刚到家没几分钟，他应该还没睡。岳千灵立刻起身，去敲了对面的门。

两分钟后，小麦穿着睡衣，睡眼蒙眬地出现在岳千灵面前。

“怎么了？”

岳千灵往里望了望：“顾寻呢？我手机好像忘在他车上了……”

小麦：“他还没回来啊。”

“嗯？”岳千灵一愣，“他刚刚跟我一起回来的。”

小麦闻言，迷茫地摸了摸脑袋：“啊？没有啊，他没回来过啊。”

见岳千灵不明所以，小麦又补充：“他不是一直很忙吗？工作日都是凌晨两三点才忙完啊，怎么可能十点就回来。”

楼道里安静得像被抽干了空气，小麦说的话一遍遍地在岳千灵耳边回荡。

好一会儿，她垂下眼，低低地“哦”了一声。

语音通话

【**糯米小麻花**】向你发起了语音通话。

拒绝　　接听

43

小麦依然摸不着头脑，揉着困倦的眼睛，迷茫地看着岳千灵：“到底怎么了嘛？”

她沉默了一会儿，突然抬起头笑了笑：“没什么，我弄错了，以为他已经回来了。你不是明天早上的飞机吗？快点睡吧。”

小麦懵懵懂懂地点点头，又说：“啊……那你手机怎么办，要不我现在给他打电话让他给你送回来？”

“不用不用。”

岳千灵拒绝完，感觉自己语气好像有点激动，又小声补充道：“太麻烦他了……你早点睡吧，我就不打扰你了。”

小麦明天一大早就要起床，原本已经睡着了一会儿，被敲门声吵醒，人还是木的，脑子不太转得动，迷迷糊糊地点点头。回去躺到床上，他很快又进入睡眠，刚刚发生的一切对他而言大概就是一场梦游。

而岳千灵回到家里，关上门，靠着门板站了一会儿，才慢吞吞地走向房间。

她几乎忘了自己原本准备洗澡，一头栽倒在床上，抱着枕头滚了两圈。随后，她望着天花板，长长地呼了一口气。

所以她的感觉没有出错。

顾寻作为一个主开发，怎么可能每天第一个离开，其他同事还没有怨言。

原来他每天晚上把她送到家门口，看着她关上门后又回了公司。

思及此，岳千灵突然感觉浑身一酥麻，张嘴咬住了枕头一角。

现在要怎么办?

她感觉自己一个人消化不了这些情绪，有强烈的倾诉欲。想找印雪聊聊，可是手机又不在身边。

哦对，手机。

因为现在的手机都有闹铃功能，所以岳千灵进入大学后就没单独买过闹钟。现在比顾寻更重要的是明天早上能不能按时起床。

岳千灵坐在床上愁了好一会儿，几乎快要绝望时，才想起自己有个旧手机好像没扔。

她立刻起来翻箱倒柜，最后在角落的杂物箱里翻出了那个旧手机。

当时换掉它只是因为内存不够了，这会儿充上电，还能当个闹铃使用，只是登录不上聊天软件而已。

做好这一切，岳千灵去洗了个澡，重新躺到床上后，想着早点睡觉。

可是一闭上眼，脑海里又开始浮现顾寻的脸。

这段时间的点点滴滴像电影一样在她眼前不断回放，挥之不去。

像是回到了几个月前，那时她也是这样，闭眼就会想起他，同时心里还会翻涌起各种情绪：喜悦，紧张，憧憬……

让她感觉情况不妙的是，除了情绪开始回溯，她此时还有一种从未对顾寻产生过的感觉——

心疼。

第二天早上，旧手机的闹铃正常运作。

岳千灵不知道自己昨晚是几点睡着的，醒来时只觉得眼皮就跟灌了铅似的。

她对着镜子看了一会儿，也不知道是不是因为最近太累了，竟感觉自己看起来有些憔悴，额头上还冒了一颗小痘痘。

明明顾寻比她睡得还少，怎么就没见长痘痘，皮肤还比很多女生都好。

岳千灵心里碎碎念了几句，扫到梳妆台上的东西，眼神微动。

随后，她拿出许久没用过的粉底，淡淡地遮了一层，打算再涂点西柚色口红，让自己看起来更有精神。

刚刚拧开口红，门铃就响了。

岳千灵手指莫名一颤，顿了片刻，立刻草草涂上口红。

一打开门，果然是顾寻站在外面。他单手插在兜里，偏着脑袋靠着墙，见她开门，懒懒地抬了抬眼。

“怎么这么慢。”话刚说完，他视线突然定在岳千灵脸上。

岳千灵发现顾寻在看自己，不自然地别开视线，一步跨出来，想径直越过他。

但顾寻的目光始终跟在她脸上，就那么明目张胆地看着她。

“今天什么日子？”门关上的那一刻，岳千灵听见顾寻问，“居然化妆了？”

就一点粉底和口红竟然都被看出来了，难道太浓了吗？

岳千灵忍不住伸手摸了摸脸颊。

“这你都看出来了，你还是直男吗？”

“我是不是直男，”顾寻轻笑了声，直勾勾地看着她，拖长了尾音，“你不清楚吗？”

他的意思再明显不过，岳千灵不是感觉不到。

但是为了掩饰自己那一瞬间的慌乱，岳千灵只是扯了扯嘴角。

“我当然知道。”她越过顾寻，朝电梯走去，“毕竟你跟小麦同床共枕这么多天，匹配指数都到了九十分。”

“……”

上车时，岳千灵往副驾驶座扫视一圈，没发现自己手机，又侧头去看中控台，里面除了两瓶矿泉水，也没其他东西。

“找什么？”顾寻突然问。

原来他不知道啊。

岳千灵镇定地咳了声："没什么。"

坐下后，她悄悄伸手摸向座位和车门的缝隙，果然碰到了她的手机。

不动声色地掏出来后，岳千灵按了按屏幕，发现已经没电自动关机了。

她把手机放进包里，同时觑了一眼顾寻。

"那个……小麦已经走了？"

"嗯。"顾寻点头，"早上六点走的。"

"六点？！"岳千灵倏地睁大眼睛，"那你不是六点就醒了？"

大概是她语气太惊诧，顾寻抬了抬眉，侧身望向她："六点很早吗？"

岳千灵张了张口，最终没说什么。

发动车前，顾寻看了眼手机，小麦在二十分钟前给他发了一条消息。

小麦：哦对了，早上走得急，忘了跟你说，昨天晚上小麻花找过你，说是手机忘在你车上了。

顾寻立刻扭头看岳千灵。

她不知在想什么，低头看着手指，微微出神。

沉吟片刻后，顾寻也没说话，将车开出停车位。

去公司的路上，岳千灵心里一直在想一件事。

跟踪事件过去这么久，生活中没再出现过什么异样，而且曾经备案的警察还打电话回访过她，出门的时候保安偶尔也会跟她打招呼聊几句。只是岳千灵一直心有余悸，夜里总是不太放心。

另一面，她又想着总不能一朝被蛇咬，十年怕井绳，长此以往地戒备还能正常生活吗？

两种想法在岳千灵心里交战了很久，一直没有结果。

直到昨天晚上，她知道顾寻每晚送她回家后还要回公司，不知不觉就已经在心里做了决定。

“顾寻，我跟你说件事情。”

“嗯？”

“我知道你们最近在赶进度，挺辛苦的，我现在感觉也没什么危险了，所以你以后不用专门……”她说话的时候，手指不住地轻轻敲着膝盖，“等我，我可以自己回家的。”

顾寻没立刻说话。

直到停在一个红灯前，他才徐徐扭过头，沉沉地看着岳千灵。

“你——”

“你不要多想。”岳千灵看他眼神有点黯淡，连忙说，“我就是觉得你这样也挺辛苦的，每天事情那么多。”

顾寻紧紧盯着岳千灵的眼睛，似乎在等她的下一句话。

片刻后，见她没有继续的意思，顾寻徐徐收回视线，看着前方路口，弯了弯唇角：“嗯，知道了。那你晚上到家跟我说一声。”

“噢。”

“还有。”

“嗯？”岳千灵原本已经松了口气，听他这么说，心又悬起了一点，“怎么？”

顾寻没看她，依然直视着路况，像是说今天天气很好一般说道：“你今天口红颜色很好看。”

西格莉德的草图设计终于到了收尾阶段。

连毕业设计，岳千灵也没有投入过这么多的时间和精力。

第九事业部的美术前辈们说她算是效率很高的了，他们之前在西格莉德的设计后期，光是将草图视觉化就能花上更多时间。

正因如此，岳千灵反而不敢大意，下午三点就完成了收尾工作，没急着提交，而是反复地检查细节。

她一个人坐在第九事业部的小会议室里，手指夹着笔，一遍又一遍地审视着西格莉德六个造型的可信度和真实感，脑海里还将其运动模式想象了无数遍。

三个小时后，岳千灵确定这套草图已经在她能力范围内做到最好，才将成品提交到主程序。

刚发出去，便听见落地玻璃窗被轻敲了几下，岳千灵回过头，见是宿正站在外面，正在用口型问她："好了吗？"

她点头，并示意他进来。

"上一秒才提交到主程序，不知道主美术什么时候有时间看，你要不要先看看？"

"可以。"

宿正走到她身旁，没坐下，一只手撑着她的椅子，一只手撑着桌面，仔仔细细地看了一会儿后，确定和他们商讨的设计思路没有偏差，连连点头："在我这里是通过了，等下次会议看看卫翰的意思，没什么问题的话就进行可视化吧。"

说完，他又轻敲了下桌面："辛苦了，你这几天回家都很晚，今天就早点回去吧，好好休息一下。"

"好嘞！"岳千灵当然求之不得，立刻合上电脑，抱起来就准备下楼。

"等一下！"她推开会议室的门时，宿正突然叫住她，"吃了蛋糕再走啊。"

岳千灵往外面看了一眼，果然见大厅的空桌上摆着一个很大的蛋糕，几个男生正在那里拆纸碟。

"不是吧？"岳千灵抱着电脑，不可置信地看着那巨大的蛋糕，"就完成一张草图而已，你们部门仪式感这么强吗？"

宿正思忖片刻，才反应过来岳千灵的意思，立刻笑得眼睛都眯了起来。

"不是，你想什么呢，今天我生日。"

“……噢，你生日啊。”

自作多情的岳千灵哑口无言，挠了挠鼻尖，跟着宿正走出去。

大家把蛋糕摆好后，宿正拿起塑料刀子，朝半空中挥舞两下，大声喊道：“没事的都过来吃蛋糕了！”

话音一落，整个办公区都热闹了起来，陆陆续续有十几二十个人朝桌子走过来。

宿正作为寿星，在众人的簇拥下开始切蛋糕。

他盯着图案想了想，利落两刀，把“乐”字那一块儿完整地切下来，装进盘子，转身递给岳千灵：“来，你第一个。”

岳千灵本来就有点饿，见蛋糕漂亮好看，食指大动，便笑着说了声“生日快乐”，同时接过蛋糕，准备找个凳子坐下慢慢吃。

然而她刚刚退了一步，就感觉后背撞上一个人。

心里莫名涌上一丝异样的感觉，岳千灵立刻回头，发现果然是撞到了顾寻。

他正垂眼看着她。

“慢点。”

岳千灵一时忘了动作，就这么靠在顾寻胸前，在吵嚷的人群中，两人目光不偏不倚相接，岳千灵感觉心跳冷不丁漏了一拍。

没等两秒，她立刻挪了一步，端着蛋糕往旁边走去。

没一会儿，蛋糕分完了，宿正端着他的那一份朝岳千灵走来。

“我今晚——”

岳千灵正吃着蛋糕呢，一抬头，宿正的话却戛然而止。

他看着岳千灵，倏地笑了笑，随后转身，扫视一圈，看到离他们最近的顾寻，连忙说道：“顾寻，麻烦把你后面的纸巾拿过来一下。”

岳千灵还没明白怎么回事，就见顾寻的视线也落在自己脸上，嘴角噙着笑，拿着一张纸走过来：“擦擦你的脸。”

“……噢。”

这下不用多说，岳千灵也知道发生了什么。

她接过纸巾，胡乱地擦了擦嘴角，然后将纸巾揉成一团。

顾寻盯着她的脸，还想说什么，却见一旁的宿正已经伸出手，拇指轻轻抚过岳千灵的下颌：“这里还有。”

这突如其来的接触让岳千灵眼神凝滞了片刻。

随即，她立刻道了声谢，并下意识瞟了顾寻一眼，意料之中地对上了他的目光。

虽然顾寻脸上没什么表情，但岳千灵却莫名有一种做贼心虚的感觉。

她清了清嗓子，正想说什么，宿正却又开口接着刚刚的话题道：“我今晚会把线稿的设计说明、注解发一些给你，你随意看看格式就行，其他的东西不用管。”

“嗯嗯。”岳千灵连连点头，“明白。”

两人说话间，顾寻端着蛋糕转身就走。

岳千灵望着他的背影，舔了舔嘴角的奶油。

突然觉得没那么甜了。

岳千灵胃口一直不大，加上今天也不算忙，所以一块蛋糕就足以让她打消了吃晚饭的念头。

到了夜里九点多，她把家里打扫了一遍，又洗了一些衣服，才感觉到饿。

想着时间还不算很晚，岳千灵便决定点个夜宵。点开外卖软件的那一瞬间，她顿了顿，突然想到了什么，手指一点，切到微信，点开了顾寻的聊天框。

糯米小麻花：你今晚吃的什么？

校草：？

糯米小麻花：我参考一下。

过了好几秒，他才回消息。

校草：西湖醋鱼。

糯米小麻花：？

糯米小麻花：你不是不吃鱼吗？

校草：对啊。

校草：我现在也没在西湖。

44

“吃没吃西湖醋鱼跟你在不在西湖有什么——”岳千灵已经快编辑完这一句话了，才突然反应过来顾寻什么意思。

西湖醋鱼。

没在西湖，不吃鱼。

哦，吃醋了。

意识到这一点，岳千灵突然伸手揉了揉胸口。

呼吸频率有点乱。

也不知道自己心脏在乱跳什么，就连嘴角的肌肉都好像有点不受控制。

她盯着屏幕看了半晌，把打好的字一个个删除了，手指却悬在屏幕上，依然不知道说什么。

好一会儿过去，大概是见她没有反应，顾寻又发了一条消息过来。

校草：？

岳千灵眼皮突然一跳，一个翻身坐起来，盘起腿靠着枕头。

不行，不能因为一句话就又开始心神荡漾。

她抿着唇，敲了一个“噢”字。

高贵又镇定，看起来透露着一股“已阅”的气息，除了她自己，没人能看出来她其实是不知道说什么。

发出去后，岳千灵感觉自己莫名其妙心情好，看外卖软件里的东西也都觉得好吃了。她随便点了一份煲仔饭，随后便躺在床上玩起了手机。

一眨眼一个小时过去，岳千灵看外卖离她还有几十米，便坐了起来，随时准备下楼拿外卖。

等待的时候，她发现手机没电了，于是插上充电线，并随手刷了刷朋友圈。

几分钟前，印雪更新了一组照片，定位西湖。

岳千灵脑海里某根神经突然被触动了一下，给印雪发了条消息。

糯米小麻花：你去杭州了？？

印雪：对啊，我之前不是就跟你说了嘛，我姐姐这个月结婚，我要来参加婚礼的。

糯米小麻花：噢，我忘了。

印雪：对了，我今晚跟我表哥一起坐飞机来的杭州。

糯米小麻花：嗯?

印雪：要不要介绍给你？嘻嘻，我表哥很帅的，绝对不比顾寻差，我今天看见他，就觉得肥水不流外人田嘛。

糯米小麻花：……不用了。

印雪：怎么了嘛，不是说要多接触接触新的男生吗?

岳千灵抬头，鬼使神差地往墙那头看了一眼。

糯米小麻花：有人会吃醋。

印雪：？？？

印雪：谁啊？上次那个给你送药的男生?

岳千灵顿了一会儿，才打字。

糯米小麻花：嗯。

印雪：你俩现在什么情况?

印雪：先给我看看照片！

照片其实是有的，学校告白墙的微博就有不少顾寻的偷拍照，但——

糯米小麻花：印雪，我觉得朋友之间，要坦诚。

印雪：?

印雪：好吧，我摊牌了。

印雪：其实我表哥没顾寻好看。

印雪：但是他也很不错的!

糯米小麻花：那个男生就是顾寻。

印雪：?

隔了好几秒，印雪才回过神似的，发了几十个问号过来。

正好这时骑手打来了电话，告诉岳千灵他人已经到了单元门外。小区不让外卖送上楼，岳千灵只好自己下去拿。

她下床穿上拖鞋，手机还在不停地振动。岳千灵草草看了一眼，满屏的问号让她不知道怎么开口。

印雪：打电话给我说清楚!

糯米小麻花：等一下，我先拿外卖，充会儿电就给你打电话。

发完，岳千灵急匆匆地朝门口走去。

她一面弯腰换鞋，一面打开门把手。推开门的那一瞬间，她突然听到一声“嘀嘀”，还没反应过来，过道那头又响起一道不轻不重的关门声。

岳千灵的注意力顿时被吸引过去。

楼道里的声控灯亮了，空气里似乎还残留着顾寻的气息。

岳千灵看着对面那道门，一边嘀咕着他今天回来挺早，一边朝电梯走去。

拿到外卖回来，岳千灵伸手按指纹的时候，心里还惦记着怎么跟印雪说这件事情。不知道她会是什么反应，会不会骂她……

几秒后，岳千灵低头看着锁。

——门怎么没开?

她又按了一下指纹，依然没反应，于是去按密码。连按三次后，门依然没开，也没响起密码错误的提示音。

岳千灵蒙了，用力拉了拉门把手，也没任何动静。

她心里突然冒出一个非常不妙的预感，该不会……密码锁没电了吧？！

怀揣着最后一丝侥幸，岳千灵又按了三遍密码，门依然没开。

完了。

她现在穿着一身睡衣，没带手机没带身份证，除了一碗煲仔饭，一无所有。

岳千灵呆呆地盯着门看了好一会儿，终于接受了这个事实，然后转身去摁了对面的门铃。

两分钟过去，顾寻都没有来开门。

完了，全完了。

岳千灵抱着她的煲仔饭，呆滞地愣在原地。

刚刚该不会是听错了吧。

顾寻根本就没回来。

说不定又是凌晨两三点才回。

那她要怎么办？

而且，就算等到他半夜回来，就能打开她的门吗？

换锁！

明天就换锁！

再也不用什么密码锁了！

岳千灵正想得悲怆，门突然打开，她连忙抱紧煲仔饭退了两步。

再一抬头，目光瞬间定住。

顾寻顶着一头湿漉漉的头发出现在岳千灵面前，目光相撞的那一瞬间，发梢上一滴水从他漆黑的眼眸前落下，同时也晃了一下岳千灵的眼睛。

他一只手撑着门把手，半偏着脑袋，眼神有点无奈。

“你怎么——”他往下看了一眼，视线触及她领口的蕾丝边时倏地收回，眼里却染上了点笑意，“总在我什么都没穿的时候来敲门？”

岳千灵看他头发是湿的就猜到了他刚刚是在洗澡。

但倒也不必把话说得这么……

沉默片刻，岳千灵抱紧了煲仔饭，眼巴巴地看着他：“我的密码锁没电了。”

“嗯？”

顾寻惊诧地抬了抬眉梢，视线越过她，看了两眼那道门，随后迈腿走过去。

碰了两下，果然没有任何反应。

他回过头，看向穿着睡衣、一脸可怜的岳千灵，毫不掩饰自己的笑意。

岳千灵现在束手无策，也没办法跟他计较，讪讪地问：“你能不能帮我问一下房东有什么办法？”

顾寻慢悠悠地朝家里走，和岳千灵擦肩而过时，顺势抓住她的手腕，把她带进了家里。

“先进来。”

进屋后，岳千灵规规矩矩地坐在沙发上，生无可恋地盯着煲仔饭。

还好明天是周末，不然她真不知道要怎么去上班。

顾寻拿了条毛巾坐到她身旁，随意地擦着头发，另一只手拿起手机，拨通了房东的电话。

“啊？没电了？你没记得换电池吗？”

“……忘了。”岳千灵感觉很丢人，声音一点气势都没有，说着说着还低下了头，“我能找人开锁吗？”

“当然不行！”房东的声音突然拔高，把岳千灵吓了一跳，“这密码锁要是开了就废了，得换新的。”

岳千灵皱着眉想了一会儿，又问：“那我换新的要多久？”

“换倒是不慢，但是你这大晚上的，哪儿有人来给你换啊。而且我这锁是才买的，新的，三千多块呢，如果你要换，得换个相同价位的啊。”

岳千灵耷拉着脑袋，闷闷地“哦”了一声。

房东又问：“你备用钥匙呢？”

岳千灵：“当然是放在家里了。”

说到这里，她双眼突然亮了亮。

可是下一秒，便又暗淡了下来。

为了以防万一，她确实放了一把钥匙在印雪那里。可是好巧不巧，印雪今晚去了杭州。

把手机还给顾寻后，岳千灵垂着脑袋，重重地叹了口气。

“叹什么气，换个锁不就行了。”

顾寻不紧不慢地擦着头发，语气轻松得岳千灵想打他。

“三千多块不是钱？”岳千灵瞪他一眼，又说道，“我再打个电话。”

见她拨号，顾寻稍微坐直了些，凑到她耳边问：“给谁打？”

岳千灵：“我大学室友。”

闻言，顾寻淡淡地“哦”了一声：“你要去你室友家住？”

“她人在杭州，我住什么住。”岳千灵没解释得太细，直接把手机重新拿到他面前，“解一下锁。”

顾寻没接，也没看她，拿起遥控开了电视，漫不经心地说：“〇八一四。”

“噢。”

就“噢”？顾寻侧头，想说什么，却见岳千灵已经滑开屏幕开始拨号，似乎根本没在意那个密码是什么。

当初大一入校，整个寝室一起换的手机号，只有后四位数不一样，所以岳千灵记得印雪的手机号码。

几秒后，电话接通。

“哪位？”

“是我。”

声音一出来，印雪就知道是谁了。

“你怎么拿个外卖这么久？！快！跟我说说顾寻是怎么回事？！哦不对，你怎么换了个号码？！”

岳千灵捂了捂听筒，急切地说：“先别问这些了，我密码锁没电了，拿个外卖就被困在外面了。你什么时候回家？我现在只能靠放在你家里那把钥匙了。”

“啊？”印雪被这突如其来的变故打消了八卦的念头，认真思索起来，“我姐姐明天婚礼，我订的是周日晚上的机票，我是真的没其他办法。”

彻底完了。

挂了电话，岳千灵生无可恋地看向顾寻，满脸写着“现在怎么办”五个大字。

而顾寻懒洋洋地靠在沙发上，侧着头，直勾勾地看着岳千灵，也没说话。

两人就这么安静地对视着，一秒、两秒、三秒……

在静谧的氛围中，顾寻的眼神里传达的意思越来越明显，也让岳千灵感觉连空气都在升温。

忽然，他抬起一只手，撑着头，勾着唇角，笑得有点妖媚。

“你喜欢睡床还是睡沙发？”他声音低沉，却足够她听清楚。

岳千灵：“……”

果然。

其实她一开始根本没往这个点去想，顾寻这么一说，她仔细思考了一下，好像确实也没别的解决办法了。

只是他嘴角的笑和低沉的嗓音，都让岳千灵没办法将此刻当成普普通通的收留事件。

她感觉自己脸颊有些发烫，于是别开脸，严肃地说：“我喜欢睡沙发。”

“好巧。”顾寻拖长了尾音，一字一句道，“我也喜欢。”

“……”

一旦接受了现实，岳千灵也没什么好纠结的了。难不成她还要为了避一下男女之嫌，一个人流落街头吗？

况且，在她心里，目前也没有比顾寻家更安全的去处。

于是她认命地点了点头，拆了外卖盒，准备吃饭。

刚拿起筷子，吹干头发的顾寻安静地坐到了岳千灵身旁。

虽然他没有说话，但在这静谧的客厅里，他的存在感一点不弱。

岳千灵清晰地意识到她要在顾寻家里住上一晚，甚至两晚，是个什么概念。

更何况，他们俩现在好像不是普通朋友的关系。

因此，岳千灵浑身的感官细胞突然变得特别灵敏。即便两人隔着一个抱枕的距离，岳千灵还是能闻到他身上的沐浴露香味。

吃两口饭的工夫，她余光瞥了顾寻好几次。

“看电影吗？”顾寻突然问。

“嗯？”

岳千灵回神，视线乱撞，下意识“噢”了一声：“现在？我穿着睡衣呢。”

“又没让你出去。”

顾寻拿遥控选了点播模式，直接切换到惊悚片分类：“选一个？”

岳千灵：“……”

哪儿有摆好了惊悚片让女孩子选的？

她随便指了个看起来不那么吓人的封面：“就第一排中间那个。”

顾寻“嗯”了声，径直点开。

电影一开始出现的画面挺和谐，是一家三口开车去一个树林里露营，风景优美，配乐也轻缓。岳千灵却无法安心地看剧情。

虽然顾寻一直没有说话，似乎是在安心地看着电影，但他的呼吸声近在咫尺，一轻一重，无时无刻不在提醒着岳千灵，他们孤男寡女独处一室。

越是想这一点，岳千灵就越是心猿意马。

明明开了空调，她却感觉很热，连手心都隐隐有出汗的迹象。

突然，她感觉到顾寻抬起手臂，正朝她靠来。岳千灵下意识就后背一僵，感觉他似乎是要搂住自己。

下一秒，顾寻手肘一弯，靠在岳千灵身旁的沙发背上，腕关节撑住了太阳穴。

岳千灵一口气又松了下去。

过了一会儿，顾寻突然又放下手臂，整个人朝岳千灵靠去。

她呼吸倏然一紧，手指突然攥紧裙摆。

而顾寻却只是俯身过来伸手按灭了她身旁墙壁上的灯。

虽然松了口气，但岳千灵感觉自己快受不了这样的刺激了。

光线暗下来的那一瞬间，顾寻并没收回手。他就着这样的姿势，一垂头，就清晰地看见岳千灵轻颤的睫毛，闻到她身上淡淡的香味。

两人的距离只有不到一拳，呼吸紧紧交缠着，频率越来越快。

岳千灵的心又悬到了嗓子眼。

片刻后，顾寻滚了滚喉结，低声问："你怕吗？"

分明只是再正常不过的三个字，可是在这样的距离下，落到岳千灵耳里，总像有其他意思一般。

她下意识就抬下巴，谁知却让两人距离更近，仿佛嘴唇那一片肌肤都能感知到他下巴的温度。

岳千灵赶紧又垂下头。

"……不怕。"

"噢……"

顾寻懒洋洋地坐了回去，两人之间距离一拉开，岳千灵感觉呼吸都顺畅了许多。

“那你刚刚紧张什么？”

岳千灵紧紧抿着唇没说话，害怕一开口，就暴露自己的想法。

气氛又缓和了些。

顾寻靠着沙发，几次朝岳千灵看去。然而她仿佛没感觉到他的视线似的，专心致志地盯着电视，眼睛好像都没眨一下。

于是，顾寻拍了拍自己身旁的位置：“你坐过来点。”

岳千灵直直地盯着电视：“我不怕。”

“噢。”

片刻后，顾寻坐到了她身旁，裤子和她的裙摆紧紧相触。

“我怕。”

45

自从顾寻坐过来，岳千灵的心思就再也没集中到电影上。

男生的身体似乎天生就硬一些。

两人的腿不松不紧地贴着，距离没有过火，还隔着两层衣服，可岳千灵也能清晰地感觉到他身体传来的温度。

客厅的空调温度开得并不低，岳千灵不知道是他的体温比较高，还是自己的体温更高。

因此，电影虽然不吓人，但岳千灵的神经却在不知不觉中紧绷起来。

她盯着屏幕，希望赶紧出现一些刺激的场面来转移她的注意力。

但是她没预料到，这部电影之所以被归为惊悚片，是因为它没有正面的鬼怪形象出现，而是以各种灵异事件营造恐怖氛围。加上夏夜风大，窗户时不时发出吱吱呀呀的声音，无形中给这部电影加重了阴森的效果。

电影画面中，主人公的手机不停接到陌生来电，接通后没有人说话，耳边只有阵阵阴风。

就在这时，客厅里也响起了诡异的振动声，和电影几乎同步。

岳千灵浑身一激灵，看见顾寻的手机屏幕亮起，进来了一个没有备注的来电。她手臂突然起了一层鸡皮疙瘩，太阳穴绷得尤其紧。

几秒后，振动还在继续，而顾寻似乎投入了电影剧情，一点反应都没有。

岳千灵忍不住用手肘碰了碰他："你的电话。"

顾寻从电影中抽了点注意力到手机上，轻轻带过一眼，又撑着头看向电视。

"你接。"

岳千灵浑身一激灵，憋着气，咬牙说道："顾寻，你好屃啊，真这么怕？"

"嗯？"顾寻侧过头看她一眼，眸子里有浅浅的戏谑笑意。

在岳千灵紧张的注视下，他俯身拿起电话，接通后放到耳边："哪位？"

电话里没有声音。

正好一阵风又吹得窗户作响，有点瘆人。

顾寻笑意渐渐收敛了。

"有人吗？"

对面还是没回应。

顾寻清了清嗓子："说话。"

一听这架势，岳千灵知道电话那头没人说话。一想到电影情节，她太阳穴直突突地跳，一把抓住了顾寻的左手。

气氛突然凝固。

电话那头依然没声音，顾寻徐徐侧头，看向自己的左手。

昏暗的屏幕照射下，岳千灵虽然看似镇定地盯着电视，右手却紧紧握着他，手指还不安分地摩挲着他的手背。

顾寻管不了电话了，低声道："岳千灵，你故意的？"

岳千灵眉心骤然一跳，视线往下一瞥，连忙松手。

但她指尖还没抽出来，反又被他握住。并且，他的手指穿过她指间的缝隙，紧紧扣住。

"你真贴心，"顾寻紧紧看着她，嘴角噙着笑，一个字一个字地说，"知道我害怕。"

电话那头的印雪把这段对话完完整整听了过去，突然感觉自己打来得很不是时候。

她刚刚才下车回到酒店，想起岳千灵的事情，还是觉得有些不放心。

被困在外面了，那晚上怎么办呢？又是找谁借的电话？

思及此，印雪立刻回拨。

当男人接通的那一刻，她便愣住。

虽然这声音她不熟，但她的第六感却强到可怕。她知道，此时说话的是顾寻。

出于震惊，她一时没想到怎么开口，便沉默着。

没想到接下来的几秒，让她意识到了更震惊的一件事——岳千灵此刻在顾寻家。

印雪不知道怎么形容自己的感受，也消化不了这样的情况。

但即便这样，她也没忘记作为一个闺密的基本素养。于是持续沉默两秒后，她挂了电话。

听筒里响起嘟嘟声，顾寻心里突然有点发毛。

岳千灵见状，心里也直发怵，战战兢兢地问道："怎么了？谁？"

顾寻皱了皱眉，拿下手机，瞄了一眼来电号码。

发现和上一通拨出去的号码一样后，他倏地松了口气，然后按灭屏幕，极浅地勾了勾唇："不知道，对方没说话。"

感觉到岳千灵的紧张，他叹了口气，补充道：“怪可怕的。”

岳千灵的手突然握得更紧。

但岳千灵是不可能承认自己害怕的，即便电影剧情越来越阴森。

她双眼虽然盯着电视，脑海里却一直回想刚刚那通电话，越想越觉得不对劲。

作为一个坚定的唯物主义者，她即便害怕到了极点，也想弄清楚是怎么回事。

一遍遍地回想中，匆匆扫过的那一眼电话号码突然蹿进她脑海里。那熟悉的号码开头……

噢。

岳千灵突然醍醐灌顶。

是印雪。

是她回拨了电话。大概是听到了陌生男人的声音，所以她才没说话。

思及此，岳千灵一颗心突然重重落下。

静谧的环境里，顾寻敏锐感觉到她的情绪变化，转过头问：“怎么了？”

岳千灵本想说刚刚那通电话是印雪打来的，话到了嘴边，却感觉到掌心传来的温度和真实的触感。

这种感觉像一根攀附着她神经的藤蔓，不知不觉地操控了她的意识。

“没什么。”

两人没再说话。

当电影进入真正的恐怖高潮，两人紧握的双手，亦没有分开。

岳千灵想，她确实是因为害怕吧。

但就是，确实不想松开。

零点，电影开始进入尾声。

主人公收养的一只小狗大概能感觉到超现实的东西，带着主人公走出了这片诡异的树林，生活又归于平静。

劫后余生的主人公们开心地驱车回家，并表示再也不要来这种地方露营，要好好对待这只救命恩狗。却没有人发现，坐在后排的小狗竟然露出了诡异的神情。

屏幕黑了一瞬，然后自动切回桌面，色彩变得鲜艳。

结尾虽然细思极恐，但岳千灵完全没在意。她此刻所有的感官细胞都在和顾寻交握的那只手上。

难以相信，他们居然就这样亲密地看完了一整部电影。

这会儿客厅里安静得连电视声都没有了，只剩两人的呼吸声。

岳千灵感觉顾寻一动不动的，便缓缓侧过头去看他。

他盯着屏幕，眼睛不眨一下，似乎还在想结尾那个剧情。

忽然，他眉梢微抬，不知想到了什么，侧头看过来，正正地跟岳千灵的目光对上。

原本想说的话他没有再说，就这么看着她。

岳千灵想起，曾经有人说过，和一个异性对视三秒，就足以产生情愫。

更何况，是面对这样一张……一眼就让她怦然心动的脸。

她不知道自己和顾寻就这样对视了多久，好像没什么原因，都没移开目光。

只是她的胸腔越来越充胀，浑身的血液都开始升温。

岳千灵感觉再这么看下去，等于把她所有的情绪和想法全都明明白白地摊开在顾寻面前。

于是她清了清嗓子，移开视线，问道："你……还在想这个剧情？"

"这么扯淡的剧情有什么好想的，"他垂眼，轻笑。下一秒，目光重新定定地落在岳千灵脸上，"我在想——"

话未说完，岳千灵垂眼，掩盖住自己慌乱的视线。

"剧情哪里扯了？这不很好吗？"

顾寻沉默了片刻，语气又恢复漫不经心：“一只狗能那么聪明？智商这么高当什么看门狗，怎么不去当警犬？”

“哦，是吗，那你智商也挺高的，你怎么不去当警犬？”

顾寻：“……”

话题一转，岳千灵感觉气氛轻松了些，没那么灼热了，有了些呼吸的空间。

于是，她一点点地抽出自己汗津津的手。

本来就开始得晚，和顾寻胡诌了一会儿，时间就更晚了。

岳千灵感觉得结束和他的单独聊天，不然这深更半夜，孤男寡女，谁知道会发生什么。

她故作困倦地打了个哈欠：“我要睡了，你这儿有新的牙刷吗？”

顾寻沉沉看她一眼，随后起身，去柜子里翻出了新牙刷和新毛巾。

出来时岳千灵洗过澡，所以她只刷了牙，洗了个手，便准备睡觉。

回到客厅，却发现顾寻坐在沙发上，旁边放了一床薄被。

岳千灵知道他什么意思，但她无法这么坦然地接受因为收留她，顾寻自己得睡沙发这个道理。

而且他这段时间每天忙到那么晚，中途还抽空送她回家，岳千灵有点不忍心让他睡沙发。

“我睡沙发吧。”岳千灵说。

顾寻像是听到了什么好笑的事情，眼尾扬起，嘴角笑得肆意。

“让我正在追求的女生睡沙发，这以后要是说出去，我还做人吗？”

岳千灵垂了垂眼：“没关系，我睡沙发可能睡得好一些，我认床。”

“认床啊……”顾寻认真地想了想，“那你得尽早习惯一下。”

“……随你。”

岳千灵转身就往他的房间走。

推开门的那一瞬间，她想起了另一件事。虽说接下来两天是周末，她正好也不需要加班，但不知道会不会临时有什么急事。万一到时候找不到她人，耽误了工作进度就不好了。

但是……

她现在拿不到自己的手机，没有办法在任何设备上登录自己的社交软件。

目前似乎只有顾寻能成为她和公司联系的桥梁。

可是要怎么说?

让顾寻去跟同事们说一声，她回不去家，拿不到手机，有事就直接找他转达?

这样好像很容易让人想入非非吧。

岳千灵踌躇转身，迟疑地看向顾寻。

顾寻遥遥望着她，半天没等到下文，懒洋洋地坐了起来。

“行了，你直说吧。”

岳千灵花了两秒酝酿措辞，一开口，却见顾寻已经坐直了，正直勾勾地看着她。

他偏头，抬了抬眼：“是不是不敢一个人睡？”

46

已经凌晨，这个时候通知同事似乎也于事无补，说不定还打扰别人休息，索性明天再说吧。

岳千灵这么想着，却无法安然入睡。

即便闭上眼，她脑海里的意识也非常清晰。

——此刻，她正躺在顾寻的床上。

身下的床单，身上盖的被子，就连枕头，似乎全都有属于他的气息，仿佛被他环抱着一般。

岳千灵从来没想过一个人躺着，也能如此不镇定。

闭眼半晌都没有睡意，她索性睁开眼，打开床头落地灯，一遍遍地打量他的房间。

和她堆得拥挤的房间不同，他家里好像没什么东西，就连桌上也只是摆了两台电脑，以及一堆专业书。

此时的客厅，顾寻也没睡觉。

他看着门缝渗出的光亮，抬了抬眼，想过去再跟她说点什么。

这时，桌上的手机又振动。

这次有来电显示，是宿正。不过他这个点打电话能有什么事？

顾寻有时候的第六感也很敏锐。他看了一眼房间门，才拿起手机往阳台走去。

接通电话，宿正直接问道："还没睡呢？"

"嗯，什么事？"

"噢，你跟岳千灵不是邻居嘛，"宿正说，"她晚上一直没回我消息，打电话也不接，所以有点担心她是不是出了什么事，你知道她现在在哪儿吗？"

果然是岳千灵的事情。

顾寻垂眼看着楼下的路灯，淡淡说道："她没事。"

话音落下，电话那头沉默了半晌。

"那……"

顾寻回头看着房间门，不急不缓地说："她手机被锁在家里拿不到，现在人在我家，已经睡了。"

宿正似乎花了好几秒消化这句话的信息内容，再开口时，嗓音变得很沉："你们……在谈恋爱？"

顾寻沉默片刻，才开口："还没呢。"

还、没、呢。

这三个字信息量比刚才那句还大。

电话那头的宿正沉默了一下，突然笑了笑，直接跳过了这个话题。

"哦，她没事就好，那她什么时候能拿到手机？"

"不确定，最快也要周日晚上。"

"这样啊……"宿正叹了口气，"那麻烦你问问她，白天能不能来一趟公司？"

顾寻挑眉："不是周末吗？"

"是这样没错，我本来准备给她发线稿说明的，不过卫翰看了草图，觉得还需要改一些地方。"

宿正顿了顿，又说："你知道美术部门也在赶进度，本来想让她这两天在家改改，可现在她没有手机，还挺不好办的，只能麻烦她来一趟公司了。"

顾寻回头，见房间门缝的灯光还没暗，便说道："行，我等一下跟她说。"说完，他准备挂电话。

"等等！"宿正又叫住他，"她不是没手机吗，路上不方便，你给我个地址吧，我中午来接她。"

"……不用。"顾寻朝房间门走去，"她是没手机，不是没腿。"

挂了电话，顾寻见光亮还在，便径直敲门。

"睡了吗？"

下一秒，门缝里的光立即暗了，床上的岳千灵下意识拉起被子盖住了半个脑袋，朝外喊道："睡了！"

"……"顾寻又敲了两下门，"没说要陪你睡，跟你说个正经事。"

好一会儿，房间里才传来轻微的脚步声。

岳千灵拉开一条门缝，探着脑袋出来："什么事？"

"宿正说你的草图需要修改，问你今天中午能不能去一趟公司。"

岳千灵没露出什么厌烦的表情，几乎是立刻点头："去啊，没问题。"

顾寻垂眸看着她亮晶晶的眼睛，几不可闻地叹了口气。

"行吧。"

"可是……"岳千灵低头看了看自己身上穿的睡衣，"我突然想到，去的话，我穿什么？”

“这个不用你操心。”顾寻突然伸手，推了推她的额头，“去睡，早上叫你。”

不知道是因为晚上的惊悚片余威太大，还是这房间里处处透露着顾寻的气息，岳千灵不可避免地失眠了。

没有手机在身边，她也不知道自己是几点睡着的，印象中似乎看到了透过窗帘的微微晨曦。

自然醒来时，天光已经大亮。

岳千灵迷迷糊糊地坐起来，下床拉开窗帘，见艳阳灼灼，睡意突然消失得无影无踪。她立刻转身朝外走去。

推开门的那一瞬间，看见顾寻坐在客厅里，岳千灵才松了口气。顾寻还在，说明她没睡过头。

抬头看了一眼时钟，竟然已经上午十一点了。

“醒了？”

桌上摆了些吃的，还冒着热气，显然刚买回来。

顾寻朝她抬了抬下巴：“吃了饭送你去公司。”

岳千灵点点头，朝他走去。

经过沙发时，她看见上面放了一个新的购物袋，明明昨晚还没有。

她停下脚步，弯腰看了一眼，不用拿出来细看，就知道是什么。

“你早上出门给我买的？”

“嗯。”顾寻看着她，“试试？”

“有什么好试的，不合适不也只能穿这个嘛。”

虽然这么说着，岳千灵还是拿着衣服进了房间。

早上开门的商店不多，顾寻是去的最近的商场，也没什么时间挑选，直接买了一件短袖和长裤，以及一双球鞋。

意外的是，大小竟然正合适。

“你竟然猜中我的尺码了？”岳千灵理着裤腿，不可思议地问，

“腰的大小居然也刚好。”

顾寻正喝着豆浆，漫不经心地说：“又不是买内衣，有什么是靠目测算不准的。”

岳千灵徐徐抬头，冷眼盯着他。

顾寻感觉到岳千灵的眼刀，喉结滚了滚，面不改色地说：“你当我放屁。”

寄人篱下，岳千灵决定不跟他计较。

两人十一点四十分到了公司。

虽然是周末，公司里依然有不少人在加班。

宿正正在公共办公区跟易鸿聊着什么，听到有人跟岳千灵打招呼，一回头，却见顾寻居然也来了。

他垂了垂眼，掩饰住眸子里的一抹异样，随即抬头跟岳千灵笑着打招呼：“来了？卫翰在办公室等你，你直接过去找他吧。”

岳千灵点点头，直接朝拐角处走去。

顾寻则在易鸿身边随便找了个位子坐下。他今天休息，来了也没什么事，准备看看易鸿的代码进度。

宿正站在易鸿的另一侧，顾寻坐过来时，他便有些心不在焉。

他悄无声息地偏头，看了一眼顾寻，然后又扭头看着岳千灵的背影消失在走廊尽头。

片刻后，他眉头轻蹙，垂下了眼帘。

因为中午才到公司，岳千灵和卫翰没聊几句便到了午饭时间。

为了节省时间，卫翰直接把外卖拿到办公室，两人边吃边聊，半个小时后说通了草图的修改问题，岳千灵便一个人回了手游部门。

今天难得整个美术小组都没加班，岳千灵一个人坐在空无一人的办公区，倒也清静自在，效率也高。

下午五点半，她把修改过后的草图提交到主程序，随即起身又去了第九事业部。

这个部门的工作时间真的很随意，中午来的时候只有十几个人，到了下午五六点，人数反而翻了一倍。

经过开发部门时，岳千灵随意一瞥，正好看见顾寻坐在那里专注地看着电脑。

今天天气特别好，时近黄昏，却霞光万道。

岳千灵不知不觉顿住了脚步，视线遥遥穿过办公区，落在顾寻脸上。熔金般的余晖透过窗户洒在他脸上，将他的轮廓镀上了一层细碎的金光。

第一次，岳千灵如此大胆地打量着顾寻。不像从前，她好像只能在远处偷偷看着他。

而现在，她心里莫名有一股底气，再不怕顾寻发现她的注视。

好几秒过去，岳千灵没有动，直到宿正在会议室门口叫她："岳千灵，过来一下。"

她倏然回神，朝宿正走去。

岳千灵转身的同时，顾寻也听到了动静，回过头，目光一直跟着她，直到她进了会议室。

宿正找岳千灵还是为了西格莉德的事。

趁着有时间，他详细地跟她讲解了自己关于线稿设计的一些想法。

这种天马行空的东西一旦聊开了，话题就容易跑远。宿正本身也是一个想象力丰富的人，聊着聊着，就说到了他曾经被毙掉的创意。

说到有趣的地方，岳千灵靠着椅子笑得花枝乱颤。

还好会议室隔音效果好，不然整层楼都将回荡着岳千灵的笑声。

但听不见，不代表看不见。

没一会儿，一道敲门声响起，打断了岳千灵和宿正的话题。

岳千灵回头，透过落地玻璃望出去，见敲门的是顾寻。

门被推开的时候，她嘴角笑意还来不及收敛。

顾寻淡淡地扫了她一眼，随后看向宿正。

“行政要定晚饭了，问你吃不吃。”

凡是加班，公司的行政都会替他们订餐。

宿正闻言也不意外，只是转头问岳千灵：“要不吃了再走吧？卫翰马上就有空了。”

岳千灵点头：“行。”

“吃什么？”

顾寻偏头看向岳千灵，眼神里毫不掩饰自己此刻的情绪：“点份西湖醋鱼？”

岳千灵垂眸，勾起了唇角：“不用了，我暂时不想吃鱼。”

从会议室出来，岳千灵依然压不住唇角的弧度。

虽然这么想并不厚道，但是当顾寻赤裸裸地把自己“吃醋”的情绪展露到她面前时，她确实感受到了浓厚的被在乎的感觉。

唉，可惜这吃的是飞醋。

吃醋也找不准对象。

岳千灵一面想着，一面朝茶水间走去。

她接了半杯温水，刚喝一口，就见顾寻朝她走来。

预料之中的事情。

没什么原因，岳千灵就知道他一定会过来找她。思及此，岳千灵嘴角的笑意止不住地加深，那对酒窝浅浅地露了出来。

而顾寻却沉着脸，看见她酒窝的那一瞬间，想说的话突然压了回去。

每次和宿正待在一起都这么开心吗？

顾寻想了想，好像岳千灵在和他独处的时候，也没有笑成过这样。

她垂着眼睛，不知道在想什么，也不说话。

顾寻看着她自顾自地笑着，突然觉得那对酒窝格外刺眼。

忽然，他伸手掐了掐岳千灵的酒窝。

岳千灵立刻别开脸，没看他，只是盯着地面。

“你干什么呀。”

顾寻什么都没说，只是紧紧看着她。

岳千灵当然知道顾寻的视线落在她身上，她不知道如何回应，嘴角笑意便越来越深，双颊酒窝若隐若现。

殊不知，她此刻荡漾的表情在顾寻眼里有多碍眼。

片刻后，岳千灵张嘴说话：“宿正他——”

话未说完，下巴突然被人捏住。下一秒，顾寻靠了过来，双唇拂过她的酒窝，停留片刻，便挪到她耳边。

“别笑了。”

他的声音很低，强硬中似乎又带了点委屈的感觉，导致岳千灵感觉自己在梦里，分不清顾寻刚刚……是不是吻到了她的脸颊。

47

岳千灵从未如此清晰地听到自己的心跳声，鼓着耳膜，一下又一下，似乎要冲破胸腔。

偏偏茶水间这样安静，岳千灵怀疑连顾寻都能听见她的心跳声。

不知道过去了多久，岳千灵一直没有动静，就这么直挺挺地站着，像一具雕塑。只是她能感觉到自己浑身的血液在持续升温。

见她嘴角那刺眼的笑总算是消失了，顾寻松开手，徐徐站直了，定定地看着她，却舔了舔唇角。

这个小动作落在岳千灵眼里，莫名有点撩人，再对上他的眼神，连心跳声都听不见了。

幸好这时有脚步声传来。

岳千灵捧着杯子，一扭头，见宿正朝着他们走来。

见两人在茶水间面对面站着，神情似乎有些不自然，主要是岳千灵，脸红得像熟透的苹果，简直人间红富士。宿正怔了片刻，视线飞速在两人之间扫了一圈，随后镇定地说："外卖到了，过来吃饭啊。"

岳千灵蒙蒙地点头："好。"

她跟着宿正走了两步，突然想到什么，停下脚步回头。顾寻还站在那里没有动，看着宿正的背影，似乎在想些什么。

岳千灵突然心头一痒，没什么理由，突然就伸手像顾寻捏她的下巴那样，拇指扣住他的下巴。

顾寻没避开，顺势垂下头："干什么？"

他这样的举动，让岳千灵的手指被动滑过他的下巴，像是在摸他一般。

指尖突然颤了颤，但岳千灵不想表现得很尿，所以即便心如擂鼓，却还是一字一句道："美女的事情，你、少、管。"

"没有。"顾寻虽然凝视着她，语气冷冷淡淡，"就是看他这么会讨美女欢心，有点羡慕。"

还是一股酸味。

算了。

岳千灵也不知道自己在跟他解释什么。

她和宿正本身就是普通的同事关系，何况她现在没有立场，也没有必要跟顾寻解释什么。

思及此，岳千灵松开手，轻哼了声，转身离开时，不轻不重地嘀咕道："一个大男人，心眼这么小。"

顾寻闻言，嗤笑了声，没有立刻跟上去，而是给自己倒了满满一杯冰水。

离开茶水间，岳千灵发现宿正还没走远，他听到岳千灵的脚步声，回头朝她笑了笑，放慢了脚步。

其实宿正平时也总是这样，温和地笑着对人。他似乎对每个人都这样，接触的这段时间，如此高压地工作，岳千灵也没见他对任何人发过火。

除了那天他生日，有了一个稍微过密的举动……

正想着，岳千灵不知不觉已经走到了宿正身边。

他侧头见岳千灵出神，便问道："想什么呢？"

"没什么。"岳千灵摆摆头，"在想线稿的事情。"

宿正："嗯，有什么地方不明白吗？"

"没，我要问的今天下午都已经问完了，这会儿只是在构思。"

"行。"

宿正直视着走廊前方的玻璃，眨了眨眼睛，语调突然一扬："那我问你个问题呗。"

岳千灵回头："什么？"

宿正的视线落下来，深深看着她，几秒后，才说："你跟顾寻……什么关系？"

"我跟他？"岳千灵眼神凝滞片刻，突然有点不知道该怎么说。

普通朋友吗？这么说好像有点心虚。

见她迟疑，宿正便直接问："男女朋友？"

"不是不是。"岳千灵立刻摇头。

否认过后，她却觉得好像也不对劲。

她默了默，又低声说："你怎么——"

"阿正！快来！"

岳千灵还没说完，有个人突然在走廊尽头大声喊宿正，语气还挺急。

宿正几乎是瞬间就被转移了注意力，大声应了那人，又转头对岳千灵说："行，知道了。"说完，就一路小跑过去。

留下岳千灵站在原地，一下一下地眨着眼睛，有点不知所措。

怎么连宿正都这样问了。明明她和顾寻在公司里接触也不多，甚至还没她跟卫翰这些人待在一起的时间长。

那宿正到底是怎么看出来的？

整个晚饭时间，岳千灵都有点心猿意马。

像是有一个秘密露出了马脚，快要被所有人发现了。

同时，她又特别想知道别人是从什么细节看出来她和顾寻之间不普通的关系的。在她的潜意识里，这些细节就像包在糖果外面的一层纸。

——里面是糖果，而这层纸揭开了，上面也会沾染上一层淡淡的甜味，让人想要细细地舔一遍。

带着这层疑惑，回去的路上岳千灵一直没说话，心里跟猫抓似的痒痒，忍不住偷偷打量顾寻。

可是这种事情恐怕顾寻也不能给她答案。

可能他自己都不知道。

唉。岳千灵无声地叹了口气。

回到顾寻家里的时间比预料中晚了不少，月亮都露了脸。

岳千灵现在没有手机，几乎找不到事做。

而顾寻似乎有什么事情要忙，一回来就进了房间。

岳千灵洗完澡出来，在客厅溜达一圈，也没想去打扰顾寻，自己打开电视找了部喜剧电影。

一看就是两个小时，电影也不怎么好笑。

结束后，岳千灵困得眼皮打架，于是起身推开房间门，探了个头进去。

顾寻坐在电脑前，专注地看着屏幕上密密麻麻的英文，并没有发现岳千灵的存在。

她就这么看了好一会儿，才低声开口："你在干什么？"

"看看文献。"顾寻一只手还放在鼠标上，回过头，上下打量岳千灵一眼，"怎么了？"

"有点困……"岳千灵靠着门框，满脸困倦，"想睡了。"

"那你先睡。"顾寻指了指桌边的床，"我还有几分钟就看完了，你就当我不存在。"

岳千灵：“……”

说得倒是轻松。

见她没动静，顾寻偏着头笑：“怎么，非得我陪你睡？”

岳千灵：“……你给我闭嘴。”

说完，她从顾寻手边拿了本游戏杂志，打开窗边的落地灯，躺下看书。

静谧的深夜连风声都很温柔。

房间里时不时响起空调换气的声音和岳千灵翻书的动静。

两种声音相互呼应，莫名和谐，没人能发现岳千灵根本没看进去一个字。

也没人发现，顾寻的鼠标没再滚动过。

直到一道铃声响起，打破了此刻的安宁。

顾寻侧头瞄了一眼来电，直接按了免提，随后注意力又回到电脑上，漫不经心地说：“什么事？”

“大喜事啊！我老婆怀孕了！我要当爸爸了！”

顾寻按键盘的手指一顿，眉梢渐渐染上了笑意：“嗯，恭喜。”

岳千灵的动作也停滞，徐徐抬眼，扭头看向顾寻的手机。

如果她没听错的话，这个声音是骆驼吧？他居然要当爸爸了。

骆驼：“嘿，我这大晚上激动得睡不着，恨不得昭告天下，可是我老婆说没满三个月不能太招摇，对宝宝不好。唉，怎么生个孩子都这么多忌讳。”

在骆驼的絮絮叨叨中，顾寻看完了文献，正在关电脑。

骆驼：“哎，对了，我打算翻字典取名字了，你有没有什么主意？”

听着骆驼的话，岳千灵有点好奇，不知不觉坐了起来，拎了个抱枕塞在怀里。

“这么早？”电脑屏幕黑了，顾寻也往后一靠，揉了揉脖子，“取一男一女备选吗？”

"对啊，我看很多人都这样。"骆驼说，"回头还得找个算命先生算一下。唉，就是我觉得我这姓不太好听，要是个女儿的话，不知道能不能取个漂亮的名字。"

"急什么，还有好几个月的时间慢慢想。"顾寻说，"你喜欢女儿还是儿子？"

骆驼："嘿嘿，当然是女儿，生个儿子来气我吗？"

"嗯。"顾寻垂下眼，笑了笑，"我也喜欢女儿。"

电话那头的骆驼突然大笑起来："你连个女朋友都没有，想这些是不是有点太早了？"

仗着骆驼看不见，顾寻侧头看了一眼岳千灵，懒懒地说："这不是在追吗。"

岳千灵眼皮跳了跳，别开了脸。

骆驼："你说得倒是挺轻松，人还没追到就连生孩子的事情都在考虑了，想什么呢。"

岳千灵有点听不下去了，不动声色地伸腿，打算去一趟卫生间。

这时，顾寻又开口："是啊，这种事情……就算追到了也不是我做决定。"他再次回头，看向岳千灵，抬了抬眉，"是吧？"

岳千灵下床的动作顿住，脸一红，拎着抱枕打了一下顾寻。

这次顾寻早有预料，笑着躲了一下，却抬眼看过来。

他的目光在一瞬间转换，不如刚才平静，跳动着些许强横的意味。

岳千灵还没反应过来他这眼神什么意思，就见他飞快地挂了电话，随即起身，两步跨过来，抓住岳千灵的手腕，一条腿半跪在床边，利落地将她反剪着双手压倒在床上。

一系列动作太快，岳千灵根本来不及挣扎，微弱的灯光就被他的身影挡住。

岳千灵眼前一暗，呼吸也屏住。

两人就以这样的姿势一动不动地看着对方。

窗外不知何时下起了潺潺小雨，淅淅沥沥的雨声夹杂着两人的气息，在静谧的房间里交缠。

而耳膜里，却传来清晰又强烈的心跳声，不知是谁的。

岳千灵睁着眼，看着顾寻漆黑如夜幕的眼睛，感觉到他的呼吸离自己越来越近。

直到他灼热的气息拂过鼻尖那一刹那，岳千灵轻颤着闭上了眼。

下一秒，额头落上一片温热。

像蜻蜓点水，很快又离开。

岳千灵睫毛依然颤动着，在持续的寂静中，睁开了眼。

两人的目光在黑暗中交会。

“下次再这样，就没这么简单了。”

他低沉的嗓音和清脆的雨声产生了强烈的对比，轻轻钻进耳朵，却像燎原一般让岳千灵浑身酥麻，感觉自己像被妖精勾引了。

顾寻说完，便松开岳千灵的手，拂开她耳边凌乱的头发：“睡吧。”

语音通话

【糯米小麻花】向你发起了语音通话。

拒绝　　接听

快开门呀，哥哥　第一章

我是在追你　第二章

西湖醋鱼　第三章

只喜欢你一个　第四章

？？？　第五章

？？？　第六章

？？？　第七章

？？？　第八章

？？？　番外篇

48

“咔嗒”一声，房间门关上，彻底隔绝了一室暧昧。

顾寻靠着门站了会儿，客厅昏暗的灯光将他的身影拉得很长。

十七摄氏度的空调冷风不怎么抵事，吹不散夏夜躁动。

他发现自己最近越来越奇怪，岳千灵稍微碰他一下，他就有点难以自控，总想动手动脚，像得了肌肤饥渴症似的，每一根神经末梢都很容易被撩动。

遐思在静谧的客厅里飘得很远，顾寻久久没动。

直到骆驼又打了一通电话过来，他吸了口气，接通电话的同时朝阳台走去。

室内，灯光虽然已经熄灭，岳千灵却依然睁眼未眠。

这还怎么睡得着。

房间里的每一方空气似乎都还残留着顾寻的气息，时间像是被定格，还停留在刚才那个瞬间。

额头还有顾寻的余温，分明人已经走了，岳千灵躺在床上，却依然能感觉到他单膝跪在床边，俯身而来的压迫感。

就连被他紧握过的手腕，还在燎起一阵阵的灼热感。

这一整晚，岳千灵翻来覆去，毫无睡意，感觉自己被顾寻的气息包围着。

一闭上眼，感官更是被无限放大。

她就这样听着雨声由弱变强，又不知不觉停息，整座城市重新归于安静。

直到天边一抹亮光透过窗帘，划破整个房间的黑暗，岳千灵终于有了倦意，徐徐闭上了眼。

不知睡到了什么时候，岳千灵又是被敲门声吵醒的。

她从被子里探出头，盯着那道门，迷迷糊糊地有些分不清自己在哪儿，好一会儿才喃喃说道："醒了。"

顾寻显然没听见，又敲了两下门。

"醒了吗？"他的声音隔着门传进来，不似昨晚低沉暗哑，清越得像雨击玉石。

岳千灵清醒了，但脑子里却开始回荡他昨晚在她耳边说的那句话，整个人又陷入一阵旋涡。

"还没醒？你朋友说她已经拿到了钥匙，马上就到小区门口了。"

这句话传进来，岳千灵整个人一激灵，猛地坐了起来。

印雪已经到了？！

她恍然间揉了揉额头，想到自己终于能摸到阔别两天的手机，忙不迭起身。

换好衣服后，岳千灵趿拉上鞋子，三步并作两步急着出去。

由于动作太快，穿过客厅时她不小心和从卫生间出来的顾寻撞了一下。岳千灵莫名心神一慌，很敏捷地停了下来。

说是撞，其实也只是肩膀很轻地碰了一下他的前胸。

顾寻却"嘶"了一声，眉头轻蹙，随即垂眼紧紧盯着她，说话声音里带了点调侃的意味："大清早的你这是干什么呢？"

岳千灵被他看得脖子以上的部位都有点发热，连忙退了一步，才抬头斜斜瞪他一眼。

"至于吗你，演得跟真的似的。"

印雪特意改了一大早的机票回来。

刚下飞机她就连忙回家，把行李一丢，连一口气都没歇就拿着钥匙赶过来了。

可是到了小区门口，她却不知道怎么联系岳千灵。

思来想去，印雪翻出前天晚上接通过的电话，再次打过去。

没想到接起来的还是顾寻，更没想到岳千灵竟然还在他家，而且这个点了还没起床。

烈阳下，印雪越想越觉得少儿不宜，闭眼深深吸了一口气。

几分钟后，她终于看见岳千灵穿着一身运动服朝她跑来。

这还不到中午十二点，岳千灵眼下却顶着两个浅浅的黑眼圈。印雪看得皱起了眉头，止不住地脑补。

“你怎么了啊？两晚上没睡吗？累成这样。”

岳千灵没怎么听出印雪的话外之音，支支吾吾地说：“没怎么睡好。”

印雪半张着嘴巴，不知道怎么接话。

确实。

印雪想了想，换作任何人都睡不好。她前天晚上还在担心岳千灵一直回不了家会有什么麻烦，现在看来，最大的麻烦是顾寻。

岳千灵用手背遮了遮刺眼的阳光，挽住印雪的手，说道：“热不热啊？先上去喝口水吧。”

“哦，好。”

上楼后，印雪把钥匙给了岳千灵。

她埋着头开门，而印雪则回头看着对面的门，想象了很多画面。

这时，对面的门果真打开了，印雪倏地往后退了一步。

顾寻走出来，看见印雪一直打量他，有点意外，但也没多说什么。他朝她点点头，脚步没停，直接朝岳千灵走去。

只是经过印雪身边时，她清楚地看见顾寻手里拿的东西。

一条白色睡裙，皱巴巴的，还裹挟着一股淡淡的沐浴露香味。

印雪抿了抿唇，没说话。

岳千灵压根儿忘了自己的睡裙还留在顾寻房间里，他这个时候送过来，当着印雪的面，她有点不好意思。

其实睡裙没什么，只是这会让她联想到昨晚的一幕。

思及此，岳千灵神色有些不自然，接过后还欲盖弥彰地把睡裙藏在自己身后，然后没看顾寻，声如蚊蚋地说："谢谢。"

进了屋，岳千灵第一时间把衣服放进洗衣机。

她转身走出来，却见印雪以一种奇奇怪怪的眼神看着她。

她也不知道自己是怎么想的，下意识就说："哎，不是，我那天是穿着睡裙被锁在门外的。"

"噢……"印雪在沙发上坐了下来，"不必解释，我懂。"

"……你懂什么懂。"

岳千灵直接转身去冰箱里给她拿了一瓶冰镇矿泉水。

印雪喝了一小口，打量着岳千灵家的环境，看见阳台上晾的男人衣服，眼皮又是一跳。

半晌，她清了清嗓子，低声说："你说顾寻是不是有病，当初你跟他告白他拒绝你，现在又跟你这样那样……"

"什么这样那样？我们……"岳千灵下意识否认，可是话到嘴边，脑海里再次浮现昨晚的画面，声音不自觉低了下去，"又没有怎样。"

"唉。"印雪叹气，"名言说得好，男人就是贱，古人诚不我欺啊。"

岳千灵噎了一下。

"……你也不必这么说他。"

"你看，你又在为他说话了。"印雪不知道想到了什么，偷瞄了岳千灵两眼，从她脖子打量到脚，嘀嘀咕咕地说，"不就在他家里睡了两天，瞧这狐狸精把你魂儿给勾的。"

什么勾不勾的。

岳千灵听她这话总觉得意思不对劲，连忙说道："哎不是，这两天晚上我们——"

话没说完，印雪就作势捂住耳朵："哎呀我不敢听。"

"……行吧。"岳千灵翻了个白眼，往房间走去。

"我去拿手机，先出去吃饭，我慢慢跟你说。"

"不吃了。"印雪喝了小半瓶水，解了渴，也站了起来，"我跟我表哥他们一起回来的，中午等我吃饭呢，我得走了。"

她这么说，岳千灵自然没强留。

不过走到门口，印雪又鬼鬼祟祟地扒着门框回头。

"千灵，注意安全啊。"

"我知道。"岳千灵已经拿出了手机，这两天堆了很多未读消息，她正忙着回复，不太在意地说，"报过警备案了，每天也很仔细检查门窗。"

印雪小小的声音响起："我不是说这个安全。"

岳千灵抬头，冷冷看向印雪。

"走啦！"印雪连忙带上了门。

走了几步，她看到对面那道门，啧啧叹了声，随即嘀咕了一句"狐狸精"。

进了电梯后，印雪心不在焉地四处打量，手机突然又响了起来。

自从上次买耳机和蒋俊楠认识，两人一直有断断续续的联系。

今天下飞机的时候，她表哥说起想买个游戏笔记本电脑，让她推荐一下。印雪对这一类不太了解，想问岳千灵，想到她没有手机，便去找了蒋俊楠。

到了这会儿，蒋俊楠才回消息。

蒋俊楠：我们基本都直接在宿舍里装台式电脑，笔记本电脑就用来跑代码，游戏笔记本还真没了解过。

印雪本来都忘了这事，看他提起，也没太在意，打算去问岳千灵。

紧接着，他又发来了消息。

蒋俊楠：等会儿我问问顾寻，他可能比较懂。

提到顾寻，印雪自然就想到了扶不上墙的岳千灵。

不久前印雪才知道岳千灵失恋，黯然神伤的样子还历历在目，又想到现在的情况，她只觉得恨铁不成钢，于是愤愤地敲键盘。

印雪：别跟我提那个狐狸精。

印雪走后，岳千灵花了十几分钟时间回复这两天堆积的消息，又给爸妈打了一会儿电话，模糊解释了一下这两天的情况。

切回微信时，骆驼已经在群里发了好几条消息。

骆驼：完了，全都完了。

骆驼：我老婆说她昨晚梦见生了个女儿。

小麦：你不是喜欢女儿吗?

骆驼：梦是反的啊！！

骆驼：我要喜提一个债主了，唉。

小麦：哈哈哈，那你可以不用想女儿的名字了，反正你那姓也起不了什么好听的。

骆驼：哎，没关系，儿子也一样，我现在就想一个响当当的名字!

骆驼：以后我儿子行走江湖，得有一个拿得出手的名号。

岳千灵刚刚毕业，身边还没有同学朋友结婚生子，所以看着骆驼在群里说自己孩子的事情，莫名有一种自己要当阿姨的喜悦感。

她翻了个身，嘴角含着笑打字。

糯米小麻花：骆驼，你姓什么?

骆驼：郭。

骆驼：哎，你看起来比较有文化，要不帮我想一个名字，最好听起来就跟郭靖一样有大侠风范。

小麦：你什么意思？我看起来没有文化?

岳千灵只是好奇地一问，哪儿敢担起帮别人儿子取名的重任。

糯米小麻花：嗯，你儿子行走江湖，名字要响亮又好记。

糯米小麻花：不如就叫“郭郭达”吧。

骆驼：？

小麦：哈哈哈，好名字。

岳千灵笑了一下，正想继续打字，肚子突然“咕咕”叫了两声。

睡到上午十一点醒，到现在还没吃过一点东西，她打开外卖软件，准备点个午饭。

这时，有人在群里找她。

校草：@ 糯米小麻花给我开下门。

小麦：？

小麦：你俩是互删了吗？不能私聊，非要在这群里秀？

岳千灵盯着那个“秀”字看了半晌，才起身去开门。

顾寻换了一身衣服，此时抱臂斜靠着墙，灯光从头顶打下来，映得他眸子格外亮。

他眼尾上扬，嘴角噙着一抹蛊惑人的弧度，直勾勾地看着岳千灵：“你朋友为什么说我是狐狸精？”

岳千灵一瞬间想到了印雪说他勾魂的事情，整个人一愣。

而顾寻笑意更深。

“我勾引谁了？

“你吗？”

49

一秒前，岳千灵还在用灼热的脑子思考怎么圆这个话。

可是当他拖长尾音说出最后那两个字，声音酥痒地扫过耳膜，岳千灵就放弃挣扎了。

她抬头望着顾寻，几乎脱口而出：“那你还想勾引谁？”

话音落下，岳千灵见顾寻眸色深沉，才反应过来自己说了什么，便讪讪地别开脸，打算缓解一下此刻的气氛，随即转移话题并且用很快的语速问道："你过来就为了问这个？那问完了吧，我要吃饭了。"

说完她就要关门，心里又急又躁，动作也有点急，压根儿就没想给顾寻反击的机会。

谁知他见岳千灵要关门，竟然就用手拉住了门框。

两人的力气悬殊到顾寻根本不怕岳千灵关门会伤到他的手指，往外一拉，连岳千灵整个人都跟着踉跄了一下。

可当岳千灵反应过来发生了什么后，还是惊得瞪大了眼睛："顾寻你疯了？你手还要不要了？"

门已经重新打开，顾寻松开手指，没接她的话，直接问："跟我出门一趟？"

岳千灵惊魂未定，盯着他的手看了好一会儿才把视线移到他脸上："干什么？"

顾寻笑，朝她抬了一下下巴："勾引一下你。"

岳千灵第一次发觉，顾寻是知道自己的优势的，比如此刻，他就在利用自己的美色明晃晃地诱惑人。

偏偏岳千灵还很不争气地被勾住了。

她像是被他感染了一般，抬起头定定地看着他，努力让自己看起来很镇定地开口问："怎么勾引？"

顾寻没想到她接了这茬儿，似乎是被问住了。抬眼看了一圈头顶的灯，做出一副思考的样子，说道："先吃个午饭吧，之后要怎么勾引再看看情况。"

岳千灵觑了他一眼，没说话，径直转身回了房间。

五分钟后，她换上一条白色连衣裙走了出来。

进了电梯，岳千灵开始有点后悔，特别是发现顾寻一直在看她之后，那股悔意简直要冒到头顶了。

怎么这么招架不住呢。

人家说一起去吃个午饭，她就跑回去换了一身裙子。天知道她已经多久没有穿过裙子了。这不是太明显了吗？

岳千灵恨不得扇自己一巴掌，暗暗别过头，狠狠掐了一下自己的虎口。

这时，她听到顾寻突然开口："千灵。"

"嗯。"岳千灵立刻摆出波澜不惊的样子，"怎么了？"

顾寻垂头看下来，视线落在她的裙边上。

"你这招叫作……师夷长技以制夷？"

血液一下倒涌到脸上，岳千灵明显感觉到自己耳根开始发热，连手心都有了一股灼烫的感觉。

她想，这顿午饭可能是没法好好吃了。

事实证明，岳千灵的猜想是正确的。

这顿午饭确实没能吃好，但原因是顾寻在路上接到了小麦的电话。

岳千灵不知道他们说了什么，只是感觉顾寻浑身的气压瞬间变低了，连眉心也皱了起来。

挂掉电话，他抱歉地看向岳千灵。

"有事吗？"岳千灵问。

"嗯，小麦打来的电话。"顾寻还握着手机，看了一眼路边川流不息的车流，"他说我爸从楼梯上摔下去了，现在人在医院。"

其实小麦还描述了一下当时的情况，他们听到动静出去看时，顾寻的爸爸满脸都是血。但是顾寻没把这些话告诉岳千灵。

即便这样，岳千灵整个人也跟着莫名一沉。

顾寻没再说话，又拨了个电话过去。

那头没人接，他的眉心便蹙得更紧，盯着手机不知道在想什么。

岳千灵也不知道自己哪儿来的冲动，突然踮起脚，伸手摸了摸他的眉心，想抚平他眉头的沉重。

指尖触碰到他肌肤的那一刻，顾寻整个人都僵了一下。

就在昨晚，他还想着岳千灵不小心碰他一下他就躁动。可现在，她主动伸手摸了摸他的眉心，他不仅没有躁动，反而还平静了下来。

不过岳千灵只是轻轻摸了一下就有点不好意思地收回了手。

“那你现在怎么办？”

顾寻面色沉重，想了一下，说：“我回去一趟。”

岳千灵点头：“嗯，那你快去。”

她当时也没想太多，以为顾寻嘴里的“我回去一趟”就是开车几个小时的事情。

却没想到顾寻立即就打开了订票软件。

已经中午十二点，不过顾寻运气还算好，买到了当天下午三点的一趟航班，傍晚六点半就能到。

两人匆匆吃了午饭，其间顾寻也没怎么说话，之后直接就动身去了机场。

飞机上不能通信，顾寻联系不上任何人，没办法知道他爸的情况，只能睁眼看着窗外的云层，一秒秒地数着时间。

可惜老天偏要跟他作对似的，飞机降落的时候遇到大雾，又在上空盘旋了半个小时。

晚上七点，浓云压着天际，整座城市都陷入雾蒙蒙的压抑中。

顾寻终于落了地，打开手机，发现好几通小麦的未接电话，心里越发焦急，立刻给他爸打了个电话过去，结果还是没人接。

此时舱门已经打开，乘客在过道上排队准备下机。

顾寻没带行李，空着手一路挤出去，其间给小麦回了个电话。

几秒后，小麦接起，听到他这边有点吵闹，便问：“你在哪儿呢？刚刚给你打电话怎么打不通？”

“在飞机上。”说话间，顾寻已经走出飞机，踏上了甬道，“我爸怎么样了？”

“噢，林叔叔他没啥事。”小麦以为顾寻是去出差或者旅行什么的，没联想到他已经回来了，语气就比较轻松，“就是下楼的时候不小心摔了一跤，磕着鼻子流血了，结果他伸手一摸，搞得自己满脸是血，我们还以为怎么了呢。

“然后就是脚踝崴了，敷着药呢，其他也没啥，夏天穿得少，一些磕磕碰碰的皮外伤。你也别担心，他都回家了，没啥事。”

在小麦说话的期间，顾寻脚步已经慢了下来。

他站在人来人往的出口，沉沉地呼了一口气。

晚上八点，夜幕初垂。

顾寻还是回了这个阔别好几年的老小区。

自从他跟着顾韵萍离开，仔细算算，差不多快五年没回来过了。

他捏着那把陈旧的钥匙，上楼的步伐有些沉重。

这几年他和他爸见面的次数屈指可数，坐下来好好说话的时间更少，平时也没什么电话联系，对他爸近况的了解几乎全靠小麦和骆驼在闲聊中提起，只知道他离婚后彻底没了束缚，过得比以前自由多了。

在这种情况下突然回家，顾寻产生了点类似近乡情怯的情绪，不知道一会儿该说什么。

甚至不知道这几年他爸有没有换过锁，他还开不开得了这扇门。

这么想着，他还是走上了四层。

钥匙顺利入孔，锁被转动的那一瞬间，顾寻松了口气。

但下一秒，他打开门看见眼前一幕，刚迈进去的一条腿就顿在原地。

客厅里昏黄的吊灯全开着，麻将撞击的声音清脆响亮，林宏义背对着大门，和三个朋友围坐在客厅中央，含着一根烟，正打得热火朝天，笑骂声不断，丝毫没有注意到门口站了个人。

直到坐林宏义对面的一个浓妆艳抹的中年女人和了一把牌，仰头笑了起来，才看见顾寻。

她头一偏，惊诧过后，“哎”了一声，大喊道：“哟！小寻回来啦？”

林宏义闻言也跟着回头，捏着一张牌的手悬在半空中。

“你怎么突然回来了？”

林宏义额头上还贴着一块纱布，鼻子上有一道红痕，右脚架在一只小凳子上，脚踝被裹得像粽子。即便这样，他也没忘记他的麻将。

顾寻紧抿着唇，像是看见什么脏东西似的别开了脸。

而林宏义没等到顾寻的回答，便把手里那张牌打了出去，才又回头问："你在那儿站着干吗呢？学校放假了吗？今儿个怎么突然回来了？"

顾寻就站在门边，看着这一幕，突然觉得有点可笑。

放假了吗……原来连他今年已经毕业都不知道。

顾寻嘴角勾起一抹自嘲的弧度，垂了垂眼，再抬头时，已经没什么表情。

"回来拿点东西。"说完，他穿过烟雾缭绕的客厅，朝自己房间走去。

林宏义没想明白，这都几年没回来住过了，东西也早就清空了，怎么突然又要拿东西。于是他一边洗牌一边朝房间里喊："你还有东西留在这里？"

在嘈杂的洗牌声中，顾寻关上了房间门。

离开这几年，房间似乎没什么变化，家具没有任何移动的迹象，只是床上早没了床单被套，堆放着大箱大箱的杂物，书桌也塞满了乱七八糟的袋子，上面落满了灰。

他在房间里站了一会儿，几分钟后，空着手走了出来。

"你忘了什么东西？"林宏义见顾寻出来，视线跟着他走，手上却不忘砌牌，"找到了没？"

顾寻丢下一句"没找到"，也没看林宏义一眼，直接朝大门走去。

"哎，你这就走了？"

林宏义觉得许久没见的儿子这次回来莫名其妙的，想起身拦一拦，奈何身上挂了伤。

等他一条腿站起来时，顾寻已经反手关上了门。

“哎哟，孩子大了脾气也大啊，瞧这冷言冷语的样子。”

“儿子都这样，要不怎么说现在的人都喜欢女儿呢，那多贴心啊。”

“小寻不是在江城吗？怎么今天回来了？这什么情况？”

在朋友七七八八的说话声中，林宏义重新坐下，把牌一码，叼着烟含混不清地说：“不用管，他从小就这样，我都习惯了。”

夜里九点多，岳千灵的线稿已经初具雏形。

她看了一眼时间，也不知道顾寻这个时候是不是还在医院，他爸爸的情况严不严重。

踌躇了一会儿，岳千灵还是决定问一问他。

刚拿起手机，像是有心灵感应似的，微信里就弹出他刚发来的消息。

校草：睡了吗？

糯米小麻花：没。你爸爸怎么样了？

校草：没大碍。

糯米小麻花：那就好。

她手指停在屏幕上，思忖着再说点什么。

还没等她打字，顾寻又发来了消息。

校草：今晚江城有月亮吗？

糯米小麻花：没有啊，今晚下雨了。

刚发出去，他就打来了语音电话。

岳千灵没有迟疑，立刻接通。

紧接着，听筒里传来顾寻有些低落的声音：“没有月亮，听听你的声音也行。”

岳千灵眸光微闪，盯着手机上那个头像，轻声问道：“你怎么了？”

“没怎么。”

“就是，”他沉沉地说，“想你了。”

50

顾寻不太记得他爸爸是什么时候开始和家庭越走越远的。

大概是他七岁，或许是八九岁。总之在他开始记事的时候，父亲这个角色便在他的生活中渐行渐远。直至现在，连记忆也开始模糊。

关于父亲最为清晰的印象是小学四年级的一天，顾韵萍要去外地出差一周，打算拜托骆驼的父母帮忙照顾他。

那天林宏义晚上回来听说了这件事情，不满地提出反对，觉得老麻烦邻居也不是个事，自己家里又不是没人了。

那时候顾韵萍和林宏义的关系已经很差，虽然每次争吵都刻意躲着顾寻，但他不是完全看不出来。毕竟没有哪家父母在饭桌上互相不说话。

但或许是为了孩子，顾韵萍再一次让步，选择相信林宏义。

而且顾寻也不是一个费事的孩子，照顾他无非就是放学回家烧一顿饭、晚上热点牛奶，其他的事情根本不用操心。

于是顾韵萍把一整周要吃的蔬菜、牛肉，以及鸡蛋、牛奶都准备好了放在冰箱里，又把每天需要做的事情细细写成一份清单交给林宏义后，才拖着行李箱离开了家。

人刚走，林宏义就把清单随便扔到桌上，大剌剌地往沙发上一坐，对顾寻说："儿子，这几天爸爸给你做饭，周末带你去科技馆。"

其实那两年林宏义回家的时间已经越来越晚，也和顾韵萍分床而睡，他就像个酒店旅客一般，只把这儿当个睡觉的地儿，一个月下来顾寻和他都不一定能碰上几次面。

所以他这么一说，顾寻暗自兴奋了一晚上。

结果第二天下午，顾寻放学回来，却没见着林宏义的人。

顾寻以为他只是路上耽误了，总会记得回来给他做饭。然而就这么等到了夜里十点，别说人影了，连个电话都没有。

虽然年纪小，但面子也是要的，顾寻就没想过去邻居家蹭饭，这个时间点也挺麻烦。

于是他吃了一周泡面，还安慰自己，大人总是忙的，得赚钱养家。

毕竟还惦记着周末的约定，也是因为抱着对科技馆的期待，顾韵萍每天晚上例行打电话问顾寻吃了什么做了什么，他都下意识撒了谎，害怕顾韵萍又去跟林宏义争吵，把他最后这一点期待都击碎。

到了礼拜天，林宏义睡到中午起来，看顾寻穿得好好地坐在沙发上，眼巴巴地看着他，才想起了承诺过科技馆这回事。

这次他倒没失约，于是父子俩一人吃了一桶泡面就开车出门。

只是逛了十来分钟，林宏义就觉得无聊了，中途又接了个电话，半推半就地说了几句话，转头就告诉顾寻自己有点工作上的事情要处理，让他自己玩一会儿，傍晚六点就来接他。

顾寻也信了。

不过傍晚六点他并没有等到林宏义。

找路人借了手机打电话，对方也没有接。

虽然心里已经有了答案，但顾寻那天就特别执拗，一个人在门口等到了晚上九点。最后还是保安看不下去了，骑着摩托车把他送回了家。

顾寻刚进门没多久，顾韵萍也出差回来了，她看见儿子跟平时一样一个人在房间里看书，也没多想。

直到她去厨房，发现冰箱里的蔬菜都烂了，而垃圾桶里则堆满了泡面桶。

那天晚上，顾韵萍终于爆发，在激动的情绪下忘了刻意躲着顾寻。他在房间里把父母争吵的内容听得一清二楚。

顾韵萍骂林宏义嗜赌成性，成天就知道打牌，输光了家里积蓄不说，连儿子也不管了。顾寻这才知道他爸每天不回家的真正原因。

而后，他清晰地听见林宏义拍着桌子怒吼：“你好意思怪我？！我当初让你去做手术，结果你非要生下来！要不是因为孩子，我能放弃去老挝做生意的机会？！人家现在回来都是大老板，就我还是个业务员！我这辈子都被你们母子俩祸害了！”

顾韵萍大概没想到林宏义会这么说，整个人目眦尽裂，但第一反应还是主动休战，并悄悄推开顾寻的门观察他有没有被吵醒。

看到顾寻安然地闭着眼睛，她才松了一口气。

然而她并不知道，林宏义那天晚上说的话就像个魔咒一般，在顾寻耳边萦绕了好多年。

虽然年纪小，很多事情没听说过，但他能从前后语境推测出“做手术”是什么意思。

原来，他的出生对林宏义来说不仅不是惊喜，还是个祸害。

在那之后的很长一段时间，顾寻一看到林宏义，脑海里总会回响起那句“我当初让你去做手术”。每当他试图靠近一点林宏义时，那句话就像一只冷冰冰的手摸了一下他的心口，冰凉的触感顿时拉扯住他所有的冲动。

所以——

有人说这世上只有父母会无条件地爱你，这根本就是幸存者偏差。只有被爱的人才有资格这么说。

顾寻是那个不幸者。

在他这里，血浓于水和爱不爱，根本就没有半毛钱关系。

顾寻在楼下站了好一会儿才拉回思绪。

他不想去打扰小麦或者骆驼，顾韵萍此刻恐怕也已经睡了。

他在这座熟悉的城市走了许久，最后进了一家酒店。

明明是自己生活了十几年的地方，却让他找不到一丁点儿归属感。看着窗外浓稠的夜幕，他忽然很想念江城的那轮明月。

岳千灵接到顾寻电话的时候就感觉到他情绪不太好，不过她也不意外，谁爸爸受伤了，自己还能嬉皮笑脸？

只是当她听到顾寻说想她了，心头还是莫名一震。

那一刻，她才知道，原来一句“我想你”比“我喜欢你”能量强大得多，足以让她沉溺在失重的旋涡中，差点儿下意识回答一句“我也有点想你”。

但话到了嗓子眼儿，却变成了：“你什么时候回来？”

说出这句，岳千灵突然觉得还是有点不合时宜。人家爸爸受伤了在医院，她却好像在催他赶快离开似的。于是她立刻补充：“不着急的话就多陪你爸爸几天再回来吧。”

顾寻沉默片刻，低声说：“其实我有点急。”

“啊？不是说没大碍吗？”岳千灵以为他爸爸的情况有点严重，便忙着宽慰他，“呃……可能爸爸年纪大了点，恢复得慢一些而已，别担心。”

半晌，顾寻才很轻地“嗯”了一声：“他确实没什么事。”

岳千灵又道：“反正前段时间你都没怎么休息，请几天假应该也没什么关系。”

顾寻还是“嗯”。

岳千灵还是第一次发现顾寻有这么温顺的时候，不管说什么他都应着，还絮絮叨叨地跟她闲聊很久，没什么主题，想到哪里说哪里。

这通电话持续了一个多小时，直到岳千灵提示睡觉的闹铃响起，两人才挂了电话。

躺上了床，岳千灵还有点意犹未尽。

不知道为什么，这个晚上竟然让她觉得她和顾寻好像……在谈恋爱。

第二天一早，岳千灵睁眼，手机里已经躺了一条消息。

校草：醒了没？

岳千灵俯身趴在床上，嘴角弯了弯。

糯米小麻花：醒了。

糯米小麻花：你怎么醒这么早？

校草：生物钟作祟。

糯米小麻花：噢，吃早餐了吗？

校草：正在吃。

糯米小麻花：嗯，我也准备去吃了。

校草：我吃的牛肉面。

校草：很辣。

校草：油也有点重。

岳千灵有点开心，同时又觉得有点幼稚。

糯米小麻花：你倒也不必把这些都告诉我。

校草：唉。

校草：我连牛肉面里有几粒牛肉都想告诉你。

岳千灵觉得自己完了，就因为这一句话，她居然捧着手机笑了好一会儿才起身去洗漱。

临到要出门了，她一边换鞋，一边想到未来几天都是自己一个人上下班，竟然还有点不习惯。

唉。

不能这样。

岳千灵突然伸手拍了拍自己脑袋。

他人才离开不到二十四小时，没必要没必要。

收回了点神思，岳千灵迅速换好鞋，并伸手去按门把手。

门一推开，眼前却出现一个人影。

岳千灵当即愣住，眨了眨眼，以为自己出现了幻觉。

顾寻就站在她门口，还穿着昨天离开的衣服，孑然而立，清晨的阳光也不能扫清他身上的仆仆风尘。

他脸上疲态尽显，垂眼看着她，眼神虽然温柔，却没有往常那股意气风发的姿态，莫名有点像一只淋雨归家的小狗。

“你……”岳千灵徐徐开口，“回来了？”

顾寻“嗯”了一声：“刚刚在楼下吃了早饭。”

岳千灵有点蒙，目不转睛地盯着顾寻。

原来他刚刚给她发消息的时候已经到了楼下。

可是现在才八点二十分，岳千灵按时间推算能知道他应该是坐了半夜的红眼航班回来的。

不是说多陪他爸爸几天吗？怎么一个晚上都没待到就回来了？

岳千灵：“怎么这么快就回来了？你不多留几天吗？”

“没必要。”

顾寻大概是有点累，一只手插在兜里，说话的声音也没什么力气。

他沉沉地呼了一口气：“这一趟回去得挺不值的。”

岳千灵不知道顾寻这一晚上经历了什么，但是想到妈妈不久前还叮嘱她，顾寻的父母关系不太好，让她不要去揭人家的伤疤，岳千灵摁住了想细问的冲动。

可是她此刻分明能清晰地感觉到顾寻浑身的低气压正把他压得喘不过气。

明明高大挺拔的少年，这时看着却有点脆弱。

岳千灵感觉自己的行为又有点不受控制了。

她怔怔看着顾寻，轻声开口：“你弯一下腰。”

顾寻目光微动，显然没明白岳千灵什么意思，但他还是依言弯腰。

岳千灵抿着唇，慢吞吞地伸出双手，越过他的肩膀，然后环抱住他。

怀里的人明显一怔。

岳千灵也是第一次抱一个同龄异性，她不知道要做到什么程度，双手有点僵硬地轻碰他的背，不知道要不要再用力一点。

就在她犹豫的这一秒，怀里的人回过神了，然后突然抬起双手，反客为主，将她紧紧抱在怀里。

随后，岳千灵感觉到顾寻的头埋在了她的颈窝，深深地吸了一口气。

两人安静地拥抱着。

声控灯不知什么时候熄灭了，昏暗的楼道里，岳千灵看不见顾寻的表情，只是感觉他把自己抱得越来越紧，但呼吸却越来越平稳。

不知过了多久，她才听见他低声在她耳边说话。

“嗯，现在值了。”

51

每周一早上，总有许多从周边开往市中心的通勤车辆，把马路堵得水泄不通。

岳千灵走出地铁口的时候，耳边一直响起此起彼伏的鸣笛声，还有送外卖的电瓶车在路边乱窜，看着有点烦人。

出门的时候耽误了一会儿，时间不早了，岳千灵心里又想着事，脚步走得急，一时间没听到有人在喊她。

直到黄婕一路小跑过来拍了拍她的肩膀：“想什么呢，这么入神，喊你几声了。”

岳千灵回神，侧头看了一眼黄婕，淡淡地说：“没什么。你今天没开车？”

“周一堵嘛，我坐地铁来的。”黄婕和岳千灵并肩走着，往她身旁打量了一圈儿，“一个人啊？顾寻呢？”

岳千灵“噢”了一声：“他家里有点事，今天请假了。”

“家里有事？”黄婕心想难怪看着岳千灵神色不太好，“问题不大吧？”

“他爸爸脚受伤了，问题不大。”

岳千灵说完便叹了口气，比起这个，她更在意顾寻今天回来后，整个人失落不堪的状态。

“那就行。”黄婕拍拍她的手背，“你也别太担心，现代医学多发达呀，脚受伤就没啥大问题。”

“嗯，我知道。”

岳千灵顺着她的话应了，心思还在顾寻那里，也没觉得她们的对话有哪里不对劲。

忙忙碌碌一整天，做完了手头上的事情的人开始收拾东西准备下班，还要忙一会儿的人则开始商量晚上吃什么。

岳千灵和卫翰聊了一下午线稿的细节，没什么疑问了，便准备回家再画。

收拾东西的时候岳千灵突然发现黄婕她们好像在聊什么聚餐地点，她听了一耳朵，以为自己最近太忙了遗漏了什么信息，便问道：“这周有聚餐吗？”

尹琴回头对她眨眨眼，笑得意味不明：“我们周末是有个聚餐，不过跟你没什么关系啦。”

这话听得让人怪不舒服的，但岳千灵本来也不喜欢聚餐，便没说什么。

只是黄婕听尹琴把好好的一件事说得阴阳怪气，连忙补充：“也算不上什么正式聚餐，就是有个友司找我们联谊聚餐。联谊你懂吧，不过你有男朋友的，所以我们才没叫你。”

岳千灵：“啊？”

她喉咙像是被噎住，想说什么，却找不到准确的措辞。

虽然黄婕没明说，但岳千灵听到“男朋友”三个字，下意识就把它和顾寻联系在一起。

似乎大家都默认她和顾寻是情侣了，但只有当事人知道他们至今最亲密的接触不过是一个拥抱。

这种情况下，她总不能自己就在外默认了这一点。

万一呢……

岳千灵也不知道自己担心的这个“万一”是什么。

好一会儿，她才皱了皱眉，低声说道：“谁说我不是单身了？”

“啊？”

四周几个同事都把目光集中到她身上，仿佛不相信自己听见的内容一般。

黄婕还在想着是不是闹了个大乌龙，尹琴便挑明了问：“顾寻不是你男朋友啊？”

岳千灵垂眼，继续收拾东西，平静地说：“不是啊。”

几个同事面面相觑，觉得有点尴尬。

但尹琴显然没有这种情绪，笑了笑：“看来是我们误会了，还说你每天往第九事业部跑是因为找男朋友呢。”

原来她还什么都不知道呢。

岳千灵睨她一眼：“我是去工作。”

果然，尹琴一听到这两个字便睁大了眼：“工作？”

虽然整个小组的人都以为岳千灵和顾寻是情侣，不过却是从平时他们总是同进同出推测出来的。

至于岳千灵总往第九事业部跑这件事，他们倒是清楚其中的情况，但竟然都默契地没有和尹琴提起过。

这会儿尹琴发现似乎就她一个人被蒙在鼓里，像是被排挤了似的，面子上不太过得去，强颜欢笑道：“原来是这样，看来我们都误会了。”

岳千灵没再说什么，拿着包包下了楼。

这个时候电梯里人挺多，岳千灵是最后一个挤进去的，站在最前方，也没注意身后站了哪些人。

直到电梯抵达一层，她刚跨出去两步，突然听见有人叫她。

岳千灵回头，见宿正随着人群走出来，步子还有点急。

“怎么啦？还有什么吩咐？”

听到“吩咐”两个字，宿正倏地笑了。

“我跟你之间只能谈工作？”

“我就随口那么一说。”岳千灵笑，“你不是下班了吗？怎么没去停车场？”

“反正回家也是一个人，打算吃了饭再回去。”宿正朝她抬抬下巴，“一起？”

岳千灵本来也打算先吃了饭再回去，便点了头。

两人一起进了一家餐厅，点菜的时候，岳千灵想到顾寻一个人在家，也不知道他吃没吃晚饭，便给他发了条消息。

糯米小麻花：你吃晚饭没？

顾寻没有立刻回消息。

放下手机，岳千灵继续看菜单，宿正突然问：“周末有个联谊聚餐欸，你去吗？”

岳千灵想也没想就说：“不去。”

宿正：“嗯？你不是没男朋友吗？”

又提到“男朋友”，岳千灵倏地抬眼，顿了片刻，说：“嗯，但联谊什么的也不需要。”

“也是。”宿正笑笑，“不过你是不是有喜欢的人了？”

岳千灵目光一滞，还没想好怎么回答，手机突然振动了一下。

她立刻解锁，屏幕上就是顾寻的聊天窗口。

校草：没。

校草：你要回来陪我吃吗？

糯米小麻花：也不是不行。

校草：24583。

糯米小麻花：？

校草：我家密码。

她打字的时候，宿正恰好瞥见屏幕。他跟顾寻也是微信好友，自然知道那个头像是谁。

发完后，岳千灵重新抬起头，思忖着要怎么回答刚刚的问题。

正要开口，宿正却垂着眼，伸手拿起菜单，笑着说："行了，你不用说了，我知道了。"

她慢吞吞地扬起视线，看向宿正。

原本以为他也要去参加联谊什么的就随口一问，但此时的回答，却让岳千灵觉得他好像是带着另一层意思。于是，岳千灵清晰又笃定地"嗯"了一声。

不知道自己是不是想多了，但这个回答，总归也没错。

只是回去的路上，岳千灵心里有点说不上来的杂乱。

前有同事误会她和顾寻已经是情侣，后又有宿正追问她是不是有喜欢的人了，她仿佛处于进也不是，退也不是的独木桥上。

再想到今天早上那个长达二十分钟的拥抱，岳千灵心里更是不上不下。

像是踩在一块悬空的浮板上，一开始会喜欢这种似是而非的悬空感，但时间久了，总会不扎实。

思及此，岳千灵突然有点着急。

想要踏实感，想要清清楚楚的回答。

可是——

岳千灵垂了垂脑袋，顾寻又没有急着要她给一个答案，她总不能自己突然跑去跟他说"我答应你，我们谈恋爱吧"。

唉。

岳千灵叹了口气，拎着给顾寻带的晚饭不紧不慢地朝家走去。

电梯里，她给顾寻发了条消息说自己到了，他没回，于是岳千灵直接朝他家门口走去。

抬手按密码时，她突然看见门上好像贴了一张小字条。那次被跟踪的恐惧感又卷土重来，岳千灵立刻紧张地环顾四周。

确定没什么人跟上来后，她才松口气，再抬头，发现那个小字条好像有点特别。

不是小广告，而是手写的内容。

“邻居您好，我是住在这一栋十七层的住户，我经常在电梯里遇见你，对你很有好感。今天中午见你回家，本想和你说话，但是跟出来后见你精神不是很好，遂作罢。在不打扰你的情况下，希望能跟你认识一下，我的微信是：trae19981212。”

岳千灵皱着眉把小字条撕下来，揉在掌心后，才推门进去。

室内安静得只有空调声音。

没开灯，窗帘也拉着，整个房子陷入冥冥昏暗中，只有一丝微光透过窗帘缝隙映在沙发上。

顾寻躺在沙发上，正闭眼睡觉。

岳千灵轻手轻脚地走过去，把他掉在地上的手机捡起来放好后，想叫醒他。但她一低头看见顾寻平静的睡颜，突然有点不忍心吵醒他。

站了几秒后，岳千灵慢吞吞地蹲了下来。

她的视线一寸寸地扫过他的脸，最后又落到他浓密的睫毛上。

因为他睡着了，岳千灵才能这样肆无忌惮地长时间打量他。不怕被别人发现，也不怕被他本人发现。

不知过了多久，岳千灵感觉自己的腿都麻了，却还是不想移开视线。

半晌，她想到门上贴的小字条，便伸出手轻轻地戳了一下他的脸颊。

“狐狸精，到处勾引人。”

话音一落，顾寻的睫毛轻轻颤抖了一下。

岳千灵心里一惊，立刻起身。但是她长时间蹲着，站起来的那一瞬间双腿没什么知觉，整个人一趔趄，又朝沙发倒去。

还好她肢体还算协调，即将倒在顾寻身上时双手及时撑住了沙发。

动作稳住的那一刻，岳千灵双眼直愣愣地看着和她距离只有两厘米的顾寻，呼吸也在那一瞬间屏住。

许久，确定顾寻没被惊醒后，岳千灵才轻轻地呼出一口气。

好险，就差一点。

可也不知怎的，她就维持着这个姿势，久久没有起身。

在唯一的那道光束徐徐从沙发移到顾寻脸上时，岳千灵吞咽了一下。

反正也没醒。

反正他什么都不知道。

那……

岳千灵就这么鬼使神差地低头，在顾寻脸侧落下轻轻一吻。

大概是第一次偷亲人有点紧张，岳千灵呼吸紊乱，眉头紧蹙，只是沾了一下就立刻离开。然而她刚抬起头，沙发上的男人倏地睁开眼。

四目相对。

他眼里还带着蒙蒙胧胧的睡意，惺忪地看着岳千灵，似乎并不知道发生了什么。

但岳千灵的意识非常清晰。

在顾寻睁眼的那一秒，她觉得自己的脸在一秒之内就达到了沸点，烧得她连嗓音都哑了："我、我不小心的。"

说完，她双手一撑，就要站起来。

下一秒，顾寻抬手穿过她的腰，把她往怀里一按，抱着她顺势一个翻身。

天旋地转间，岳千灵被他压在了沙发上，未反应过来上一秒还睡眼惺忪的人竟在眨眼间变得如此强横。

紧接着，顾寻便低下头，吻住她的唇。

岳千灵原本想要挣扎的手顿在半空，双眼倏地睁大。

可是他的吻却很温柔，在她唇上徐徐辗转。

时间仿佛在这一刻静止，岳千灵依然睁着眼，视线里全是他的脸，却依然不敢相信唇间的灼热感是否真实。

直到一股濡湿的感觉传到她唇间，岳千灵像是浑身过电一般，全身的感官细胞瞬间沸腾，人却从头到尾僵住了。

片刻后，顾寻皱着眉，用低到几乎是一阵气儿似的声音说：“你张嘴啊。”

岳千灵感觉自己已经完全失去了思考能力，像一个只会听指令的机器人。她唇齿一松，口中空间顷刻间被攻掠。

不知道过了多久，当岳千灵感觉自己呼吸有点困难的时候，顾寻终于停下。

他撑着岳千灵脑边的沙发，轻轻啄了一下她的嘴角：“我也是不小心的。”

有谁能不小心到来一个舌吻？？

可是她现在没有说话的神思。

紧紧闭着眼，好一会儿，她才有勇气睁眼面对他。

看着他带了点水汽的双眼，岳千灵手指轻轻动了动，然后攥紧他的衣服。

“我……”

“等等。”顾寻突然打断她，“让我来说。”

岳千灵仿佛预感到他要说什么，手指松了松，复又攥紧。

“第一次被女生亲。”他弯了弯唇角，“你得对我负责。”

岳千灵：“……”

就在她有点羞恼，想立刻起身时，却发现身前的人根本推不动，像一堵墙。

“岳千灵。”顾寻就这样俯身看着她，神情忽然变得严肃，“其实我是想正式地告诉你，以前的林寻喜欢你，现在的顾寻也喜欢你。

“我自己也花了一点时间来接受这件事，但不重要，总之此刻你面前的这个人，他真的很喜欢你。”

当他最后一个字落下时，岳千灵感觉自己像是从飘飘摇摇的云端坠入一张柔软却结实的床。她心里的所有不确定，距离变成确定，只有一线之隔。

岳千灵的手依然紧紧攥着他。

“很喜欢……是多喜欢？”

混混沌沌的客厅光线中，岳千灵看见顾寻的眸光渐深。

“这个问题我没办法回答你。”

“噢……”

岳千灵松开了手，想尽量不在意，可还是忍不住想钻这个牛角尖。

她被无视过，被拒绝过，这些都是客观存在的事实。没有得到足够的喜欢，她或许还是很难将自己摆在和他对等的位置。

“那行吧——”

“这种非客观的事情，从来都没有人发明一个刻度标准。”顾寻忽地打断她，紧紧盯着她的双眼，“我也没办法拿出参照物给你做个对比。”

“因为我长这么大，”在说这句话的同时，他目光柔和下来，像一汪温泉，溺住了眼里的少女，“没喜欢过别的女生，只喜欢你一个。”

说完，他忽地埋下头，像是有些不好意思一般在岳千灵耳边蹭了蹭，喃喃道：“刚刚不是说了吗，你是我的初恋。”

52

金乌西坠，最后一丝光亮也被吞噬干净，房间里彻底陷入将夜的昏暗。

两人就维持着这个姿势，久久没动。

岳千灵的手还搭在顾寻背上，他的头发蹭得她脸颊有些痒。不过她没在意，满脑子还在回荡那句“你是我的初恋”。

喜悦感像浓墨滴进水中，在岳千灵浑身迅速蔓延开来。

她发现自己好像有点虚荣，得知顾寻从来没有喜欢过别的女生，竟会溢出莫名的满足感。

唉，这样不太好。

于是岳千灵在黑暗中舔了舔唇角，低声说："我也是。"

"什么？"顾寻抬起头，"你也是什么？"

两人身体只有一拳之隔，他的呼吸也拍在岳千灵脸上，引起一阵阵灼热。

虽然灯光黑暗，但岳千灵明显感觉到他的灼灼目光落在自己脸上。

有点不好意思。

"没什么。"岳千灵推了推他，转移话题，"你还不起来，想闷死我？"

顾寻深吸了一口气，却依然没有要起身的意思。

"我这不是，"他顿了一下，"还在等你的答案。"

"你都——"

嗓子里的话已经要脱口而出，迟来的羞耻感又把它堵了回去。岳千灵眨了眨眼，看向别处，昂着下巴试图让自己看起来更有气势。

"你都这样了……还好意思征求我的意见？"

顾寻大概没听出她的话外音，以为她是在指责自己强吻这件事，便笑了笑："讲点道理好不好，是你先偷亲我，我不得亲回来？"

岳千灵憋红了脸，说不出什么反驳的话。

"而且……"顾寻手肘下压，上半身和她贴到一起，垂下头，在她耳边低声说，"上次我警告过你，再碰我一下，就不是亲一下额头能解决的了。"

岳千灵还不习惯听到他说这种话，不知道怎么坦然回应，下意识就伸手故意拍他的背。

"你这么不经碰？"

"对啊。"顾寻反手抓住她乱动的手腕，"你不知道吗，面对喜欢的人……"

他刻意停顿了一下，拖着她的手慢慢压向自己，沉声道：“怎么都不够。”

即便是刚才的深吻，也没有让岳千灵产生这种脑子轰然炸开的感觉。她慌乱地抽回自己的手，用力一推，逃似的蹬腿坐了起来。

顾寻也没想着还要压制她多久，没什么防备，被她推到沙发另一端后，索性斜坐了下来。

看着岳千灵急着离开沙发，顾寻一抬腿，跨到茶几边，拦住了她下面的动作。

岳千灵只好半坐在沙发上，瞪着眼睛看着他。

“你还想干什么？”

“等你答案啊。”顾寻偏着头，直勾勾地看着她，“要不要跟我，谈恋爱？”

虽然岳千灵感觉自己好像等这句话很久了，在遥遥观望他的时候，也幻想过很多次他说这句话的模样，但真的从顾寻嘴里说出来时，她依然觉得整个人飘飘然，很没有实感。

夕阳不知什么时候完全沉了下去，客厅里昏暗如夜，更加剧了这种缥缈感。

感觉像在做梦。

甚至有可能一醒来，全世界又回到那个只能和他擦肩而过的时候。

在这种意识驱使下，岳千灵不自觉地抬起手，去摸了摸他的下颌。

顾寻愣了一下，不知道她在干什么，就安静地让她摸。

他的脸好像有点烫，灼热的触感从掌心徐徐传达到心尖时，岳千灵陡然回神，终于意识到这一切都是真的。

同时，她看见顾寻带着不解的眼光，恍然意识到自己现在这个行为看起来有多傻。

就在她要收回手时，顾寻问：“你摸什么呢？”

啊。

别是被他看出来自己那个傻乎乎的想法了吧。

“我是在看——”岳千灵目光微闪，“你脸疼不疼。”

见他无言，岳千灵压住想要笑的冲动，一字一句说：“当初可是你自己说的，不会喜欢我，永远不会喜欢我，我根本不是你喜欢的类型。”

僵持几秒后，顾寻嗓子里闷哼一声，微微垂头，就着这个姿势，用自己的下颌蹭了蹭她的掌心。

“我那不是……不知道是你嘛。”

他沉沉叹了一口气，又说：“其实你分明知道，我一直喜欢你。”

嗯。

好像是知道的。

至此，岳千灵觉得自己没什么要问的，也没什么要说的了。

她嘴角弯着准备收回手，刚一抽离，顾寻却摁住她的手，依然紧紧贴在自己脸边。

“你亲也亲了摸也摸了，不对我负责？”

岳千灵垂下眼，不去看他。

“知道了，会对你负责的。”

“那你现在是我的……？”顾寻问。

岳千灵声音小小的，一个字一个字往外蹦：“女、朋、友。”

“嗯，女朋友。”

说完，他就这么看着岳千灵，倏地笑了起来，然后拉过她的手，轻吻她的指尖。

岳千灵还没办法坦然习惯这样亲密的接触，像被烫了一下似的收回手。

下一秒，她察觉到哪里不对，又伸手去摸他。

顾寻有点无奈：“还没摸够？光摸脸也怪没意思的，要不你再……”

“……闭嘴。”岳千灵手掌上移，轻轻贴了一下他额头，“你怎么这么烫？”

见顾寻沉默，岳千灵想到了什么，突然俯身凑近，仰头看着他的眼睛。

“原来你刚刚这么紧张啊？”脸都烫成这样了。

顾寻轻笑了声，起身去开了灯。

白光从头顶照下来那一刻，岳千灵看见顾寻的脸确实有点红。

但红得不正常，有点病态。

“你……”岳千灵迟疑地问，“是不是病了？”

“或许是吧。”

顾寻俯身拿起桌上的杯子，随后去厨房倒热水。

岳千灵盯着他的背影看了好一会儿，才蓦然回神，连忙问道：“中暑了还是怎么了？要不要去医院？”

“不用，大概是这两天有点累。”

说话间，顾寻已经倒好热水走了回来，坐到岳千灵身边，一仰头便喝了大半杯。这时候岳千灵才后知后觉地发现他脸色确实有点苍白。

想来也是，这几天他本来就没怎么休息好，昨天急急忙忙赶回家，半夜又坐飞机回来，几乎一夜没睡。

空调开得那么低，岳千灵想到刚刚他就在沙发上这么睡着，不病才怪。于是岳千灵也起身朝身后的柜子走去。

上次买的药还在，不过已经整整齐齐地码在了盒子里。

岳千灵挑选了几样，放到桌上，又指指她带回来的晚饭：“你先把饭吃了，不然一会儿凉了，还有感冒药记得吃，不行的话还是得去医院。”

顾寻说“好”，岳千灵便站了起来：“那我回去了。”

“嗯？”顾寻抬头，眼里带了点惊诧，“这就回去了？”

“嗯。”岳千灵弯腰把桌上的包拿起来，“我还要画线稿。”

许久，顾寻才低低地“噢”了一声。

“那你早点睡。”

“噢。”

其实岳千灵感觉得到顾寻有点失落。

生病的他好像特别黏人。

可是岳千灵这会儿还没适应她和顾寻的关系，不知道留下来要做什么。

而且她确实有工作要忙。

回到家里，岳千灵感觉自己浑身还是有点热，连忙去洗了个澡。

温热的水兜头而下，却压不住岳千灵飘飘然的心情。

她淋了许久，直到浴室里的氧气稀薄得让人有些喘不上气儿后才出来。

站到洗漱台前，她一边擦头发，一边望着镜子里的自己，莫名其妙就笑了起来。

顾寻是她男朋友了，竟然不是梦。

想到这个称呼，她心里像有羽毛在挠痒似的，想跟所有人分享，但又有点不好意思。

磨蹭半天，她打开朋友圈，发了四个字：“我拔草啦。”

过了一会儿，再打开手机，好几个朋友问她拔草什么了，是不是买了什么好东西。

岳千灵勾了勾唇角，没回。

一刷新，发现朋友圈里出现一个熟悉的头像。

顾寻也发了他的第一条朋友圈。

“摘花。”

虽然两人有不少共同好友，都是公司里的同事，但没头没尾的两条朋友圈，没有人会将他们联想到一起。

只是岳千灵自己做贼心虚，总觉得他们表现得好像太明显了，别人说不定一看就知道怎么回事。

所以第二天她照常和顾寻一起去公司的时候有点心不在焉，总想着别人要是来问，她要怎么回答。

第一次面对这种情况，她没什么经验，觉得很不好意思。

可是顾寻显然没这种顾虑，一下了车，他就很自然地牵住了岳千灵的手。

“哎，等等。”

岳千灵别别扭扭地抽出自己的手，张望四周，小声说：“低调点行吗？”

顾寻知道她在想什么，没再坚持，但有点不爽。

“我很见不得人？”

“那倒不是。”岳千灵手指蜷起来，挠了挠自己的掌心，“我就是有点不好意思。”

顾寻不知道说什么，有点气，但又想笑。

“行吧。”

两人就跟平时一样，保持着适当的距离一起进了电梯，直到分开，也没什么过密的举动。

看着他的背影，岳千灵还是有点心虚的。

唉。

可是能怎么办呢。

她也是第一次谈恋爱，实在做不到确定关系第一天就大摇大摆地和男朋友手牵着手走进所有同事的视线里。

正愁着，她就收到了宿正的消息，让她去第九事业部开个会。

岳千灵连忙把自己的东西放下，和黄婕说了一声便带着电脑、手机上了楼。

去美术部门的会议室必定会经过开发部门。

不过顾寻平时喜欢一个人待着，并不经常待在大厅里。即便岳千灵这段时间经常过来，但如果不是他刻意找她，两人基本是碰不上面的。

但今天好像有点特殊。

岳千灵刚进去没几步，就见顾寻和几个同事有说有笑地迎面走来。

一和他对上目光，岳千灵便有点不自然地低下了头。

而同行的易鸿浑然不觉她的异常，老远就跟她打招呼：“早啊，吃早饭了没？”

岳千灵只是点了点头，朝他笑了笑便抱着电脑埋头从他们身边越过。

“哎？”易鸿觉得有一点点奇怪，扭过头看她背影，“她是不是被卫翰压榨傻了，怎么一副呆呆的样子。”

顾寻抿着唇笑，把易鸿的头扳回来。

“再看，眼睛给你挖了。”

也不知道是墨菲定律再一次在自己身上试验，还是顾寻故意的，岳千灵总觉得这一个早上和顾寻碰面的机会特别多。

去茶水间的时候会遇到，去卫生间的时候他刚好出来，就连去打印图纸，都会遇到他在用打印机。

四周一直有很多同事在，两人便一直没怎么说话。

直到午休时间，岳千灵刚刚合上电脑，便收到了顾寻的消息。

校草：门口等你。

她暗自笑了笑，拿着手机走了出去。

远远看见顾寻站在那里，她刻意放缓了脚步，不想表现得太明显。

结果在距离顾寻还有几步距离时，易鸿和几个男生不知道从哪儿冒了出来，“嗖”的一下就蹿到了顾寻面前，并勾住了他的肩膀。

“吃饭吃饭，我们去整顿好的！”

那几个男生岳千灵不认识，见状，她只好默默地改了方向，朝另一边的电梯走去。

然而经过安全通道大门时，背后突然响起一阵脚步声，她还没来得及回头，就被人拽进了一旁的安全通道里。

这一切来得太快，岳千灵还没反应过来，人就已经被顾寻抵在了门上。

她重重地喘了口气，还能清楚地听到外面的人在说话。

“顾寻呢？”

“他人呢？怎么一眨眼就不见了？”

感觉到人声渐远，岳千灵才开口说话：“你干吗呢？”

“憋了一个上午，”顾寻偏着头打量她，神情倒是挺严肃，“来找你充电。”

语音通话

【**糯米小麻花**】向你发起了语音通话。

拒绝　　接听

53

因为是午休时间，走廊上一直有持续不断的脚步声和说笑声，而安全通道却像是另外一个世界，没有明亮的灯光，唯一的光源来自一扇小小的玻璃窗。

岳千灵紧紧贴着门，盯着顾寻的脸，不知道说什么。

“有毛病。”她别开脸嘀咕，“我能给你充电吗？”

“是啊，”顾寻仰头，眼神很不屑地掠过天花板，轻叹了口气，“明明有名有分的，可我感觉我就像个地下小情人。”

他那句“地下小情人”听起来挺轻佻，可岳千灵抬起眼时，发现他的神情完全不是这么一回事。

看着像有点不高兴。

于是，她琢磨片刻，问道：“那你想怎么样？”

顾寻也不知道自己该笑还是该给她点提示。

他盯着岳千灵看了一会儿，徐徐朝她靠近。

这时，从走廊上突然传来几道熟悉的声音。

岳千灵几乎是一瞬间就听出是她的同事正经过这里，肢体的反应快过大脑，立刻伸手挡了一下顾寻。

“你——”顾寻想说什么，岳千灵一记眼刀飞来，封住了他的嘴。

他不得不又直起身。

偏偏那几个人走得不急不缓，还在半路上停了一会儿，似乎在等什么人。

好几秒过去，一行人的脚步声终于渐行渐远。

岳千灵松了口气，回过头，却见顾寻弯下腰，缓缓靠近，将自己的侧脸送到了她头边。

行吧。

岳千灵想，就当作是个安抚。

呼吸收紧的瞬间，岳千灵侧了侧头，亲了一下他的下颌，然后飞快地别开脸，看向另一边。

“行了没？”

顾寻维持着这个姿势愣了片刻，随后才抬了抬眉梢，眼里慢慢染上笑意。

“以为我索吻呢？”他唇角噙着笑，没等岳千灵回答，又抬手捏了捏她的耳垂，“我只是在看你耳朵上这是什么玩意儿。”

耳洞是初中毕业的暑假打的，后来学校规矩严，不能戴耳环，她便一直戴着透明棒防止耳洞自然生长封住。

这个习惯一直延续到现在，岳千灵几乎忘了它的存在。

而此刻，岳千灵恨不得拿一把刀剁了自己耳朵。

顾寻却像嫌弃岳千灵脸不够红似的，抬起手用拇指缓缓擦过她刚刚亲过的地方。

“不过现在倒是坐实了充电这事，不算白来一趟。”

岳千灵感觉再待下去她和顾寻短暂的爱情就要消失了，恰好这时黄婕给她打了个电话。

她把顾寻推开了些，接起电话。

黄婕找她也没什么重要的事情，就是想借一下她的画笔，打个电话给她说一下。

岳千灵“嗯”了一声：“那我过来给你拿。”

电话那头的黄婕：“哎？不用不用，这不在你桌上嘛，我直接用了哈。”

岳千灵：“好的，我这就过来。”

黄婕：“啊？”

挂了电话，岳千灵一心想逃离这刑场，一边推门一边说：“黄婕找我有事，我先过去了。”

顾寻到楼下餐厅时，易鸿他们已经坐好了，正拿着菜单点菜。

“你上哪儿去了？”

“没去哪儿。”

顾寻拉开凳子坐下的同时，易鸿朝他递来菜单：“你点菜吧，每天来来去去就这几家，吃腻了都，完全不知道点什么。”

顾寻随意瞟了一眼，没什么特别想吃的，便把菜单放了回去：“你们点就行了。”

易鸿认命地随意勾了几个菜便把菜单递给了服务员。

这时，一个男同事笑呵呵地踢了踢他的脚：“听外联那边说周五有个联谊聚餐，你去不去？”

易鸿迷茫地睁眼：“我没收到通知啊。”

“本来也不是我们第九事业部的，当然没通知我们。”男同事有点不好意思地嘀咕，“可是这种事情明明我们才是最需要的，我是厚着脸皮也要去的。”

这话一出，桌上几个男人都表示赞同。

易鸿连忙点头：“有道理，那我也厚着脸皮去。”

毕竟他们前几天才聊过关于 IT 圈的鄙视链：老婆漂亮的程序员鄙视老婆不漂亮的程序员，老婆不漂亮的程序员鄙视有女朋友的程序员，有女朋友的程序员鄙视单身的程序员。

一群业务能力强的佼佼者长期处于鄙视链底端，时常觉得抬不起头，这遇上一个机会可不得抓紧。

思及此，易鸿问顾寻：“那你去不去啊？”

顾寻没抬头，一边回着手机上的消息，一边漫不经心地说："不去。"

"那最好。"一个男同事笑了起来，"不然我们还有啥机会。"说完他还煞有介事地拍了拍顾寻的肩膀，"谢谢兄弟成全啊。"

顾寻哼笑了声，没说话。

易鸿一个人在那儿想了想，又反悔了："算了，我还是不去了，我不知道怎么跟女生说话，别去给自己找尴尬了。"

说完，他侧身撞了撞顾寻的肩膀："到时候我陪你加班，够意思吧？"

闻言，顾寻放下手机，往椅背靠去，抬手搭在易鸿肩膀上。

"你不去，是因为你不会跟女生打交道。而我不去呢，"他偏头张扬地笑了笑，"是因为女朋友管得严。"

一桌子直肠子程序员花了两秒才反应过来他什么意思，气氛顿时热了起来。

"你有女朋友了啊？什么时候的事？"

"怎么不声不吭的呢。"

"有照片吗？看看长啥样。"

这群人中数易鸿和顾寻相识时间最长。一直没见顾寻交女朋友，这事就挺诡异。加上之前他夸岳千灵漂亮时，顾寻还听困了，自那时起他就开始隐隐约约怀疑顾寻的审美。这会儿得知情况，他比谁都兴奋："藏着捂着干什么，给我们看看啊，很漂亮吧？"

顾寻勾了勾唇："是很漂亮。"

"别说废话了。"易鸿朝他伸手，"拿照片来瞅瞅。"

顾寻挥开他的手："没照片，你们也不需要看照片。"

易鸿不依不饶地问："怎么不需要？看看又不会少一块儿肉，别这么抠，我倒要看看什么样的女生能搞定你。"

顾寻正要说什么，头顶突然响起一道女声："你们聊什么呢这么热闹？"

众人纷纷回头，见黄婕正朝他们走来，身旁还跟着岳千灵。

“来坐来坐！”黄婕一出现便岔开了易鸿的注意力，他连忙朝她们招手，“我们刚点菜，过来一起吃呗。”

黄婕笑盈盈地说：“好呀。”

说话间，顾寻抬头，和岳千灵视线交会的一瞬间，收回了搭在易鸿肩膀上的手，并说道：“麻烦你去帮我拿听可乐。”

易鸿皱眉：“你自己没腿没手？”

顾寻：“你那边不是方便点？”

也是。易鸿这个老好人没说什么，起身的同时问岳千灵和黄婕：“你们要喝点饮料吗？”

两人都摇头，说喝茶水就可以了。

等易鸿一离开座位，顾寻便抬手拉了拉椅子，岳千灵没说话，不动声色地坐到了他身边。

刚落座，顾寻随即又抬手叫服务员加菜。

黄婕连忙拒绝：“不用不用，我们也吃不了多少。”

“没事，我胃口大。”

服务员已经走了过来，顾寻接过菜单随意翻了两页，抬头问：“有香菜牛肉吗？”

闻言，岳千灵低头笑了笑。

“不好意思啊。”服务员摇头，“我们这儿没这道菜，香菜鱼片汤您看行吗？”

岳千灵轻咳一声：“只要香菜不要鱼行吗？”

服务员：“啊？”

您还有什么不合理的要求尽管提呗。

“算了。”顾寻合上菜单，隐隐笑着，“不加了。”

放饮料的冰柜就在旁边，易鸿走两步就到了，然而他抱着几听饮料一转身，看见岳千灵坐在了他的位子上，也不好说什么，便绕了一圈，和黄婕一同坐到顾寻对面。

因为两个女同事的到来，桌上一群 IT 男习惯性地哑言。

好在黄婕最会活跃气氛，她给自己倒了一杯凉茶，自然而然地问道：“你们刚刚说什么呢？”

易鸿一边分发可乐，一边笑着说：“说顾寻女朋友呢。”

岳千灵心头跳了跳，下意识扭头去看顾寻。

与此同时，黄婕一口茶水噎在喉咙里，睁眼看着对面两人，不知道说什么。

顾寻竟然有女朋友了？

怪不得昨天岳千灵低落地说自己是单身。

这种事情黄婕见多了，有的男的就是这样，追你的时候比谁都来劲，好像爱得惊天动地，结果你矜持的时间稍微长一点，他转头就跟别人在一起了。

只是没想到顾寻居然也是这种人。

黄婕皱了皱眉，把杯子放下，故作惊讶地说：“你居然有女朋友啦？”

没等顾寻说什么，易鸿就插嘴道：“是啊，有女朋友还掖着藏着，都不肯给我们看一眼。”

“不是我不给你们看。”顾寻叹了口气，一本正经地说，“我女朋友比较害羞。”

岳千灵埋着头看手机，当什么都没听见。

其实她也没想刻意瞒着同事，只是想低调一点而已。

黄婕则是垂眸轻嗤了声，一抬头果然见岳千灵目光倏忽，脸上的神情极其不自然。

唉。黄婕默默叹了口气，感慨长得好看的男人果然不靠谱。

下一秒，她就听见岳千灵问：“你们这么好奇他女朋友吗？”

“可不是嘛。”易鸿说，“他刚上大学那会儿我就跟他认识了，一直没见他交女朋友。”

岳千灵：“其实我……”

她这几个字说得太小声，对面的易鸿压根儿没听见，自顾自地说："我当时寻思是不是计算机学院女生太少，没渠道，还好心帮他介绍呢，结果他连照片都不看一眼就说不是他喜欢的类型。"

说到这儿，易鸿抬了抬下巴："所以你现在是终于遇到你喜欢的类型了吗？"

听到"喜欢的类型"这五个字，岳千灵余光瞥着顾寻，心莫名地悬了起来。

其实她也挺想听一下他的回答。

顾寻："不能说是遇到了理想型。"

这样啊……岳千灵垂下眼，心情陡然笼上了一层薄雾。

紧接着，她又听见顾寻说："而是我女朋友什么样，我理想型就是什么样。"

54

话音落下，四下无声。

几个脑子里只有二进制的程序员一时间没反应过来，呆呆地盯着顾寻，仿佛在用 0 和 1 去翻译顾寻这话什么意思。

在场只有岳千灵第一时刻明白了顾寻的意思，她默默埋下头，嘴唇磕着杯沿，藏住自己压不下去的嘴角。

直到黄婕在一旁"唠"了一声，众人的目光倏地聚集到她身上。

坐在她旁边的易鸿上下打量她一眼，问道："你怎么了？"

黄婕意识到自己刚刚的情绪过于外露，连忙讪讪地笑道："没什么，就是觉得顾寻有时候说点话还怪肉麻的。"

顾寻垂眼看着黄婕，总觉得这位女同事是不是对他有什么意见。

这时服务员陆陆续续来上菜，易鸿他们也觉得这件事情聊起来怪自找罪的，便岔开了话题。

午休时间有限，大家吃饭也没磨蹭，半个小时后，顾寻和黄婕都去了卫生间，易鸿见大家都吃得差不多了，便主动叫服务员买单。

服务员拿着 iPad 过来，说道：“先生，这桌已经买过单了。”

易鸿挑眉：“嗯？钱给了？”

服务员点头：“是的。”

说着，服务员见顾寻回来了，便指了指他：“这位先生给的。”

易鸿他们这几个同事平时一起吃饭很少 AA，毕竟收入都那么高，也不在意一两顿饭钱，每顿算钱倒显得麻烦。

只是大家也不会一味地让别人请客，心里对这些小事都还有数，心照不宣地轮番付钱。所以当服务员说顾寻已经给钱了，易鸿便问他：“不是说好今天我请客？”

顾寻“噢”了一声，就靠在岳千灵旁边，手臂搭在她的椅背上，不紧不慢地说：“不得带我女朋友请大家吃个饭？”

岳千灵原本都准备起身了，听他这么一说，又停下动作，蒙蒙地转头去看顾寻。

顾寻垂眸看着她，抬了抬眉梢，什么都没说，嘴角却勾着浅浅的弧度，眼里传递着只有她知道的意思。

在尊重她意愿的前提下，他还是抑制不住地诉说着隐晦爱意。

岳千灵目光微闪，红着脸颊微微弯了弯唇，轻轻地“嗯”了一声。

然而在场的人除了她，都把顾寻的那个“带”字理解为了“代”字。

特别是易鸿，他没忍住，嗤笑一声，有点不明白顾寻脑子里装的是什么东西，平时看着冷冰冰的人，这会儿恨不得找到所有机会来秀一秀自己有女朋友。

“嘚瑟什么嘚瑟，下次把人带出来了再说这些。”

易鸿浑然不觉哪里不对劲，继续说道：“这顿反正不算。”

一旁的岳千灵连忙接话道：“那下次我请大家。”

顾寻侧头笑：“好啊。”

“好什么好，你好意思？”易鸿喝完剩下的饮料，起身朝岳千灵做了个“禁止”的手势，“我们这儿是没有让女生请客的道理的。”

顾寻没说话，只是以一种看智障的眼神瞥了易鸿一眼。

岳千灵抿了抿唇，无声地叹气。

易鸿这么死脑筋，她还真不知道怎么开口了。

几分钟后，黄婕也上完厕所回来了，一行人便一同离开餐厅。

转眼到了周五，这天温度达到新高，天气软件里亮起了高温预警。

同事们没有被天气影响心情，距离下班时间还有十分钟，大家显然已经按捺不住内心的小激动，补妆的补妆，打理发型的打理发型，尹琴还跑去卫生间换了一身衣服，为今晚的联谊聚餐做准备。

岳千灵和现场的氛围格格不入，只想早点回去洗个澡，在自己小房间里安安静静地画线稿。

下班时间一到，她便收拾东西起身。刚要走，她突然想到了什么，又坐下来给顾寻发了条消息。

糯米小麻花：你忙完了吗？

几分钟后，他才回消息。

校草：没，今天估计有点晚。

糯米小麻花：噢，那我先回去了。

校草：先别走，来地下车库一趟。

糯米小麻花：？

校草：五分钟。

糯米小麻花：偷情？

校草：你非要这么说……

校草：也不是不行。

收起手机，岳千灵正准备走，余光往黑屏的电脑屏幕上一瞧，发现自己的形象好像有点糟糕。于是她又从抽屉里掏出小镜子照了照。

果然。

因为天气热，她出门的时候梳了个丸子头，到了这会儿头发松松垮垮的，脸色看起来也有点憔悴。

可是今天没化妆，包里也没带什么化妆品，她便扭头问黄婕："能不能借你口红用一下？"

黄婕刚补完妆，也没多想，直接把口红丢给了她，只是看见她对着小镜子认认真真补妆，觉得有点不对劲："都要下班了你补什么？"

岳千灵："没什么，就是觉得自己有点憔悴。"

黄婕盯着她看了几眼，几度欲言又止。

直到岳千灵把口红还给她，她才开口："你真不去啊？这都要七夕情人节了，不给自己个机会？"

说完，她还别有意味地朝岳千灵眨了眨眼。

岳千灵正想说话，一旁的尹琴却已经笑眯眯地接了话："你瞎担心什么呢，千灵成天在第九事业部混，哪儿愁找不到男朋友？而且那些开发员的工资更是高得可怕，我们累死累活赚的流水都拿去养他们了，争取肥水不流外人田啊。"

尹琴说话向来这样夹枪带棒的，岳千灵也习惯了，不想和她多说，于是点点头："你说得有道理。"

黄婕瞥了岳千灵一眼，嘀咕道："他们有什么好，挣得多但死得早。"

岳千灵掐她一下："……你给我撤回。"

和黄婕她们说话耽误了一小会儿，岳千灵到地下停车场时，已经过去了十分钟。

岳千灵远远看见顾寻站在梁柱旁，便一路小跑着过去。

停车场比外头还闷热，就这么一小会儿的工夫，岳千灵额头上便出了一层细密的汗，但她浑然不觉，还是笑盈盈地跑到了顾寻面前。

"什么事啊？"

"有事才能找你还叫男朋友？"顾寻拉住她的手腕，把人往怀里带，"没事就不能见见你？"

这个时候下班的人多，停车场里一直有人来，岳千灵有点不好意思，轻咳了声，说道：“见到了吧，那我可以回家了吧？”

顾寻没说话，视线在她脸上流连，最后落在她涂着豆沙色口红的双唇上。

“化妆了？”顾寻眉梢一扬，伸手抬了抬她的下巴，“早上出门的时候不是没化妆吗？”

岳千灵当然不可能说自己是为了见他特意补了个口红，别开脸，退后一步。

“没化，你眼花了吧。”

顾寻笑，又伸手去牵岳千灵，殊不知这一幕正好被从电梯里出来的黄婕和易鸿看在眼里。

两人站在拐角处，尴尬得像走进了刑场，眼珠子都差点儿掉出来。

几秒后，两人对视一眼，掉头就走。

到了电梯间前，两人都没说话。沉默片刻，他们再次扭过头，四目相对。

易鸿：“啊这……”

黄婕：“你也觉得这样不合适吧？”

易鸿挠头：“可是……”

黄婕没再说话，眉头却拧成一团。

都有女朋友了还来骚扰女同事，果然长得好看的男人都不靠谱。

岳千灵也是傻，中午亲耳听到了他有女朋友这件事，还不跟他断干脆。

就图一张脸吗？

呸。

思及此，黄婕觉得自己忍不下去了，转身就朝岳千灵和顾寻走去。

“哎，你！”易鸿见她脚步生风，愣了好一会儿，才犹犹豫豫地跟上去。

黄婕今天为了联谊聚餐专门换了一条裙子，但这并不影响她走出豪迈的步伐。

于是，就在顾寻再一次拉住岳千灵的手腕时，突然听到了突兀的“咳嗽声”。

两人回头，见黄婕双手抄在胸前，笑眯眯地看着她们。

岳千灵被这诡异的笑容弄得有点手足无措，下意识抽出自己的手，尴尬地睁着眼，一时间不知道说什么。

黄婕见状，心里冷笑。

她凉飕飕的目光在两人身上转了一圈，最后定在岳千灵的手腕上，慢悠悠地说：“你俩下班了不回家，在这儿干什么呢？”

见岳千灵不说话，黄婕三两步走过去，横挡在她和顾寻身边：“晚上不是说好一起去吃饭吗？我等你半天了，还以为你干吗去了。”

岳千灵：“啊？”

黄婕恨铁不成钢地叹了口气。

这姑娘果然是个会吐泡泡的，白瞎了这么好看的一张脸了。

“天气这么热，在这停车场待着干什么，这里有海给你游泳吗？”说完，她又转头，笑眯眯地看向顾寻，“这大热天的，你下班不去找女朋友啊？”

顾寻看了黄婕一眼，片刻后，倏地笑了：“找啊，下班当然找女朋友。”

“那快去吧，别让你女朋友久等了，不然还以为你偷偷摸摸干吗去了呢。”她顺势挽起岳千灵的手臂，朝顾寻挥挥手，“那我们就先走了，晚上还要去联谊呢，听说今天来了挺多帅哥，我赶紧帮咱们千灵物色一个，免得有的人惦记。”

说完，她朝岳千灵眨眨眼：“听说今天来的男生都挺不错的，或许没有一张骗人的外表，但人品都是过得去的。”

话都说到这份儿上了，岳千灵怎能还不明白黄婕的意思。

可是还没等她开口，黄婕就拽着她打算离开。

这时，顾寻忽地伸手，拉住了岳千灵的手腕。

感觉到顾寻的动作，黄婕不动声色地把岳千灵的手抽出来，回头就是一记眼刀，语气却还客气："你这是干吗呀？还有什么事情吗？有事就钉钉上说吧，毕竟只是同事。不然，被女朋友发现了多不好呀！"

没等顾寻接话，黄婕又用劝渣男回头是岸的语气委婉说道："哦当然，我知道你们肯定是没什么的，但是女生嘛，都是容易多想的嘛。"

顾寻看了一眼自己悬在半空中的手，偏头笑了笑，声音里带了点委屈："千灵，你再不给我个名分，明天全公司都要知道我是个脚踏两只船的世纪渣男了。"

黄婕和易鸿："……"

岳千灵："……"

她原本只是不想张扬，却没想到事情会被曲解成这样。

此刻她不知道说什么，只红着脸，用另一只手去钩住顾寻的小指，然后一点点，握住他的手。

致命的一秒沉默后，黄婕抬头。

"你们……"一辆跑车经过，轰鸣声在黄婕脑中炸开，她脚底已经建成一座埃及金字塔，全凭意念在吐字，"你和他……你俩……难道……"

岳千灵红着脸点头："……是。"

黄婕低头看了看自己紧握着的岳千灵的手，又去看了一眼顾寻的手，在"小明爷爷活到九十九岁是因为他不多管闲事""我不如打个地洞跑吧"和"辞呈上应该写什么"的头脑风暴中挤出一个感慨又温柔的微笑。

她拉起顾寻的手腕，放到岳千灵掌心，然后煞有介事地拍了拍顾寻的手背。

"真好。

"我就知道顾寻不会是那种人。

"姐姐今天在这里，真心祝福你们百年好合，比翼双飞，永结同心，早生贵子。"

55

回去的路上，岳千灵果然收到了黄婕的微信轰炸。

黄婕：你知道我刚刚有多尴尬吗？

黄婕：我万万没想到全款买大平层的梦想居然在二十七岁这一年实现了，我谢谢你啊岳千灵！

黄婕：你为什么不早跟我说顾寻的女朋友就是你？

岳千灵有点无奈，挠了挠头，才打字。

糯米小麻花：我没想瞒你。

糯米小麻花：但是……

糯米小麻花：你也没问我呀。

黄婕：没问你你就不说？

糯米小麻花：难道我一上班就来跟你说"啊啊啊我有男朋友啦"？

好几秒后，黄婕才平静下来回她消息。

黄婕：也是。

黄婕：不过我男朋友要是长他那样，我恨不得把他照片贴在额头上让每一个人都看见！

岳千灵失笑，没再跟黄婕继续聊这个话题。

不过她想了想，自己好像确实没怎么跟朋友说这件事，之前发的朋友圈估计除了顾寻本人，其他人都没懂。于是她打开大学寝室群，发了两句话。

糯米小麻花：对了，跟你们说件事情。

糯米小麻花：我跟顾寻在一起啦。

后面还跟着一个“微笑”的颜文字。

方清清：?

方清清：? ?

方清清：没开玩笑吧? ? ?

糯米小麻花：是真的。

相比于方清清的震惊，印雪就镇定多了。

印雪：噢，我知道的。

糯米小麻花：你怎么知道的?

印雪：就你那天发的朋友圈我看懂了啊。

方清清：什么朋友圈?

方清清：噢，拔草?

方清清：这有什么特别的意思吗? 我以为她买什么东西了。

方清清：你是怎么看出来的?

印雪：这不很明显吗?

印雪：就是我没好意思来问。

糯米小麻花：?

糯米小麻花：你有什么不好意思的?

方清清：我想听听细节。

印雪：其实我也可以听。

糯米小麻花：?

糯米小麻花：……

糯米小麻花：你俩要是太闲，我发点有意义的网站你们给自己找点事情做吧。

随后岳千灵丢了一个游戏大全的网站链接过去。

晚上八点，顾寻忙完回家。

到楼下的时候他给岳千灵发了条消息，不过不知道她在忙什么，一直没回。

进了电梯，顾寻收起手机，注意到电梯里贴了一张告示，通知本栋住户今晚维修电缆，将要停电三个小时。

他看得入神，心里想着不知道岳千灵有没有看见这个通知，完全没注意到电梯里有个女生一直在看他。

直到到了十三层，他走出电梯，那个女生也跟了出来。几步后，顾寻发现不对劲，一回头便对上女生羞怯的眼神。

“有事？”

女生朝他家门口看了一眼，见上面空空如也，欲言又止一番，才小声说：“那个字条……你没看见吗？”

顾寻抬眉，顺着她的视线看过去，什么都没发现。

“什么字条？”

“就是……”女生腼腆地看顾寻一眼，见他似乎丝毫不知情，只好鼓起勇气说，“我前几天留了个微信号在上面，可能没粘好就掉了吧。”

“……噢。”

顾寻眼神倏地柔了下来。

他想起那天晚上岳千灵来他家里，莫名其妙就骂他“狐狸精”，原本还想着怎么回事，结果原因在这里。

女生见顾寻出神，正想说什么，顾寻便说道：“应该不是没粘好。”

女生眼睛亮了亮，立刻伸手去掏手机。

但是手指刚放进包里，她就听见顾寻说：“大概是我女朋友看见后撕掉了吧。”

听到“女朋友”三个字，女生太阳穴都跳了起来，僵硬地笑了笑，什么话都没再说，转身就走。

楼道里瞬间便只剩下顾寻一人。

他看了眼手机，岳千灵还是没回消息，便径直去按了门铃。

好几分钟后，屋里才响起急匆匆的脚步声。

岳千灵打开门的那一瞬间，一股裹挟着沐浴露清香的空气涌出。

顾寻低头，见岳千灵一头湿发乱糟糟地披在脑后，其中两缕发梢湿答答地贴着脖子，有隐隐的水迹正顺着她泛红的脖子流进胸口。

她皮肤本就白，因此锁骨处的点点微红反而被映衬得格外显眼。虽然知道是洗澡的原因，但此时此景，总让顾寻联想到点其他的东西。

“你刚刚在洗澡？”

“嗯。”岳千灵也感觉到头发在滴水，便拿起毛巾擦了擦，“什么事？”

顾寻抬了抬下巴，盯着她家里的吊灯看了一会儿，试图把注意力从她身上移开。

再垂下眼时，他笑得有点不正经：“来问问你，是不是收走了我的什么东西？”

岳千灵：“啊？”

她压根儿没想起之前撕下来的小字条，此时绞尽脑汁也想不起自己收走了顾寻什么东西。

他也没打算提醒，就那么笑望着她。

想了一会儿，岳千灵突然有点懂了。

唉。

这男人怎么突然来跟她说土味情话了呢。

要不还是配合他一下吧，不然他一会儿又委屈上了。

思及此，岳千灵叹了一口气，徐徐抬眼，有点无奈地说：“收走了……你的心？”

她话音落下那一刻，顾寻眼里的笑意蔓延到嘴角。

在看见她脖子上的绯红爬上脸颊时，所有自持突然溃散。

这也太可爱了。

楼道声控灯在他沉默的瞬间熄灭，光线暗下来那一刻，顾寻突然伸手抬起她的下巴，一边将她往屋里推，一边吻了下去。

他双腿跨进来，反手将门用力关上，随后搂住她的腰一个翻转，便将她抵在了门上。

岳千灵不知道这突如其来的吻是怎么回事，还没回过神，他的气息就已经毫不迟疑地灌入，包围了她所有的感官细胞。

所有清醒的意识在这一瞬间烟消云散，岳千灵紧贴着冰凉的门，衣服被长发浸湿，冷冰冰的触感和此刻的氛围相互冲撞着。

她紧紧闭着双眼，双手慢慢勾住顾寻的脖子，努力地仰起头以配合他的身高。

然后，尝试着主动回应他的吻。

两人的呼吸声在安静的屋子里交缠沉浮，氤氲一室暧昧，凝滞了时间的流逝。

直到岳千灵的及腰长发在身侧的桌面上画出凌乱的水迹，顾寻才停下来，双唇流连在岳千灵的锁骨，轻轻地咬了一下。

他力道虽然不重，岳千灵却还是“咝”了一声：“你干吗？”

片刻后，顾寻才从她颈窝抬起头，嗓音沉沉地说：“没什么，下次别用这么烫的水洗澡了。”

岳千灵想，那不然还用这么烫的牛奶洗澡吗？

她把顾寻推开：“我去吹头发。”

刚说完，头顶的灯光突然一暗，伴随着楼外众人的惊呼声，整个屋子都陷入黑暗。

岳千灵脚步一顿，有点不敢相信：“停电了？”

“你没看见电梯里贴的通知？”

“没……”

岳千灵又问：“你看见了？那什么时候会来电？”

“不知道。”他朝岳千灵走了两步，伸手勾了勾她的手指，“反正停电在家待着也没什么意思，不如我们出去？”

岳千灵想想也是，这么热的天，没有空调真的活不下去，不如去找个有电的地方。

“行。”她转身朝房间走去，“那我换身衣服。”

“嗯，记得带上身份证。”

黑暗中，岳千灵浑身一僵。

房间门关上，岳千灵镇定的步伐消失，整个人“扑通”一声扑倒在床上，拿起手机一顿乱按。

糯米小麻花：啊啊啊怎么办怎么办！！

方清清：？

印雪：？

糯米小麻花：我家停电了！

印雪：咋的，你还怕黑了？

糯米小麻花：顾寻叫我带上身份证跟他出去！！！

印雪：？

方清清：？

糯米小麻花：怎么办怎么办？

方清清：我教你怎么应对。

糯米小麻花：快说快说。

方清清：第一步，穿一套好看点的睡衣。

糯米小麻花：？

方清清：第二步，不要害怕。不过你也不要显得太激动，稍微矜持一点。

糯米小麻花：……

糯米小麻花：放屁屁，你退群吧。

放下手机，岳千灵盯着天花板，胸口起伏一直停不下来，脑子里出现了很多画面。

突然，顾寻在外面敲了敲门：“还没换好？”

“……马上。”

岳千灵翻身下床，打开衣柜的时候，视线不自觉地下移，看着她码得整整齐齐的衣服。

唉，都是成年人了。

而且，她喜欢他的。

没一会儿岳千灵便换好了衣服，悄悄拉开门。

透过门缝，她看见顾寻坐在她的沙发上低头看手机，似乎并没有注意到她的出现。

她的心又开始不听话，扑通扑通地跳个不停。

直到顾寻突然抬头，朝她看来。

“你在那里鬼鬼祟祟的干什么？”

“……你才鬼鬼祟祟。”岳千灵一把推开门，大步迈了出来，“快走，热死了。”

刚走出电梯，一股闷热的晚风便迎面吹来。

岳千灵闭了闭眼，深深地吸了一口气。

手心突然传来一阵温热，顾寻牵住她，五指穿过她的指缝，两只手紧紧扣在一起。

“你怎么出这么多汗？”

岳千灵：“……热。”

“嗯，那我们走快点。”

今天的温度高到什么程度，仅仅十分钟的路程，岳千灵的头发便已经完全自然风干，就连后背的衣服也已经浸上了一层汗，黏糊糊地贴着肌肤。

“对了，”顾寻突然开口，“刚刚忘了问你，吃晚饭了吗？”

岳千灵点头：“吃了。”

“吃的什么？”

“楼下的馄饨。”

“吃饱了吗？”

“嗯。”

“行。”顾寻又加快了脚步，“身份证带了吗？”

岳千灵的手指突然收紧："带了……"

顾寻："嗯，那我们直奔主题。"

岳千灵："啊？"

这么着急的吗？

唉，二十岁出头的男人果然都一样。

十分钟后，岳千灵站在网咖柜台前，脑子有点蒙。

"美女？美女？"网管喊了她两声，"你还在吗？"

岳千灵倏然回神，眨了眨眼："不出意外的话，未来几十年我都还在。"

网管："啊？"

他迷茫地看向顾寻。

顾寻理所当然地看了他一眼，满脸写着"我女朋友的话有什么问题吗"，然后才揉了揉岳千灵的头发。

"叫你拿身份证，想什么呢？"

"哦，没想什么。"

岳千灵慢吞吞地从包里掏出身份证，放到网管面前。

后悔。

现在就是非常后悔。

感觉一路上的汗白流了。

开好卡后，岳千灵默默收回身份证，什么都没说，直接往游戏区走去。

顾寻慢了一步，扭头看着她的背影，两三步追上去，从后面勾住她的脖子，埋头在她耳边低声说："宝贝儿，你好像有点失望？"

岳千灵被那一声"宝贝儿"叫得有点神魂颠倒。

但理智还在。

她面无表情地看着前方满满当当的人头，没什么语气地说："你要是不想在网吧挨打，最好现在就闭上你的宝贝嘴巴。"

顾寻松了手，脸上笑意却更明显。其实他从出门的时候就知道岳千灵在想什么了，只是没预料到她的反应竟然这么可爱。

网咖里很吵，两人开了个双人包间，推拉门一关上，倒还安静。

沙发是宽敞的连坐，两人落座后，中间还能塞下一个人。

这家网咖的电脑配置很好，不过开始还是需要个几秒，就这么短的时间，岳千灵紧盯着屏幕，实在忍不下去了。

“你能不能别笑了？”

“我笑了吗？”顾寻摸了摸自己的唇角，“我只是觉得我女朋友很可爱。”

岳千灵紧握着鼠标，一句话都说不出来。

随后，顾寻往她这边挪了点，伸手揽住她肩膀。

“要不我们现在换地方，还来得及。”

岳千灵拳头握紧了。

她没让顾寻滚远点，只是深呼吸两口，沉沉地说：“AWM 和 M24 选一个吧，毕竟是送你离开这个世界的枪，不能太随便。”

“只能幸福二选一吗？你又不是不知道，”顾寻漫不经心地说，“其实我喜欢猛男枪。”

岳千灵感觉自己受方清清荼毒太深了，现在满脑子少儿不宜，就连顾寻一句轻飘飘的“猛男枪”，她都会拐着弯想到其他地方。

片刻后，岳千灵盯着屏幕，了无生气地说：“唉，猛不猛谁知道呢。”

“嗯？”

感觉到旁边的气氛微变，岳千灵终于意识到自己说的话有多大的歧义，立刻补充道：“当然是倒在您……狙下的手下败将知道。”

两人原本打算玩一会儿 LOL[①]四排，不过临时叫不到三个人，只好作罢。

---

① *League of Legends*，指游戏《英雄联盟》。

顾寻伸了个懒腰，打开游戏：“看来只能甜蜜双排了？”

小麦和骆驼连玩手游都那么菜，岳千灵也没指望他们能搞定端游，压根儿就没打算叫他们。

不过她这一晚上都有点心猿意马，匹配结束后才发现自己忘了勾选双排，界面上出现了两个野人[①]队友。

顾寻侧着头看她：“不是说好甜蜜双排？又想什么去了？”

“闭嘴，请你严肃对待电子竞技。”

“……行。”

几秒后，画面跳转到出生岛。

这时候岳千灵放在桌上的手机突然响了起来。

方清清：快一个小时过去了，冒昧问一下，进行到第几步了？

岳千灵觑了顾寻一眼，偷偷摸摸地打字。

糯米小麻花：情况很复杂。

糯米小麻花：马上要吃鸡了，回头聊。

方清清：?

糯米小麻花：我们来网吧打游戏了啊！

印雪：……

方清清：……咱们校草有点东西，我可真是没想到啊。

你以为我想到了吗？

岳千灵面无表情地关掉手机屏幕。

进入游戏后，匹配到的两个队友中有一个是男的，一上来就叭叭叭地说个不停。

这一个晚上岳千灵情绪起伏太多次，现在还有点没回过神，一直没开过口。

而顾寻打游戏的时候话本来也不多，两人就这么沉默着，直到上

---

① 游戏术语，指陌生人。

了飞机，岳千灵沉默着标了G港。

那个男的见状，立刻开口："兄弟这么野？上来就去G港啊？"

岳千灵："那你们说去哪里吧，我都可以。"

一听到岳千灵的声音，那个男的语气陡然变了。

"原来是个小姐姐，那我没问题了，随便你去哪里我都跟随你，大不了活着保护你，死了保佑你。"

岳千灵愣了一下。

随后，耳机里便传来顾寻冷冰冰的声音："用不着你，保佑你自己吧。"

那男人噎了一下，很快从顾寻的语气中听出了敌意。

"噢，情侣啊……行，我闭嘴。"

之后那个男人果然没再说什么。

直到第一把开局没多久，刚进入第一轮跑毒，岳千灵就被炸倒在轰炸区，她"哇"的一声喊了起来："快扶我快扶我！"

然而顾寻刚一转身，第二道火雷又准确无误地炸了下来，岳千灵直接变成了一个盒子。

她蒙蒙地看着屏幕，不敢相信自己的运气居然差到这种地步，耳边却回荡着那个野人队友的笑声："看，还说用不着我，这下得你保佑我了吧！！！"

她不甘心，不服气。

而且不出意外的话，接下来她得独自观战至少二十分钟，于是岳千灵扭头可怜巴巴地看着顾寻。

虽然她没说话，但顾寻知道她什么意思。

他挑眉："想继续玩我的？"

岳千灵笑眯眯地点头，伸手勾了勾他的手指："可以吗？"

顾寻直勾勾地看着她，什么都没说。

片刻后，岳千灵俯身靠到他面前，在他脸边亲了一下："行了吗？"

顾寻："……"

说出来可能会挨打，但他刚刚确实没这个意思，只是在看岳千灵笨拙撒娇的模样而已。

他垂眼笑着，轻声道："过来吧。"

岳千灵立刻摘下耳机。

只是顾寻却还没起身。

"你不让开我怎么玩？难道要我坐在你身上玩？"

没等顾寻接话，耳机里就响起那个男人的声音："哈哈哈，没想到我玩个游戏还能免费升级到限制级啊！"

顾寻倏地沉下脸，伸手握住鼠标，一梭子子弹直接把那个男人击倒在地。

"你有病？！"

下一秒，顾寻继续补枪，男人立刻变成一个盒子。

"你神经病吧？！"

岳千灵没戴耳机，看着这一幕有点摸不着头脑。

"你干什么呀？"

"没什么。"顾寻把耳机摘下来，挂到她头上，"过来玩吧。"

56

两人从网吧出来，已经接近夜里三点。

自从毕业之后，岳千灵还从来没有在外面待到过这么晚。

其实零点的时候顾寻就打算带她回家，但岳千灵自己不乐意，每次都说"最后一把"，最后还是顾寻强行拎着她离开网吧。

回去的路上，游戏的兴奋后劲一过，岳千灵困得上下眼皮直打架，站在电梯里都快睡着了。

出门时她由于太紧张出了不少汗，这会儿回到家里，免不了再洗一次澡。

重新收拾好一切，时针指向凌晨四点，岳千灵当场倒在床上昏迷。

岳千灵的睡眠向来很好，这一觉睡下去，再睁开眼，已经是第二天下午两点。

意识还没回笼，困意依然包裹着全身，但为了作息不颠倒，岳千灵还是决定起床。

她把手伸进枕头下摸出手机，半眯着眼睛打开微信，看见里面堆积了很多条消息。

顶在最前面的，是顾寻发的十几条消息。

十点。

校草：醒了没？

校草：？

校草：行吧，我也再睡一会儿。

十一点。

校草：还没醒？

校草：你怎么这么能睡？

十二点。

校草：？

校草：在吗？麻烦把我女朋友放出来一下，我跟她一起吃个午饭就退回去。

校草：算了，我自己吃。

二十分钟前。

校草：你还没醒？

校草：行，你睡吧。

校草：易鸿叫我打篮球，我出去了。

糯米小麻花：……

她叹了口气，有点不理解明明同一时间回的家，为什么顾寻精力这么好。

回了他的消息，岳千灵又切出去看印雪和方清清这三百二十五条聊天记录到底说了什么，结果粗粗翻了几眼，岳千灵就一言难尽地退了出来。

她们是真的闲，竟然能就“岳千灵和顾寻真的没做点别的运动吗？为什么这个点还没起床”发表十几种猜测，并一一分析可行性。

几秒后，顾寻恰好回了一条语音。

他大概刚刚热完身，说话有点喘：“打个游戏就累成这样，以后带你多运动运动？”

其实他说的话挺正常，属于正常关心范围，但岳千灵发现自己可能受了点方清清和印雪的影响，脑回路总会七拐八弯地想到别的地方。

沉默两秒后，岳千灵闭了闭眼，深吸一口气，没再回他消息，起身去洗漱。

因为起得晚，岳千灵肚子直叫，不想花时间等外卖，便自己煮了一些上次她妈妈塞进她冰箱里的饺子。

难得拥有完完整整的休息日，天气又热，岳千灵只想在家里舒舒服服地待着，正好前段时间网上有一款挺火的新游戏，岳千灵一直没时间玩，便想趁着今天下载下来试一试。

打开官网，她看了眼复杂的配置参数，有些弄不懂，便发了条消息问顾寻。

糯米小麻花：我这个电脑配置能玩《飞翼杀手 4》吗？

校草：能。

岳千灵放下心来，正准备整理内存下载，顾寻又发来一条。

校草：就是多准备点薄片牛肉，有孜然的话撒一点，味道会更好。

糯米小麻花：……

紧接着，他又发来两条语音。

“去我房间吧，电脑密码还是那个。

“打球去了，看不了手机，自己先玩，晚上回来陪你。”

糯米小麻花：谁要你陪，我一个人很快乐。

糯米小麻花：等会儿？

糯米小麻花：你要晚上才回来啊？

发完这几条，岳千灵嘀嘀咕咕地起身。

原本打算换下睡裙，但想到顾寻晚上才回来，她索性就这么舒舒服服地去了他家里。

炎炎夏日，地表温度快煎熟了路上行人。

顾韵萍站在小区门口，被太阳晒得浑身冒汗。

当她给顾寻打了第四个电话依然无人接听时，她只得挂了电话，去叫保安给她开闸门。

保安从窗口里探出头，上下打量一圈，看她不像什么可疑人物，但还是丢了个本子出来，让她登记身份证。

过程虽然稍显烦琐，但顾韵萍想到这也是一种安全保障，脸上神情反倒更客气了几分。

仔细算算，她跟顾寻也很久没见过面了，更别说造访他的新居。根据几个月前顾寻发来的地址，顾韵萍仔仔细细地核对楼栋信息，找到了他住的房子。

她按了两次门铃，耐心地等了几分钟，并没有人来开门。

又给顾寻打了个电话，依然没人接。

“大周末的干什么去了。”顾韵萍嘴里念叨着，视线落在密码锁上，心神一动，抬起了手。

顾寻是个怕麻烦的人，所有电子产品的密码来来去去就是那一串数字和字母排列组合，顾韵萍几乎不用思考，两次就试出了正确答案。

她推开门，视线往屋内一扫，神情有片刻的凝滞。站了几秒后，她才轻手轻脚地走进去，立在客厅中央环顾四周。

屋子里摆设虽然简单，但收拾得井井有条，室内窗明几净，地面一尘不染，柜子上还放了一些常用的感冒药。

就连以前总是被随意丢在家里的篮球此刻也干干净净地挂在墙角。

原以为顾寻一个人在外面生活肯定不会照顾自己，日子过得马马虎虎，但事实好像和她想象中不一样。顾韵萍有些不可置信，甚至想退出去看看自己是不是走错了屋子。

不一会儿，她收回心绪，拎着大包小包走进厨房。

锅碗倒是一副没怎么动过的样子。

她又打开冰箱，里面没什么吃的，只堆放了几瓶碳酸饮料。看到这一幕时，顾韵萍不知为何，感觉那不宁的心神反而得到了缓解。

她皱着眉，把冰箱里的饮料全都扔了，然后又将自己买的东西整整齐齐地码进去。

收拾好厨房，顾韵萍又把客厅里那些觉得不顺手的摆设全都换了个位置，并且觉得沙发离电视太近，对眼睛不好，便自己鼓着劲儿把沙发往后挪了一米多。

做完这一切，顾韵萍歇了歇气，正准备去沙发上坐一会儿，突然听到房间里传来女孩子的笑声，原本已经弯下去的腰突然僵住。

顾韵萍以为自己听错了，不可置信地抬起头，朝房间看去。

紧接着，那笑声又响起。

顾韵萍很快便反应过来发生了什么，一边想着要不要这样贸然打扰，一边又很是好奇。

犹豫片刻后，她还是起身去敲了敲房间门。

依然没人应。

顾韵萍往门那边贴了点，用克制的语气喊道：“顾寻，你在吗？”

这一次依然没得到回应，顾韵萍心一沉，缓缓将门推开。

看见房间里那一幕的片刻，她整个人愣住。

视线所及之处，窗帘拉得严严实实，只有书桌上亮了一盏台灯。

一个穿着睡裙的女孩盘腿坐在宽大的电竞椅上，头上戴着黑色耳机，一只手飞快地操作鼠标，另一只手则端着一听可乐，嘴里咬着吸管，正笑盈盈地盯着电脑屏幕。

只能看见女孩侧脸的顾韵萍第一反应是自己进错了门，收拾错了屋子，甚至想立刻把扔进垃圾桶的碳酸饮料全都掏出来。

然而就在她准备掉头的时候，女孩不知道看到了什么有趣的事情，一口可乐呛住，猛咳了起来。

顾韵萍脚步一顿，再次回头看过去。

而岳千灵咳完了，继续喝着可乐，并打算抽一张纸巾擦擦嘴巴。她一扭头，就和顾韵萍四目相对。

“岳……”

顾韵萍剩下的两个字还没说出来，就见女孩手里的可乐“砰”的一下落地。

感觉到冰凉的液体洒到胸口后，她才松嘴，塑料吸管飘扬落地，双眼却还呆呆愣愣地盯着顾韵萍。

死一般的沉寂片刻后，岳千灵灵魂终于归位，手忙脚乱地想站起来，腿一伸却踢到了桌子，痛得倒吸一口冷气，“嗷”的一声就要往后倒。

顾韵萍见状也没心思想其他的，连忙走过去扶住她。

“你没事吧？”

“没、没事。”

岳千灵堪堪站稳，心神还未定，低头看见顾韵萍扶着自己的手臂，心想一头撞死算了。

两人就维持着这个姿势，大眼瞪小眼，都觉得自己不适合先开口。

许久后，顾韵萍终于缓缓松开手，觑了一眼岳千灵身上的睡裙，清了清嗓子，说道：“阿姨就不委婉了，你们这是在……同居？”

这可真的一点都不委婉。

“不是不是。”岳千灵连忙解释，“我住对面，我就是过来借他电脑玩游戏。”

“这样啊……”

顾韵萍是相信这个的，毕竟她刚刚收拾屋子的时候没有发现任何女性生活用品。但是以她对自己儿子的了解，是不可能就这么让一个女生随随便便动他房间东西的。

思及此，顾韵萍的眼神里又带了点别的探究意味：“那你们……？”

都到这种时候了，岳千灵不可能看不出来顾韵萍的意思。

她不知道该摆出什么表情面对顾韵萍，只得轻轻地点了个头。

却不想顾韵萍没有她想象中的惊诧表情，只是顺手拿起桌上的纸巾，擦了擦她胸口的可乐，毫不意外地说：“挺好的。”

岳千灵以自己要换衣服为借口，拿着手机逃似的窜回了自己家。

一关上门，她立刻给顾寻打电话。

可是他大概是打得太投入了，三个电话都没接。

岳千灵一头栽在床上滚了几圈，又给骆驼和小麦发消息。

糯米小麻花：SOS！ SOS！

骆驼：？

小麦：？

糯米小麻花：顾寻的妈妈过来了，撞见我在他房间打游戏，顾寻又在打篮球，不接电话。

糯米小麻花：你们对他妈妈应该比较了解，所以我现在要怎么办？

小麦：你为什么在他房间？

骆驼：小麦，出门右转是第三医院，去看看脑子。

小麦：？

骆驼：什么怎么办？顾阿姨又不会吃人。

糯米小麻花：救命啊。

小麦：不是，你还没告诉我，你为什么一个人在他房间？

岳千灵终于知道顾寻和骆驼为什么总是担心小麦考不上研究生了。

就这脑子，落榜是对我国研究生平均水平的贡献。

糯米小麻花：我在我男朋友房间打打游戏怎么了啊！怎么了啊！

小麦：？

小麦：！

糯米小麻花：@骆驼，阿姨现在一个人在他家做饭，我要是不过去是不是不太好？

糯米小麻花：我过去说什么？

糯米小麻花：阿姨，我来帮您做饭？

骆驼：不对不对。

糯米小麻花：？

骆驼：林寻的妈妈你不该叫“阿姨”，要叫“婆婆”。

糯米小麻花：……谢谢科普。

聊了几句，岳千灵终于明白这种时候骆驼和小麦根本帮不上什么忙，只好硬着头皮上。

她再次走进顾寻家里，顾韵萍已经在厨房洗菜，见她过来，也只是笑了笑，对她的态度也非常平和，并没有问一些让她难为情的话题。

无非就是和她聊一些家常，顺便问问她爸妈近况。

只是提到工作的时候，顾韵萍得知岳千灵和顾寻在同一家公司，微不可察地皱了皱眉。

适应了刚开始的尴尬，岳千灵已经能够平静地和顾韵萍聊天了。

说话间，她还想着顾阿姨人这么好，顾寻为什么跟她不亲近。

难道叛逆期还没过？

只是没有顾寻本人在，岳千灵始终有点紧张，时不时地注意着手机的动静。

二十分钟后，他终于回了消息。

校草：我马上回来。

看见这五个字，岳千灵松了口气，却也恨不得立刻给他开个传送门。

顾寻打篮球的体育场算不上近，加上这会儿交通正拥挤，即便他已经尽快了，但还是近傍晚六点半才赶到家。

他开门的一瞬间便听到了岳千灵和顾韵萍说话的声音，循声望去，视线扫过客厅，目光倏地顿住。

沙发很明显被移了位置，一些小东西也没放在他熟悉的位置。

看到这些变动，顾寻原本想说的话堵在嗓子里，扭头看向厨房，开口道："妈，你怎么来了？"

"今天是——"

顾韵萍一回头，见冥冥余晖下，儿子脸上并没有她想象中的兴奋感。于是她敛了敛神情，端着一碟菜出来："前几天过来出差，本来今天下午要回去的，但是项目出了点事情要多留几天，所以顺便来看看你。"

这时岳千灵也跟了出来，站在顾韵萍身后对着顾寻挤眉弄眼。

顾寻接收到她眼神里的意思，朝她点点头，然后朝顾韵萍走去，想接过她手里端的菜："我来吧。"

顾韵萍："你先去洗澡，回头别着凉了。"

"行。"

顾寻却转身朝厨房走去，正要开冰箱门，便听见顾韵萍的话："哎，你那些碳酸饮料我都给你扔了啊，跟你说了多少次不要喝那些不健康的东西。"

顾韵萍一看他的动作就知道他想干什么，回头说道："桌上有矿泉水，你去喝那个。"

顾寻收回手，掉头就往房间去。

经过岳千灵身边时，他顺手拉住她的手腕，把她带进了房间。

关上门，他转身看着岳千灵，沉声问："我妈今天跟你说了什么吗？"

岳千灵猝不及防被他拉进来，顾及着他妈妈在外面，声音格外小："没什么呀，就随便聊了聊。"

顾寻垂下眼，沉沉地叹了口气。

岳千灵见他这模样，一副大爷作态地伸手捏住他的下巴。

“怎么，害怕你妈妈暴露什么你不可告人的秘密？”

顾寻显然没有跟她开玩笑的心情，低头在她掌心蹭了蹭，才松开她的手腕。

“我在你这儿能有什么秘密，我只是怕我妈的说话方式让你不舒服。”

“那不会啊，阿姨挺好说话的。”

“那你刚刚那么紧张？”

“……”岳千灵推了推他，“你快去洗澡，一身汗，臭死了。”

顾寻去洗澡期间，岳千灵和顾韵萍已经把做好的饭菜全部摆上了饭桌。

直到落座，岳千灵才真正松了口气。

就这么毫无准备地以顾寻女朋友身份见了他的妈妈，这刺激感真不是三言两语能形容的。

好在顾寻已经回来了，她决定等会儿就当个缩头乌龟，什么话题都抛给顾寻，免得说错什么话。

然而情况和她预料的不一样。

因为饭桌上，顾寻和顾韵萍好像根本就没什么话说。

两人都安安静静地吃饭，直到岳千灵有点受不了这样的氛围，频频开口夸奖顾韵萍的厨艺，这才有了点热络气氛。

没有闲聊，这顿饭吃得便格外快。

顾韵萍一放下筷子就准备起身：“我去洗碗。”

岳千灵和顾寻同时开口道：“我去吧。”

话音落下，顾寻按住岳千灵的肩膀：“你坐着。”

虽然平时她和顾寻一起吃饭的时候都是他在做这些，但有顾韵萍在，她不好意思真的坐着不动，便还是起身帮忙收拾了一下桌子。

几分钟后，顾寻一个人站在厨房洗碗。

顾韵萍不知什么时候走进来的，就站在他身后，许久后才出声：“我就知道你会喜欢千灵的，你当初还嘴硬，要不是我今天来撞见了，你还准备瞒我到什么时候？”

顾寻手里动作没停，反而有点不耐烦地加快。

“没准备瞒你。”

顾韵萍又问：“那你们未来有什么安排？”

在顾寻这二十二年的人生里，不知道听顾韵萍说了多少次“安排”，这两个字一出现就会自动牵扯住他某根抵触的神经。

但是想到岳千灵，他还是忍住抵触的冲动，开口道：“我们会认真考虑。”

闻言，顾韵萍笑了笑，抬手拍了拍他的肩膀：“现在说这个是有点早，不过早做安排自然是更好的。行，一会儿再说，我先出去了。”

等顾寻从厨房出来，顾韵萍也拿着包起身。

“不早了，我明天还有事，先回酒店了。”

岳千灵也顺着她的意思开口道：“那我也回去了。”

这次顾寻没拦着她，点了点头，随后转身拿起车钥匙，对顾韵萍说：“我送你。”

顾韵萍：“行。”

岳千灵和他们一同出门，在电梯口和顾韵萍礼貌地道了别。

等两人消失在视线里，她嘴角的笑意渐渐消失，盯着电梯门有些出神。

怎么感觉今天顾寻有点不高兴？思及此，岳千灵没有急着回自己家。

半个小时后，顾寻回来了。

他并不知道岳千灵还在他家里，垂着脑袋径直朝房间走去，整个人身上都透着一股低气压。

岳千灵不知道他和顾韵萍在路上又说了什么，只觉得他心情好像更不好了。

于是她眼睁睁看见他已经打开房间门，才开口说话："你没看见这里一个活生生的女朋友吗？"

顾寻一回头就和岳千灵视线相接。

她的眼神似乎永远都像一汪清泉般干净，在这燥热的夏日扫清空气里的沉闷。

顾寻随即便转身坐到了她身旁，被她身上的洗发水清香包围。

"在等我？"

"不是你说的晚上要陪我吗？"岳千灵突然歪着头去看顾寻的眼睛，"你今天是不是心情不好？因为你妈妈吗？"

顾寻沉沉地看着岳千灵，一时不知道怎么跟她说自己家里那些糟心事。

岳千灵也不急，穿上鞋子起身朝厨房走去。

"没有什么是一听快乐水解决不了的，不行就——"当岳千灵打开冰箱门，看见里面的东西，突然愣住。

好一会儿，她才转头问顾寻："今天是你生日？"

顾寻低低地"嗯"了一声："你这个当女朋友的，现在才知道？"

岳千灵见顾寻没有回头的意思，便把冰箱里的东西捧了出来。

"你自己买的还是阿姨给你买的？"

闻言，顾寻倏地回头。

视线落在岳千灵手里的生日蛋糕上面时，他的神情突然僵住，只有眸子里的光亮倏忽闪烁。

岳千灵并不知道顾寻在想什么，只是过意不去地叹了口气。

唉，她这个女朋友当得太不尽责了，竟然连他生日都没有问过。

想到这里，岳千灵三两步走到客厅，把蛋糕放下，抬头看了看时间："还早，要不你等我一下，我出去给你买个生日礼——"

她最后一个字还没说完，整个人就被顾寻拉进怀里。

"不用，你在这里就行了。"

他将头埋在她的颈窝，身体紧紧相贴。

岳千灵能清晰地感觉到他胸口正在剧烈起伏着。

正因为如此，她更不能就这么算了。

可是顾寻此时的状态，大概是不可能放她离开的。

安静地想了一会儿，岳千灵突然灵光一闪，她挣脱顾寻的怀抱，三步并作两步朝自己家跑去。

“你等我一下。”

岳千灵离开的这几分钟，顾寻盯着桌上的蛋糕看了半晌。

随后，他起身找了个打火机，把蜡烛一根根点亮。

当六根蜡烛全部亮起时，客厅的灯突然灭了。顾寻一回头，见岳千灵站在玄关旁，刚收回关灯的手。

她原本披散在脑后的长发此时变成了丸子头，双手也负在身后，不知藏着什么东西。

“虽然你说我陪着你就行了，但是……仪式感还是要有的。”

她一步步朝顾寻走来，黑暗中，突然伸出手，掌心里似乎放着一个什么小东西。

顾寻看不清，把那东西拿起来，借着蜡烛的光亮仔细辨认，竟然是一个红色蝴蝶结。

顾寻不解：“这是给我的礼物？”

我看起来像是喜欢这种东西的人吗？

“不是，但是你可以把这个套在我头发上。”

岳千灵坐到他身旁，俯身凑到他面前。

烛光在两人之间跳跃闪动，晦暗的光线中，顾寻看见她笑出了两个酒窝。

“我把自己变成礼物送给你。”

语音通话

【**糯米小麻花**】向你发起了语音通话。

拒绝　　接听

57

室内只有微弱烛光照明，岳千灵看不清顾寻的表情，就这么摊着掌心，蝴蝶结却迟迟没有被拿走。

在这样的氛围下，岳千灵后知后觉地代入顾寻的视角想象了一下自己刚刚说的那番话，发现自己这个小学生行为确实有点傻，也难怪顾寻不接茬。

他此时的沉默大概是在思考她的智商有没有三位数。

思及此，岳千灵嘴角笑容消失，讪讪地别开脸，准备起身。

“不要就算了，你当我没说。”

结果刚收回手，顾寻就拉住她的手腕，一根根地掰开手指，拿走了那只蝴蝶结。

不过他却没有下一步动作，只是垂眼看着岳千灵：“你真的想好了吗？”

岳千灵抬眼，脸上有些许不解：“这有什么想好不想好的？”

顾寻没说话，岳千灵也不知道他在想什么，只见他沉默了好一会儿后，突然弯腰凑到她脸前，靠得极近。

“可是，”他嘴角慢慢噙起笑，“我还没准备好呢。”

岳千灵：“你有什么需要准备的，听我的就行。”

顾寻抬眉：“这么野啊宝贝？”

“啊？”

此时此刻，岳千灵才反应过来他为什么笑得不正经，神情顿时一僵。

两人的对话又在岳千灵脑海里转了一圈，但路线已经完全跑偏。

明明是顾寻自己说不需要额外准备礼物，陪着他就可以了。只是岳千灵觉得这是和他度过的第一个生日，就算只是陪伴也需要一点仪式感。她甚至都想好了，等顾寻为她戴上蝴蝶结，她就抱一抱他，肉麻地告诉他“今晚我和月亮都是你的”。

这多么浪漫啊。

这多么有意义啊。

结果顾寻好像想歪了？！

下一秒，顾寻的回答就印证了岳千灵的猜测。

“那我也需要准备点——”他徐徐抬起上半身，靠着沙发，用那双带着笑意的眼睛睨了一会儿蹲在地上的岳千灵，随后无声地说了三个字。

岳千灵是从嘴型看出他在说什么的。

岳千灵无言以对，心想：这生日还是别过了吧。

此刻她庆幸自己进来的时候把灯关了，这样顾寻就看不到她的窘态。

但是沉默有时候比表情更能表达情绪。

顾寻见她久久蹲着，似乎连起身都忘了，终于没憋住笑了起来。

岳千灵从来没见过顾寻笑成这样。

虽然这份快乐是她给的，但她并没有感到开心。

“你闭嘴吧，我根本不是那个意思！”

说完以后她才发现自己此时的解释根本没什么用，于是一把从他手里夺回自己的蝴蝶结，起身就准备走。

刚伸直了腿，身后的人忽然拉住她的手腕，用力往后一拽，她整个人就坐进了顾寻怀里。他从背后抱住她，双手扣在她小腹处，顺便拿回了蝴蝶结。

“行吧，那礼物我收了，现在告诉我要怎么做？”

岳千灵被他的气息包围着，认真地想了想：“你先——”

“先脱衣服？”

岳千灵深吸一口气，手肘往后一捅。

这人总能在她这儿找到挨打的捷径也真是不容易。

听到顾寻吃痛地“嗞”了一声，岳千灵面无表情地对着蜡烛说：“你先脱脱你脑子里的水吧。”

这个晚上顾寻没有脱成衣服，甚至连沙发都没有离开过。

他们两人把蛋糕切了，但因为刚刚才吃过饭，没什么胃口，只是走走流程吃了两口。

随后顾寻打开电视，随便找了一部电影，内容一般，甚至有点无聊，但他们有一句没一句地聊着天，一眨眼竟也过了两个多小时。

离开的时候，岳千灵复盘着今天晚上干了什么，觉得挺无趣的，一点都不像过生日。可是一回头看看顾寻的眼神，她又觉得他应该是挺开心的。

于是，在关门前一刻，岳千灵突然探出一颗脑袋，叫住了刚刚转身回家的顾寻：“对了，忘了跟你说……”

“嗯？”顾寻回头。

“祝你生日快乐，也祝我……能陪你度过每个生日。”

说完，她一阵风似的关上了门。

三两步蹿进房间后，她倒在床上望着天花板，突然又想到了什么，立刻拿出手机。

糯米小麻花：不对不对。

糯米小麻花：我刚刚说错了。

校草：？

糯米小麻花：不是祝你生日快乐。

糯米小麻花：是祝你天天都快乐。

能不能天天快乐顾寻不确定，但他知道自己今天晚上确实挺快乐。

即便没有什么特别的生日礼物，也没有一大群朋友聚在一起狂欢，但今天的生日却让他感觉格外隆重。

糯米小麻花：对了，顺便代替我感谢一下阿姨。

校草：？

糯米小麻花：谢谢她在二十二年前的今天把你生下来。

糯米小麻花：让我有机会遇见你。

这句话刚发出来，她又撤回。

校草：？

糯米小麻花：让你有机会遇到我。

此时躺在床上因为第一次说了这么直白的情话而感到害羞的岳千灵正在捂着脸打滚，并不知道顾寻盯着那句“谢谢她在二十二年前的今天把你生下来”看了多久。

毕竟在这之前的很多年，每次到了生日这一天，顾寻看到林宏义的冷脸，就会回想起他那句“我当初让你去做手术，结果你非要生下来”，时时刻刻提醒着他，他的出生对自己的亲爸来说是祸害。

终于有一天，有人说了另一句话，占据了那句魔咒在他脑海里的位置。

与此同时，顾韵萍躺在酒店里，久久未能入睡。

她手里捧着一本书，却一个字都看不进去。

原本以为她今天的造访算是主动给了一个台阶，吃饭的时候气氛也还算和谐，但在回酒店的路上，她跟顾寻说起工作上的事情，却又不欢而散。

她想不明白自己到底哪里做得不对，甚至和小麦或者骆驼的妈妈比起来，她付出了几十倍的关怀。可她和顾寻的关系却连其他母子的十分之一都比不上。

直到近零点，顾韵萍的手机振动了一下。

她连忙拿起来看，是一条来自顾寻的消息。

"妈，谢了。"

一年中最热的几天过去了，天气开始逐渐温和。

顾韵萍项目上的问题迟迟解决不了，这一个多月都一直待在江城。

因为那天晚上收到的短信，她虽然没说什么，但像是受到了鼓舞，只要有空就会提着大包小包来顾寻家一趟，给他的冰箱里填满蔬菜水果，顺便做一顿丰盛的晚餐，把岳千灵叫过来吃饭。

一开始岳千灵还有点拘谨，后来次数多了，她在顾韵萍面前渐渐放得开了，嘴巴像抹了蜜一样，疯狂对她的厨艺吹彩虹屁[①]。

顾韵萍嘴上不说什么，心里却很受用，每周变着花样下厨，没一道菜是重复的。

毕竟这些话很难从顾寻嘴里听到。

也不知道是不是有岳千灵的原因，这段时间顾寻和顾韵萍的相处还算平和，基本没怎么出现冷脸的情况。

直到顾韵萍要离开江城的那个周末，三个人又坐到一起吃饭，顾韵萍问起了岳千灵的工作情况。

"我听你妈妈说你从高中就开始学美术了是吧？"

"其实从小学开始就一直跟着老师学了。"岳千灵回答道，"只是高中的时候才决定要以这个为专业，转去了艺术班。"

"既然学了这么多年美术，为什么要去游戏公司？"顾韵萍认真地看着她，"去当一个美术老师，或者做一个画家什么的不是更好吗？"

岳千灵从没有遇到过这种提问，一时不知道怎么回答。

沉默间，顾寻拧着眉放下筷子："妈，你能不能别问了？"

"我只是跟她随便聊聊。"

话虽这么说，顾韵萍的语气却特别认真："顾寻是学计算机的，

---

① 网络用语，意为花式吹捧对方浑身是宝，全是优点。字面意思为就连对对方放的屁都能出口成章，能面不改色地将其称为彩虹。

非要去游戏公司也就罢了，可美术是一门艺术，你去游戏公司任职难道不是埋没了你的天赋吗？”

没等岳千灵回答，顾寻就说道：“妈，这是她的爱好，你别管那么多。”

顾韵萍也沉下了脸，严肃地说：“什么叫我管得多，我提一点建议都不行吗？”

看着桌上气氛开始不对劲，岳千灵连忙插嘴：“阿姨，我现在工作挺好的，待遇也高，不比当老师或者传统画家差的。”

虽然顾韵萍并不认同岳千灵的说法，但也没再说什么，只是低声嘀咕了几句：“这些年游戏害的青少年还少吗？每次上新闻都是负面消息。”

其实现在很多中老年人对游戏依然持反对态度，岳千灵也见怪不怪了，只是她没想到顾韵萍竟能一语成谶。

几天后的一个早上，岳千灵刚到公司就看见同事们三两成群地聊天。

她放下包，想找黄婕说点事情，却见她也在茶水间跟人讨论着什么几十万的事情。

加入群聊后，岳千灵很快了解了事情的前后。

昨天晚上有个人打电话给公司客服，声称他上初中的儿子因为玩HC互娱的一款手游，偷刷他的卡氪[①]了三十多万元，现在要求公司立马退款。

游戏公司遇到这种事情只能自认倒霉，谁让玩家是个未成年人，这件事要是闹大了一定会影响公司的名誉。

三十多万元对一个游戏公司来说也不是什么大事，作为员工，大家也都默认公司会退钱。

---

① 即氪金，游戏用语。原为“课金”，指支付费用。氪金特指在网络游戏中的充值行为。

只是即便退款，也有一系列流程需要进行，并且目前公司还在考虑利益最大化的处理结果。

这种情况也不是第一次发生，公司有专门的公关应对，所以大家都没太放在心上，岳千灵也只是当作闲谈，听了就过了。

没想到投诉人那边认为这是游戏公司的托词，不仅报了警，还找来了媒体曝光。

当天下午“初中生氪金刷掉父母三十六万元存款”就成了热门新闻。

紧接着，有媒体趁热打铁，写了一些通告，指责 HC 互娱的乙女游戏[①]内容毁三观，指责其女主角脚踏几只船，同时和多个男性角色发展情感线，称其价值观崩坏，带坏未成年女孩。

这种通稿本身就是为了吸引眼球应运而生，目标读者也不是真正的游戏群体，所以岳千灵她们小组基本都没当回事，甚至趁休息时间还津津有味地刷起了评论。

岳千灵她们被这些言论逗得咯咯笑，完全当成了个茶余饭后的笑话。

然而这些新闻被顾韵萍看到后，又是另一番情况。

她本就对游戏持有偏见，认为那是玩物丧志的东西，一直试图劝说顾寻找个“正经”工作。看到这些新闻，她对 HC 互娱的印象更是一落千丈，当天下午就给顾寻打了个电话。

顾寻当时正在会议室忙得抽不开身，于是他掐了电话之后给顾韵萍发了一条消息。

菜也犯法吗 sir：急事吗？不急的话晚点说，在忙。

顾韵萍压根儿就没看微信，只一个劲儿地给顾寻打电话。

当第三个电话打来时，顾寻以为顾韵萍出了什么事，立刻中断会

---

① 指针对女性需求而开发的恋爱模拟类游戏。

议，拿着手机去了走廊。

“怎么了？”

顾韵萍和他说话向来没什么开场白，直接问道：“你们公司怎么回事？”

最近的新闻顾寻也有所耳闻，自然知道顾韵萍在说什么。

不过他根本没把这些小事放在心上，此刻还记挂着会议，便言简意赅地说：“没什么大问题。”

“这还叫没什么大问题？”顾韵萍的声音突然拔高，“都上新闻了呀！大家都在骂，你看不见吗？”

没等顾寻回答，她又说道：“你说你做什么不好，非要去做这些害人不浅的东西。我当初就不同意你进游戏公司，你连招呼都不给我打一声就去了，这下好了，你看看你们公司现在这都什么事啊？你为什么就非要跟我反着来呢？”

顾寻重重地呼了一口气，沉声道：“所以呢？”

“你赶紧出来吧，别待在这种公司了。”顾韵萍的语气也并不轻松，声音里充满了担忧，“其实我前段时间在江城也了解过现在的 IT 行业，明明有那么多前程大好的公司，你为什么非要去一个游戏公司呢？”

顾寻没说话，顾韵萍以为他在认真考虑她的提议，便又说道：“我有大学同学现在就在做人工智能，发展前景很好的，前几天我跟他聊了下你的情况，他是真的求贤若渴，非常希望你能加入他的团队。你考虑一下吧，行的话下周我再来一趟江城，带你见见他。”

在顾韵萍说话的同时，易鸿打开会议室的门，朝顾寻挥了挥手：“还没好啊？快点啊。”

顾寻闭了闭眼，压住心里翻涌的情绪，然后说了一句“我有事，先不说了”便挂了电话。

在那之后的一整个上午，顾韵萍又打来几次电话，却再也没被接起过。

而岳千灵不久前才跟顾韵萍加上微信，平时也没聊过天，对话框里至今还是空白一片。所以看见她陡然打来一个语音电话时，岳千灵有点蒙，也有点紧张。

明知道没有开摄像头，她还是下意识理了理头发才拿着手机去了安静的楼道。

“千灵，你这会儿有空吗？”

岳千灵下意识就点了一下头，仿佛顾韵萍就站在她面前似的：“有空的，刚刚吃完饭，现在是午休时间。”

顾韵萍：“那你能不能帮阿姨一个忙？”

岳千灵眨了眨眼：“什么？”

“其实我一直不同意顾寻去做什么游戏开发的工作，可是他不愿意听我的，我也拗不过他。可是你看看现在的情况，你们公司都上新闻了，听说还有什么甲乙游戏带坏小孩子，我真的不能接受顾寻在这样的环境下工作。

“所以阿姨想请你帮帮忙，能不能劝一下顾寻？他不听我的，但是肯定听你的。”

岳千灵安安静静地听顾韵萍说了好几分钟，终于提炼出她的核心观点。

沉吟片刻后，岳千灵终于开口：“阿姨，我觉得……您是不是对游戏有什么偏见？”

楼道上的人来了又走，太阳悄无声息地藏进了云层里。

直到手机快没电了，岳千灵才结束这通电话，揉了揉站酸的腿，回到自己工位上继续画线稿。

她从来没有跟一个长辈聊过这么多关于游戏的内容，甚至还搬出了“第九艺术”这个观点。

顾韵萍全程没怎么说话，只在挂电话前一刻，她才叹了口气，语气沉重地说：“顾寻从来没有耐心跟我说这么多，唉，我再想想吧。”

岳千灵也不知道顾韵萍到底听没听明白，总之她能说的都说了，能不能扭转顾韵萍的偏见也不是她能决定的事情。

晚上九点，顾寻终于忙完手头上的事情。

他知道岳千灵也还在楼下焦头烂额地赶线稿，思忖着是等她一会儿还是先把她带回家。

刚打开岳千灵的聊天框，顾韵萍便打来了一通电话。

顾寻看见来电显示，刚刚松懈下来的神经又紧绷，端着手边的凉水喝了一大杯，才有心思接起电话。

顾韵萍："你忙完了吗？"

顾寻深深地吸了一口气，"嗯"了一声，已经准备好洗耳恭听顾韵萍的紧箍咒。

然而她却沉默了。

顾寻也没主动开口。

好一会儿过去，顾寻听到顾韵萍叹了口气："今天早上我跟你说的事情，你就当我没说吧。"

"你怎么了？"顾寻闻言，神色更沉重，"妈，你跟我说话没必要转这么多弯，有什么就直说吧。"

"我没跟你转弯。"

顾韵萍的声音有些低沉，听得出来心情不太好，但语气里至少没有咄咄逼人的态度。

"中午跟千灵聊了一两个小时，我其实也不是很懂，但勉强能理解一点吧。既然游戏还是有前途的，那你想做就做吧。"

顾寻目光一凝，盯着桌上的水杯，一时没接话。

"要入秋了，你记得多穿点衣服，少喝那些碳酸饮料。"

挂了电话，手机界面自动退回微信聊天框，顾寻盯着岳千灵的头像，神色微动。

这时，她正好发来几条消息。

糯米小麻花：我画不出来啊画不出来啊！！！

糯米小麻花：为什么线稿这么难！

糯米小麻花：一个月了，我连线稿都画不出来，我就是个废物！！！

糯米小麻花：呜呜呜我就是个废物！

糯米小麻花：我存在还有什么意义，我就是在地球上浪费空气的人吧！

糯米小麻花：？

糯米小麻花：你人呢？

糯米小麻花：快出来夸夸我，给我点自信。

菜也犯法吗 sir：嗯。

菜也犯法吗 sir：你知道吗，其实我爸这辈子最后悔的事情就是生下了我。

糯米小麻花：？

菜也犯法吗 sir：他觉得是我拖累了他的人生，我祸害了他一辈子。

菜也犯法吗 sir：我妈虽然跟我爸不一样，但她的付出常常让我觉得很崩溃。

菜也犯法吗 sir：所以有时候我经常在想，如果当时我爸妈没有生下我，是不是对大家都好。

糯米小麻花：抱抱。

糯米小麻花：不是，我叫你夸夸我，不是让你跟我比惨的！！！

菜也犯法吗 sir：但是自从有了你。

菜也犯法吗 sir：我觉得我很幸运。

58

岳千灵跟顾寻发的消息倒也不是单纯地没事找话聊。

她是在卫翰和宿正的认可下接下西格莉德这个任务的，在顶着压力的同时怀揣着一点点野心，努力跟上他们的节奏。

草图阶段也的确顺利，但这一个月来，线稿的无数次推翻返工，正在悄无声息地蚕食着岳千灵的信心。

到这会儿她才有点明白为什么说人生的第一份工作很重要。

大三实习期开始，岳千灵就进入了 HC 互娱的乙女游戏项目组，当时还获得了不少同学羡慕的眼光。她自己也挺满意，特别是正式工作后，她的产出通过率超过了黄婕和尹琴她们这些前辈，是小组里一稿过次数最多的人。

这份工作她干起来得心应手，即便是后来一心想辞职，也只是因为与工作无关的事情。

直到现在她才意识到，只有在走下坡路的时候才会让人感觉到毫不费力。

将草图进一步视觉化的这一部分工作，需要提取精准的设计线稿以供后期上色，同时还要添加必要的注解和说明，以保证后续的 3D 建模人员，以及渲染人员、技术美术人员能够准确明悉设计意图。

在画乙女卡面的时候，岳千灵做起这个步骤简直是游刃有余，一口气上色以及后期调整，基本不需要想太多。

所以她没想到在西格莉德这里，她会在线稿上卡这么久。

偏偏 3D 建模那边催得紧，岳千灵感觉自己的头发都快掉光了。

心里压力无处排解，觉得自己简直是个废物，她才给顾寻一连串发了这么多消息。

但没想到顾寻竟然是这样回答的。

泰山般的压力被他这几句话轻轻拨开，岳千灵捧着手机看了好一会儿，不知道是要为他说的话感到高兴，还是先安慰他。

原来他跟爸爸的关系竟然是这样的。

难怪他上次赶回去看望受伤的爸爸回来后，竟然是那样的反应。

至于他说的“我妈虽然跟我爸不一样，但她的付出常常让我觉得很崩溃”，岳千灵其实不太能理解。

这些日子顾韵萍时常过来看他，会给他买很多生活用品，会做丰盛的晚餐，还会帮他打扫一下家里。

好像很多妈妈都是这样的，毕竟上次鞠云珍来的时候做的事情和顾韵萍做的差不多。岳千灵对此习以为常，并不觉得有什么不对劲的地方。

不过她确实能感觉到，顾寻和顾韵萍的相处不像普通母子那般亲密，她把这归根于顾寻性格就是这样。毕竟她和顾寻在一起之后，他也不是随时腻腻歪歪，只有在无人处才会放肆起来。

不过想到今天中午顾韵萍打来的那通电话，她似乎又有点感觉。

岳千灵想了想，如果是鞠云珍看见她们公司出了这些负面新闻，大概也会忧心忡忡，但应该不至于直接提出希望她换工作。

她不太明白顾韵萍到底给了顾寻怎样的压力，不过这会儿回想起他去年春节没有回家，一个人在江城过年，估计也跟这些事情有关。

沉默了好一会儿，岳千灵不知道回他什么，便打了五个字。

糯米小麻花：我们回家吧。

校草：好。

收拾好东西后，岳千灵拎着包急急忙忙地跑向电梯口。

第一趟电梯下来，停在岳千灵面前，她往里看了一眼，没见到顾寻人，便没打算进去。

里面正好有一个第九事业部的同事，见她没动，便问道：“你不进来？”

岳千灵笑着摇头：“我等下一趟。”

同事心领神会，笑道：“等顾寻啊？”

岳千灵点头。

自从上次被黄婕和易鸿撞破关系后，岳千灵依然在公司和顾寻保持着正常同事的相处方式。

虽然公司没有禁止办公室恋情，甚至还鼓励员工内部消化，但岳千灵始终觉得在工作环境里秀恩爱不太好。

不过这种事情哪儿逃得过同事们的眼睛，中午吃饭以及上下班时间偶尔遇到，大家也都心知肚明了。那些平时没怎么打交道的同事听说这个八卦时一点都不震惊，觉得好像是理所应当的事情。

“噢，我刚刚看他忙完了，估计马上就下来了。”同事说完，便按上了电梯门。

岳千灵又垂下头，拿出手机想问问顾寻下来没有，但她一打开对话框，视线就落在那句“如果当时我爸妈没有生下我，是不是对大家都好”上。

记得很久以前，岳千灵跟印雪聊起顾寻，她当时非常夸张地说他是“基因彩票”“女娲炫技”，印雪虽然没她那么浮夸，但也没否定这个说法。

毕竟在所有人眼里，顾寻好像已经拥有了上天最好的恩赐。

优越的外形，出类拔萃的智商，以及富足的家庭条件，这三样中的任何一条都足以让人艳羡。但岳千灵没想到，顾寻竟然一直觉得自己的出生是个错误。

他怎么能这么想呢。

岳千灵沉沉地叹了一口气，胸腔里充斥着酸酸胀胀的情绪。

这时，一声“叮”响起，岳千灵一抬头，便看见顾寻站在电梯里。

他清瘦的身子瞬间占据了岳千灵所有的注意力，她什么都没说，径直跨进电梯，伸手环住他的腰，把头贴在了他胸前。

许久之后，顾寻抬手摸了摸她的头发：“怎么了？”

“没怎么。”电梯不知停在了哪一层，岳千灵没注意，只是把手臂收得更紧了些，闷闷地说，“想抱抱你都不可以吗？”

门口突然响起一道熟悉又陌生的女声：“可以是可以，但是你们是不是也太不把我当外人了？”

岳千灵回头一看，倏地愣住。

刚刚她满心满眼都是顾寻，没注意到电梯停在了哪一层，此时老板正抱着双臂站在门口，直戳戳地看着他们。

旁边还站着几个陌生人，都眼观鼻鼻观心，嘴角却在憋笑。

一秒后，岳千灵收回自己的手，面无表情地转身看着电梯门。

难得撒娇一次就被人撞见，还是老板，岳千灵此刻只想找个洞把自己埋了。

电梯里显然没有洞可挖，岳千灵只能让自己强行镇定，不动声色地在身后掐顾寻，示意他说点话转移一下话题。

接收到岳千灵的意思，顾寻抬手揽住岳千灵的肩膀，并扭头对老板说："公司是我家，老板您当然不算外人。"

承蒙顾寻的解围，岳千灵的嘴一直缝上了二十分钟。

直到进了小区电梯，她才沉沉地叹了一声气。

"怎么了？还在想线稿的事情？"

"是啊。"岳千灵耷拉着眉眼，有气无力地说，"你说刚刚老板碰见了我们，会不会觉得我是因为谈恋爱才耽误了最近的进度？"

顾寻侧头打量她几眼，倏地笑了："照你这么说，我算是个祸水？"

岳千灵觑他一眼，没说话。

"可是祸水这个帽子都给我戴上了，是不是得让我干点实质性的祸事？"

"没跟你开玩笑。"岳千灵抬起手，盯着自己的十指，"看来是我太自负了，其实这就是一双普普通通的手，并不能挑起这种任务。"

她顿了顿，缓缓垂下手。

"唉，要不还是算了吧，我感觉我要耽误 3D 建模的进度了。"

下一秒，她垂下的手突然被顾寻握住。

"算什么算？"他手指插入她的指缝，紧紧扣住，"你知道卫翰他们为什么能在几百张例图中选到你吗？"

岳千灵愣了片刻，说道："因为我恰好是公司里的人，比较方便？"

"不是。"

电梯正好到了，顾寻牵着她走出去，站在她家门口，一字一句道："天赋型和努力型确实都能达到相差无几的结果，但是塑造它们的却是两股截然不同的力量。不然你以为第九事业部那么多经验丰富的原画师，最后为什么却需要你来帮他们走出迷宫？"

岳千灵眨了眨眼，好一会儿，才低沉地说："可是我担心影响——"

"别担心。"顾寻突然一用力，把她拉进怀里，在她耳边轻声说，"所有你害怕的前路，我都愿意陪你走。"

长这么大，岳千灵一直是一个情绪来得快也去得快的人。

她也很明白术业有专攻这个道理，所以她也没期盼顾寻能在她的工作上帮上什么实质性的忙。但是他的那句话像是一张软床，让她这几天悬空的心有了着力点，把满腔的怅惘一扫而空，沉在满满的安全感中。

第二天一早，她又像只小工蚁一般窜到了公司顶楼。

另一边，顾寻刚坐下来便接到了顾韵萍的电话。

"我明天早上的航班回去，晚上一起吃个饭吧。"

顾寻"嗯"了一声，顾韵萍又说："晚上去外面吃，我看过了，离你们公司挺近的，我一会儿把地址发给你，六点半能准时到吗？"

顾韵萍这话说得挺平常，但顾寻却察觉到一丝异样。

正好这时候岳千灵抱着电脑和卫翰一同经过，顾寻盯着她的背影看了片刻，才说道："就我们两个人吃饭吗？"

顾韵萍："那你把千灵叫上呀。"

这个回答模棱两可，顾寻还想再问点什么，这时候宿正过来找他有事，他便应了两声，挂了电话。

到了下午六点，顾韵萍准时发消息来催，顾寻只好先放下手头的事情，带上岳千灵一同前往顾韵萍订的餐厅。

岳千灵原本以为就是随便找个地方吃饭，没想到这个地方看起来还挺高档，通向包厢的走廊上陈设着花瓶，墙壁上用以照明的灯古朴雅致，就连在前方引路的服务员也盘正条顺，穿着讲究。

怎么看也不像是吃家常便饭的地方。

岳千灵心里有些许疑问，只是还没来得及说出口，他们便已经站在了包厢门口。

服务员为他们推开门，做了一个“请”的手势。

两人朝里面一看，在座的除了顾韵萍，还有一个陌生的中年男人。

岳千灵不知道他是谁，想问顾寻。

然而她一抬头，却见顾寻的眼里浮上了一层烦躁。

“你们来啦？快过来，我跟你们介绍一下。”顾韵萍笑盈盈地起身，朝两人招手，“这是冯叔叔，我昨天跟你提过的。”

说完，她又转身对冯展超说：“这就是我儿子，这个小姑娘是他女朋友。”

冯展超笑着跟两人点点头：“刚下班吧？快坐快坐，叫服务员上菜了，别饿着两个孩子。”

岳千灵依然没搞清楚现在的情况，见顾寻的表情也不太自然，脑海里便出现了一个很狗血的猜想。

这该不会是顾韵萍的男友，顾寻未来的继父吧？

在她出神的时候，顾韵萍兴致高昂地对冯展超说：“这个小姑娘你看着眼熟吗？”

冯展超随即把目光落在岳千灵脸上，若有所思：“你这么一说，我看着确实有点眼熟。”

“她是以前我们班那个鞠云珍的女儿啊！”

“噢，是像是像！简直是一个模子刻出来的，当年鞠云珍就是我们学校有名的大美女啊，没想到一转眼女儿都这么大了。”说完，他转头看向顾韵萍，“那你们这可是好缘分啊。”

顾韵萍笑而不语，示意服务员给岳千灵和顾寻倒水，随后说道：“冯叔叔是我大学校友，跟你一样也是学计算机的，后来去日本留学，专攻人工智能，现在回国创业，有很多专利产品，现在公司已经进入二轮融资了。”

冯展超接话道：“我听你妈说了你的情况，还专门去看过你大学时发表的期刊论文，比我当初厉害多了。”

话题在顾寻身上，岳千灵不好插话，而主人公本人却也只是笑了笑，什么都没说。

顾韵萍知道他这个性格，便代替他把话说了：“他现在在做游戏开发。”

“我知道我知道，你说过的。”冯展超连连点头，“现在的游戏开发也很厉害，除了 AI 和人机交互这些领域，还涉及动作捕捉和面部捕捉这些技术，不比我们人工智能简单。听你妈妈提了之后，我就一直想跟你认识认识，不过前段时间一直很忙，直到今天才有时间。”

噢，原来是这样。

岳千灵松了口气。

不是大型认父现场就好。

随后，冯展超又问了顾寻几个专业上的问题，岳千灵这个外行都听得出来他肚子里有货，确实是个技术大拿。

但顾寻的情绪好像并不好，虽然一个个答了冯展超的话，但从不主动挑起什么话题，岳千灵能感觉到若是冯展超不提问，整个包厢就会立刻冷场。

这个情况有点眼熟。

岳千灵想到了大三那年她和妈妈，以及顾寻、顾韵萍一起吃饭的时候，他也是这个状态。

于是，趁服务员上菜的间隙，岳千灵偷偷给顾寻发了一条消息。

糯米小麻花：你不开心？

桌上手机振动了一下，顾寻拿起来一看，面无表情地打字。

校草：嗯。

校草：如果不是你在，我开门的时候就想掉头走人。

糯米小麻花：你不喜欢这个冯叔叔？

校草：我不是不喜欢他，是不喜欢我妈这个方式。

岳千灵怔了一下，还想继续问下去，但感觉当着长辈的面一直玩手机不太礼貌，便重新抬起了头。

这顿饭吃了一个多小时，到后面冯展超也没什么话说了，作为一个中年人，他哪儿能感觉不到顾寻的情绪，便以自己有事为借口结束了这次见面。

顾寻倒也不缺礼数，和和气气地把他送了出去，一回头便对上了顾韵萍的冷脸。

母子俩什么都没说，径直朝停车场走去。

“送你回酒店？”顾寻问。

“不用，先送千灵回家吧。”顾韵萍拉开副驾驶的门，对顾寻说，“我去你家里坐坐。”

顾韵萍话里的意思非常明显，于是一上楼，岳千灵和她道了个别便回了自己家。

等她的门一关上，顾韵萍脸上神情一垮，转身去开顾寻的门。

进去后，她没坐下，而是端端地站着，昂着下巴盯着顾寻。

“你今天什么意思？”

“我没什么意思。”

顾寻垂着头，把车钥匙一放便去冰箱里拿水。

顾韵萍视线紧紧跟着他的背影，深吸一口气以压制自己的情绪。

“我只是让你跟冯叔叔认识一下，你至于这么个态度吗？”

顾寻单手撑着冰箱门，唇抿成一条直线，就这么站着，没有下一步动作。

许久，他才开口："我跟你说过我现在的工作很好，不想去做什么人工智能。"

"我知道的呀！"顾韵萍两三步走到他身后去，"昨天我跟千灵打了一个多小时的电话，她跟我说了很多关于你工作上的事情，我也理解的，我跟你说了，你可以去做你想做的。但是冯叔叔所在的领域跟你是有重合的，万一以后你想试试别的工作了，那拥有这样一个人脉对你有什么坏处吗？"

"没什么坏处。"顾寻冷冰冰地说，"但是你为什么不提前跟我说一声？"

顾韵萍："我跟你说了，你还会来吗？"

"所以你也知道我不喜欢。"顾寻转头直视顾韵萍，眼里含着复杂的情绪，"那你为什么不能尊重一下我的意愿？"

听到"尊重"两个字，顾韵萍重重地拧起了眉。

"只是吃一顿饭而已，你至于把事情想得这么严重吗？"

顾寻想说什么，却觉得自己也没什么好说的。

他的呼吸变得沉重而急促，许久，才沉沉地说："妈，我二十二岁了，不是十二岁，你能不能不要插手这么多？你这样真的让我很累。"

听到这句话的瞬间，顾韵萍的情绪土崩瓦解，血液像是凝固在了体内一般，浑身发冷。

很累？

她的关心，她的"为之计深远"，在他眼里竟然只值"很累"这两个字？

所以他长大了，已经完全不需要她了是吗？

他们进门时候没来得及开灯，此刻屋里的光源只有窗外影影绰绰的月光。

昏暗中，顾韵萍垂头抹了抹脸，长叹一口气："行，我知道了，没什么好说的了，你早点休息，我回酒店了。"

回家后的一个多小时，岳千灵洗了澡，换了床单，还把家里打扫了一遍。

一闲下来，她的心思又飘到了顾寻那边。

也不知道他们聊完了没有，情况还好不好。

在房间里踱了几分钟步后，岳千灵还是没等到顾寻给她发消息，心里越发担忧。

该不会是吵起来了吧？

思及此，岳千灵立刻跑去厨房切了一盘水果，然后端着盘子朝外走去。

切水果的时候她还在想，一会儿要是见两人都黑着脸，她要说点什么缓和气氛，然而一开门，却看见顾韵萍站在顾寻门口，背靠着墙，脑袋垂着，双手捂着脸。

岳千灵迟疑开口："阿姨？"

楼道里的声控灯没有亮，黑暗中，顾韵萍应声抬起头，岳千灵看见她脸上挂着两行泪。

59

和顾寻家相比，岳千灵家的客厅明亮许多。

她没有开空调，窗户大开，任由晚风肆意闯入，带走夏末的闷热。

岳千灵在厨房倒了一杯热水，没急着出去，而是转头看了一眼坐在沙发上的顾韵萍。

进来这几分钟，她已经尽量收敛了自己的情绪，只是静静地坐在那里，桌上放着一团她用来擦眼泪的纸巾。

岳千灵的成长环境挺简单，和其他家庭差不多，父母偶尔小吵小闹，但二十多年来没有出过大矛盾，家里也没有遭遇过什么变故，所以岳千灵从来没见过长辈在她面前落泪。

如今这情形摆在她面前，她根本不知道说什么，甚至连话题切入口都找不到。

走过去时，顾韵萍弯着腰，手肘撑着膝盖，掌心依然捂着脸。

岳千灵把水杯轻轻地放在她面前，踌躇片刻，坐到了沙发另一端。

顾韵萍似乎没有察觉到她的存在，于是几秒后，岳千灵又朝顾韵萍身边挪了一点，然后轻声开口："阿姨，怎么了？"

没能立刻等到顾韵萍的回答，岳千灵也没着急，把水杯捧到她面前："要不要先喝点水？"

顾韵萍终于把手掌从脸上移开。

她早已没有化妆的习惯，但此时的面容却像花了妆一般模糊不堪，本就有了岁月痕迹的眼睛因为泪痕显得疲惫不堪。

两口水下肚后，顾韵萍擤了擤鼻子，朝岳千灵勉强扯出一个笑。

她原本想说"阿姨失态了，先不打扰你了"，可是对上岳千灵的视线，那股浮在心里的委屈又翻涌而出。

她急需倾诉，恰好眼前又有这么一个人。虽然她只是一个小女孩，可是顾韵萍也找不到其他人了。

她紧紧握着手里的杯子，温热一点点传递到手心，却找不到合适的开场白。

直到岳千灵小心翼翼地问："顾寻惹您生气了？"

"是我惹他生气了。"顾韵萍垂下头，嗓音里还带着哭腔，"我总是在惹他生气。"

岳千灵："是因为今天晚上安排吃饭的事情吗？"

其实顾韵萍在开口的时候还没想好要怎么说出她和顾寻的争吵，却没想到岳千灵的一句话便直指今晚的矛盾核心。

她很确定，从他们到餐厅的那一刻，直到回家，岳千灵和顾寻一直在她眼皮子底下，没有单独说话的机会。

此刻岳千灵询问的语气也不像是从顾寻那里得知了今晚的始末。

可是这个和她相处次数一只手都数得过来的女孩，还是什么都看出来了。

那一刹那，顾韵萍有一种全世界只有自己置身于一片迷雾中的感觉。

谁都知道她和顾寻之间的矛盾，好像只有她自己不明白。

顾韵萍泪眼婆娑地看着岳千灵，久久不说话。

原本想要倾诉的苦衷顷刻间退了潮，委屈酸楚悄然消失，脑子里空白一片，只剩一个问题在她胸腔里轰然回荡。

她的问题已经明显到连岳千灵都一眼就能看出来了吗？

片刻后，顾韵萍说：“我没有逼他换工作，我只是希望他能没有后顾之忧，身边有更好的选择，难道我做错了吗？”

这一刻，岳千灵才明白，那天顾寻告诉她的，顾韵萍的付出让他很累是什么意思。

可是岳千灵无法昧着良心说“您没有做错”，也不能以一个晚辈的身份告诉她“您错了”。

书到用时方恨少，安慰人的本领到了这个时候才恨不到家。

沉默半晌，岳千灵才小心翼翼地开口：“您给了他许多，确定他真的需要吗？”

“我不需要”这四个字她常常从顾寻嘴里听到，但在母子俩多年的抗衡中，她已经没办法理性地去思考顾寻这句话里单纯的字面意思，下意识将其评判为他的叛逆。

但是当别人也这么说的时候，顾韵萍突然意识到，她好像忽略了，顾寻其实早就跟她表达过这个诉求了。

岳千灵觉得这些只是很平常的道理，可是顾韵萍此刻的反应却明明白白地告诉她，顾寻大概从来不会说这话。

也是。

岳千灵叹了口气。

就他那个性格，怎么可能跟他妈妈说这些话。

“他其实之前跟我说过，您的付出让他感觉心……”岳千灵顿了一下，没有说出那个“累”字，“疼。”

顾韵萍抬起眼，怔怔地问：“他跟你说他心疼我吗？”

“当然啦。”

岳千灵弯腰从桌上抽出一张纸巾，轻轻地擦了一下顾韵萍眼角的泪痕：“他应该不好意思跟您说这些话吧？不过他私底下经常跟我说，他明明已经可以独当一面了，可以成为您的依靠了，您好像却没有意识到这一点，还在为他操劳。他很心疼您。”

岳千灵在说起这种谎话的时候眼睛都不眨一下，甚至连语气都像在模仿顾寻一般。

但是这并不重要。

因为顾韵萍听到这句话后，虽然陷入沉默中，但情绪明显平复了许多。

于是岳千灵脑子一热，又说：“他有时候心疼到晚上都睡不着呢。”

顾韵萍微微一滞。

看见她这个反应，岳千灵心里咯噔一下，恨不得时光倒流，收回那句话。

完了。

我都说了些啥啊！

好在顾韵萍似乎并没有质疑这句话的真实性，只是微怔地喝了一口水。

岳千灵松了口气，终于找到契机说出自己一直想说的话：“或许，二十二岁的他此时需要的是您放手，给他自由。”

在这三言两语中，顾韵萍其实并没有清晰地意识到自己的行为怎么就没有给他自由了。

但是她还沉浸在岳千灵刚刚那句“他很心疼您”中。

这么多年以来，她所做的所有事情都是希望顾寻好，潜意识里从来没有想过要从他身上得到什么回报。

可是当听到顾寻“很心疼”她时，她第一次意识到，原来自己也是渴望回报的。

这句话让她感觉自己像是陷入一汪温暖的泉水中，身上的茧壳也被泡软了，有一股终于喘过气的感觉。

当一个人的心境是满足的时候，总是更容易妥协。

可惜顾韵萍在和顾寻相处的大多时候都处于紧绷状态。

只有此时，她内心是柔软的，没有了强硬的外壳，也没有思考太多，只是顺着岳千灵的话想下去。

既然他想要更多的自由，那就给他吧。

顾韵萍静静地坐了很久。

直到杯子里的水彻底凉了，岳千灵说：“我再给您倒一杯热水吧。”

顾韵萍恍然回神，连忙拿起包起身：“不用不用，我打扰你太久了，先回酒店了。”

出门的时候，岳千灵看见顾韵萍的神情似乎还有一些恍惚，不知道在想什么。

岳千灵递给她一瓶矿泉水，让她路上喝。

随后电梯门一关，岳千灵深吸一口气，捂住自己的脸，将额头抵在墙上。

天知道她刚刚跟顾韵萍说话的时候有多紧张。

她从来没跟别人有过这样深切的谈话，更别说对方是自己男朋友的妈妈。

也不知道有没有说错话让事情变得更严重。更大的可能是顾韵萍回过神来，觉得她一个小屁孩儿，哪里来的脸跟自己讲大道理。

思及此，岳千灵感觉自己要窒息了。

她止不住地用额头磕墙。

顾寻！你欠我的用什么还！

当她第三下磕墙时，额头突然触到一片柔软。

顾寻的声音在她身后响起："你在这儿干什么？作法吗？"

岳千灵回头瞪他一眼："你没事跑出来干什么？"

"当然是找你。"顾寻收回垫在墙上的手，垂眼瞥她，"给你发消息不回，待在这里干什么？"

岳千灵静静地看着他，脑海里回想起顾韵萍泪眼婆娑的模样。

许久，她叹了口气，摸着自己的肚子说："饿了，打算下去吃东西。"

顾寻抬眉，不解地看着她。

晚上的饭局岳千灵找不到什么话题聊，便只顾着埋头吃饭，如果他没记错的话，桌上的烤鸭有一半都是她吃的。

"这么快就饿了？"

岳千灵昂起下巴逼视他："你这话是什么意思？"

"没什么意思。"

顾寻牵起她的手往家里走，进门后，他没说什么，径直去了厨房。

不一会儿，有动静传来。

岳千灵抬头看去，见他正在烧水，炉边放着一袋冰冻的水饺。

他在给她做吃的。

岳千灵歪着脑袋静静地看着他的背影，也没说话。

十多分钟后，他关了火，将一碗热腾腾的饺子端到岳千灵面前，然后坐到她身边，拿起手机开始翻看什么东西。

从头到尾，他都没说什么。

他似乎总是这样，只做不说。

怪不得顾韵萍根本不知道他的想法。

"喂。"岳千灵朝他靠去，伸手戳他的嘴唇，"你是没长嘴吗？"

顾寻斜眼看过来，盯着她的双眼，双唇轻启，下巴往下一低便含住了岳千灵的指尖。

温热瞬间从指尖蔓延到岳千灵的脸上，她忙收回手，扭过头嘀咕：“有病。”

顾寻笑：“我长没长嘴你不清楚？”

岳千灵夹起一个水饺塞进他嘴里：“你闭嘴吧。”

她现在知道了。

顾寻有嘴，只是没有使用说明书而已。

她安静地吃了几个水饺后，顾寻想起什么，随口问道：“你刚刚打算一个人出去吃东西？”

岳千灵听出了一种“你居然打算吃独食不叫我”的指责感，于是她咽下嘴里的东西，平静地说：“其实我刚刚在楼道碰到阿姨了。”

顾寻目光微闪，片刻后，才开口：“她不是早就走了吗？”

“没走。”

岳千灵淡淡道：“看见她在哭。”

虽然没回头，但是岳千灵能感觉到身后人明显愣了一下。

放下筷子后，岳千灵回头看着他：“你要不要去找她？”

顾寻直接去了负一层停车场，离开小区开到十字路口时，他才想起忘了带手机。

换作平时，不带手机也没什么，但是他不确定今晚的顾韵萍会不会见他，所以只好再折返一趟。

他把车停在小区门口，一路小跑进来。

此时天已经全黑了，四周的绿化带藏进夜色里，仅有几盏路灯照明。

顾寻一路朝他住的那栋楼走去，快要转身进一层大厅时，脚步突然一顿。

他回头，看见顾韵萍低着头坐在绿化带旁的长椅上，似乎根本没有发现他的存在。

直到顾寻坐到她身旁，她才抬头。看见顾寻的那一瞬间，她诧异地张了张嘴，却只是愣着，说不出话。

半晌，两人同时开口。

“你怎么下来了？”

“你怎么一个人坐在这里？”

又是片刻的沉默。

母子俩都没有回答刚刚的问题，而是又异口同声说了另外三个字。

“对不起。”

“对不起。”

顾寻像是被人揪了一下心口，拧着眉说：“你不用跟我说对不起。”

“要说的。”顾韵萍收了收腿，扭头看着他，“你别不高兴，我这次是真心的。”

这确实不是顾韵萍第一次跟他说“对不起”，但无一例外，她总是带着强势的讽刺意味，以道歉的姿态逼迫他接受自己的安排。

只有这一次，她是真心想跟儿子道个歉。

“今天晚上我跟千灵聊天了，我发现我好像还没有她了解你。”

顾寻突然抬眼，看向对面十三层的灯光。

而顾韵萍没有注意到他的表情变化，只是踌躇着伸手，小心翼翼地碰了碰他的手背。

“如果以后，你能像跟她说心里话一样跟我说，我觉得……其实我也可以和她一样……去理解你。”

顾寻不知道岳千灵晚上跟顾韵萍说了什么，导致她有这样的态度转变，他思忖片刻，问道：“我跟她说什么心里话了？”

“她说……”顾韵萍其实有点难为情，顿了一下，才说道，“其实你很心疼我。”

夏末的晚风从他们面前吹过，有点凉，但也让人清醒。

顾寻没说话，依然紧紧盯着十三层的窗户，看见那个熟悉的身影在晃动。

此时的风里只有顾韵萍的声音。

“你不愿意开口说的话，千灵都说给我听了。如果没有她，我都不知道你到底想要什么。

“妈妈这次是认真地告诉你，以后你不需要的东西，我不会强加给你了。”

顾寻和顾韵萍没说太多话，两人的性格早已根深蒂固，没办法在短时间内就彻底敞开心扉。

但这是他们第一次这么安静又平和地在一张长椅上坐这么久。

虽然没聊太多，却在沉默中尝试着一点点扭转态度。

直到夜深了，顾寻才把顾韵萍送回酒店，再折返时，已经快零点。

他推开门时，客厅里的灯已经关了，但房间的门缝透着昏黄的灯光。顾寻一步步走过去，把门打开，见岳千灵正坐在他书桌前，翻看一本游戏杂志。

她看得入神，没发现顾寻的存在。

顾寻也没出声，就这么一直看着她。

他想起顾韵萍回酒店时，拜托他帮忙给岳千灵道一声谢，谢谢她今天花时间陪自己说话。可是这会儿他突然觉得，他想跟岳千灵说的话根本不是一声“谢谢”。

几分钟后，岳千灵终于发现有人在看她，一回头，对上顾寻的视线，嘀咕道：“你属猫的？”

顾寻挑眉：“嗯？”

岳千灵：“走路都没声音的。”

“我属什么猫，我属于你。”

岳千灵：“……”

还能说这种话，说明他和顾韵萍的谈话很顺利。于是岳千灵扯了扯嘴角，合上杂志起身：“谢谢，不过我现在听到这种话，内心已经毫无波动了。”

顾寻朝她走来，目光沉沉地落在她身上。

"那要听我的心里话吗？"

岳千灵预料他可能要说什么肉麻的话，于是背过身看着他的书柜，心里扑通跳着，语气却强装不在意："哦？说来听听。"

说完，她拿起那本杂志，放回原来摆放的位置。

这时，顾寻突然开口："手边第二本书。"

岳千灵："嗯？"

顾寻重复道："你手边第二本书，拿下来。"

岳千灵看了一眼，那是一本英文原文的 *The C Programming Language*[①]。

她以为顾寻要用，便顺手抽了出来。

不过还没来得及说话，顾寻又道："翻开扉页。"

岳千灵心里虽然不解，但还是依言做了。

她手指一翻，陈旧的书页上赫然出现一句话。

——"Hello，World."

这句话岳千灵并不陌生，虽然她是学美术的，但也知道"Hello，World"是每一个学编程的人对计算机世界发出的第一声问好。

不过她并不明白顾寻叫她看这个是什么意思。

"看到了，然后呢？"

顾寻："当我要进行开发和学习的时候，都会用这句话来测试开发环境是否已经配置完毕，它已经变成了我的仪式感，用它来致敬我热爱的二进制世界。"

岳千灵懵懵懂懂中好像明白了什么，眨着眼睛，不知道说什么。

"你回头。"顾寻说。

岳千灵再次依言转过身，顾寻站在离她一尺[②]远的地方，紧紧看着她，一字一句地说："现在我用这句话致敬你。"

---

①《C 程序设计语言》。

② 长度单位，1 尺约 0.33 米。

“这不是一个程序，是一句情话。”

岳千灵眸光闪烁，眼里有微荡的光芒。

“什么意思……”

“我的意思是，”顾寻垂头，轻吻她额头，“你是我在这个现实世界感知到的第一份美好。”

60

顾韵萍离开江城后，这个城市迎来了今年的秋老虎，气温再次直飙三十七八摄氏度。

好在这个季节的早晚还算凉爽，只有中午会经历太阳暴晒，不至于像七八月那般热得人喘不过气。

岳千灵在这段时间终于迈过了线稿这个坎儿，进入上色阶段。

她学习美术的原因就是小学老师说她对颜色变化的感知非常敏感，所以现在她在对比色和色彩明暗对比的运用上十分得心应手。

工作压力小了许多，岳千灵却时常感觉浑身没什么力气，对很多事情都提不起劲儿，每天不到中午就感觉困倦。

这是她在季节变换时的通病，也没放在心上，和爸妈打电话的时候也没提这件事情。

大概是因为她工作效率没有变低，所以身边的同事没怎么察觉到她的变化，只有顾寻知道她这几天不太舒服。

直到这天中午，岳千灵和顾寻一起吃午饭的时候收到了顾韵萍转发给她的链接。

“‘秋老虎’来了，呵护健康请牢记‘四不要、二不睡’。”

“睡眠影响寿命！睡前一个动作，睡出长寿来！”

“秋季健康小常识：健康度过秋天必做的这些事。”

礼貌地回复几句后，岳千灵抬头问顾寻：“你跟阿姨说了我这几天不舒服？”

顾寻抬眼：“没有说过，怎么了？”

“噢，没事。”岳千灵把手机递给他看，“就是阿姨给我发了这些内容，我还以为你跟她说了呢。”

顾寻看了一眼便把手机还给岳千灵，但却垂着眼睛，不知道在想什么。

这时，岳千灵又收到方清清发来的消息。

方清清：马上要国庆节了，你跟顾寻有没有打算出去玩啊？

方清清：我跟我男朋友，还有另外一对情侣，本来已经订好了机票、酒店去大理，但是那一对儿临时有事决定不去了，酒店又退不了，所以我来问问，你要不要去？

方清清：我刚刚看了一下机票，今天有优惠，如果你们要去的话赶紧订下来，再晚就涨价了。

岳千灵上一次国庆出游还是初三那年，那人挤人的场景和上厕所都要排半小时队的经历给她造成了不小的心理阴影。后来她意识到自己每年都有三个月的寒暑假，便再也不在国庆节或者劳动节这种时候出门了。

转眼大学毕业，她一时还没转换过来这个想法，直到印雪提醒，才意识到自己已经没有寒暑假了，每年可供出游的机会似乎只有那几个法定假日。

她看了一眼坐在对面的顾寻，心里冒出了一个想法，却没有立刻开口。

如果是和顾寻一起出门，那挤一点也无所谓。不过……

岳千灵手指摩挲着手机，慢吞吞地给方清清回了一句话。

糯米小麻花：剩几间房啊？

方清清：？

方清清：都说了那一对儿是情侣，当然是一间啊。

糯米小麻花：哦……

方清清：怎么了？

发完这句，敏锐的方清清很快察觉到了什么。

方清清：不会吧？

方清清：你跟顾寻在一起这么久，居然没有……

对。

确实没有。

但岳千灵并不好意思当着顾寻的面和方清清聊这种话题。

糯米小麻花：我朋友正好也说想去大理来着，所以想问问有几间房。

方清清：哦，吓死我了。

方清清：就一间，不过我看了一下，那个酒店还有空房，你朋友要去的话再订也行。

哪儿有什么朋友。

岳千灵盯着手机屏幕，思绪飘得有些远。

直到顾寻突然开口问："你在看什么？"

岳千灵倏地回神："嗯？没、没什么啊。"

顾寻的目光徐徐扫过她的脸，勾了勾唇："那你脸红什么？"

"我脸红了吗？"

岳千灵伸手摸了摸自己的脸颊，好像还真是。

见她这个反应，顾寻垂眼，看向她的手机："所以你手机上有什么？"

发现他的视线，岳千灵做贼心虚一般反扣手机。

"没什么。"

"嗯？"顾寻凑过来，目光在岳千灵的脸和手机之间不紧不慢地来回一圈，压低了声音，"什么东西是我不能看的？"

"就是一些……"岳千灵飞速转动脑子，"别问啦，总之不能给你看。"

顾寻顿了一下，勉强收回了好奇心："好吧。吃饭的时候少看手机。"

缓了一会儿，岳千灵调整好心态，打算问一下顾寻要不要去大理。可是她正想说话的时候，顾寻的手机突然响了起来。

她没打断他，感觉到自己确实有点燥热，便起身去冰柜里拿了一听可乐。

一坐下来，顾寻便径直伸手拿走了她手里的可乐。

岳千灵先是愣了一下，一抬头，却见顾寻一边接着电话，一边用另一只手将可乐放在桌上。他指节分明的手指搭在易拉罐边缘，食指一勾，匀称的指骨透出一股男性特有的力量感。

拉环被打开的时候发出一声轻微的“啪嗒”，岳千灵感觉心脏都随着他的动作“怦”了一下。

果然，单手开易拉罐这种动作虽小，却能让人心神一荡。

岳千灵入神地看着他的手，没注意到他在说什么，也忘了下一步动作。

直到顾寻插入一根吸管，然后端起可乐，送进了自己嘴里。

岳千灵：“？”

顾寻像是没察觉到她的眼神似的，喝了两口便把可乐放在自己那边，露出一副“冰可乐真好喝”的表情，同时伸手拿起一旁的热水壶，往岳千灵面前的空杯子里倒了一杯白开水。

岳千灵：“……”

片刻后，他挂了电话，端起冰可乐朝岳千灵晃了晃：“谢了，宝贝。”

……幼稚。

虽然知道顾寻是为她好，不让她在不舒服的时候喝冷饮，但看着那冒着热气的杯子，岳千灵还是没什么胃口。

沉默一会儿，她才想起正事：“对了，你国庆节打算去哪里玩吗？”

顾寻：“你想去哪里？”

岳千灵：“我大学室友问我们要不要一起去大理。”

“大理。”顾寻似乎是在想什么，片刻后，才抬起眼，“三号去，来得及吗？”

“三号？”岳千灵不解，“你前两天有事吗？”

自从上次一别，顾韵萍跟顾寻说了那些话后，倒是在遵守自己的诺言。

只是她很少再主动联系顾寻，即便是顾寻主动给她打电话，她也是三言两语就结束日常问候，然后让他去忙自己的。

她好像害怕自己一说多，就让顾寻陷入“不自由”的境地。就连一些关心，她也要委婉地转发给岳千灵，希望通过她传达给顾寻。

思及此，顾寻轻轻地叹了口气：“二号是我妈生日。”

剩下的话不用说，岳千灵明白他的意思。

“其他事情不着急，你一号、二号就回家陪阿姨过生日吧。”

顾寻闻言，抬了抬眼。

“你不跟我一起吗？”

假期虽然有七天，但岳千灵觉得辗转两个地方还是略显匆忙，便决定不去大理了，剩下的时间就在顾寻家周边的城市玩几天。

顾寻正要打电话知会顾韵萍一声时，岳千灵拦住他，提议给她一个惊喜，不要提前告诉她这个消息。

顾寻听了她的，随后又要了她的身份证号码，其他的事情不用她操心。

他们最后订了一号的机票。

临行前一天，方清清约岳千灵一起逛街，打算买点去旅行时要穿的衣服。岳千灵想了想，自己也很长一段时间没买新衣服了，便欣然应允。

转过头，她给顾寻发了条消息。

糯米小麻花：下班后我和方清清一起去逛街买衣服，你不用等我了啊。

校草：好。

校草：我报账。

糯米小麻花：？

校草：我说你去买衣服，我付钱。

糯米小麻花：不用啊，才发了工资，我有钱的。

顾寻没再说什么，直接转账。

看到他转来的八千块，岳千灵愣了两秒，随后点了退回。

校草：？

糯米小麻花：真的不用！

校草：我知道你有钱，但是我想为你花钱，这个不冲突吧？

糯米小麻花：不是，我就是不喜欢花别人的钱。

校草：别人？

糯米小麻花：哎，不是。

糯米小麻花：不过我真的不需要。

过了一会儿。

校草：行。

他发来这条消息时，正好到下班时间，岳千灵也没多想，收拾好东西后便起身前往和方清清约好的地方。

明天就是国庆假期，今天路上的行人特别多，岳千灵没敢打车，不过地铁上的情况也没好到哪里去。

折腾半天终于到了商圈，但方清清还堵在路上，岳千灵只好找个甜品店坐着等她。

百无聊赖时，她想跟顾寻闲聊两句，于是拿出手机打开对话框，看到半个小时前顾寻发来的最后一句话，她突然后知后觉地发现……顾寻是不是有点不高兴？

仔细看了两遍他们的对话，岳千灵更是肯定了这种猜测。

她几度想说点什么，却发现自己也不知道怎么办。

从上小学那会儿开始，因为漂亮，岳千灵便收过不少男同学的小零食。

到了初中，学校里有个富二代送了她一条名牌项链，当时她并不知道价格，只觉得项链非常漂亮便收下了。这件事被父母知道后，当天就让她把东西还回去，她不愿意，随后便喜提一顿男女混合双打。

直到后来渐渐长大，她才明白父母的用意。

这么多年过去，她的观念已经根深蒂固，现在面对这种情况，感觉有点头疼。

唉。

她也是第一次谈恋爱，不知道分寸到底该怎么把握。

岳千灵耷拉着脑袋想了很久，直到方清清的声音把她从思绪中拉回来。

“你想什么呢这么出神？刚刚叫你都没听见。”

“没什么。”

岳千灵拿起包准备和她一同离开甜品店，但刚刚起身，突然想到什么，于是又坐了下来。

“屁屁，我问你个问题。”

正好方清清也渴了，端起她的奶茶喝了一口，说道：“你说。”

岳千灵：“就是……男朋友如果要给你钱花，该怎么办啊？”

方清清想也没想就说：“这是什么问题，当然是收下啊。”

“是吗？”岳千灵挠了挠鼻尖，“可是我觉得这样有点不太好。”

作为岳千灵的室友，方清清很了解她，也知道她此刻在犹豫什么，便老神在在地说：“我的观点呢，就是大钱不要，但是小钱可以花花。”

“毕竟是谈恋爱，钱这方面你真的不能分得太清的，不然两个人界限感也太重了吧。而且今天他给你花点钱，明天你给他花点钱，这不挺好吗？”

岳千灵若有所思地点了点头。

其实顾寻没生气，他只是有点愁。

他是一个不太会表达爱意的人，在岳千灵说她要去买衣服的时候，他下意识就想为她花钱，认为这不是什么大不了的事情。

但岳千灵的态度却让他感觉自己的方式好像不对劲。

是不是钱给得太多了让她心里不安？

在此起彼伏的键盘敲击声中，顾寻盯着手机，把思绪从复杂的算法编译中转到“到底给多少钱比较合适”上。

当他想了好几个数字都觉得不合适时，岳千灵突然给他发了一条消息。

爱吃辣椒的香菜精：在？

菜也犯法吗 sir：怎么了？

爱吃辣椒的香菜精：想不想搞大我的肚子？

菜也犯法吗 sir：？

爱吃辣椒的香菜精：给我转三百块，请我吃顿火锅。

语音通话

【糯米小麻花】向你发起了语音通话。

拒绝　　接听

61

岳千灵和方清清走进火锅店的时候，并不知道顾寻的心情经历了怎样的大起大落。

岳千灵也只是前几天看见朋友圈里有人这么发，随口就逗了一下顾寻，并没有想太多。

直到她们坐下来点菜，岳千灵才收到顾寻的转账信息。

她笑眯眯地打开，却发现转账上有一条备注："这么跟男朋友说话容易被收拾。"

岳千灵此刻的本能反应是想入非非地脸红，但她又不愿意这么㞞。

糯米小麻花：说得好像你有什么经验似的。

校草：？

想象到他此刻的表情，岳千灵抿着唇笑了下，乘胜追击回了一句话过去。

糯米小麻花：装什么？

过了一会儿。

校草：惊！清纯男大学生为女友守身如玉，竟反被羞辱。

岳千灵咯咯笑了一会儿才打字回复。

糯米小麻花：顾先生，你对自己的认知好像不够清晰。

校草：怎么，我不够清纯？

因为这句话，岳千灵莫名回想起她和顾寻第一次接吻的情景，怎么也跟“清纯”不沾边。

思绪飘到亲热场景，岳千灵下意识微微垂头，挡了挡手机屏幕。

糯米小麻花：清不清纯我不知道，但你已经不是男大学生了。

校草：嗯，没想到女朋友这就开始嫌弃我了。

岳千灵正盯着这句发呆，对面的方清清举着菜单轻轻拍了一下她的头。

“哎呀，果然是热恋期呢，吃个饭都要腻歪一下。”

岳千灵立刻放下手机，低声嘀咕：“谁跟你说我在跟他腻歪了。”

方清清笑：“那不然你刚刚那个表情是在干什么？”

“没，说正事呢。”

岳千灵敷衍着方清清，顾寻倒真发了一条说正事的消息。

校草：说个正事，刚刚发现一个紧急情况。

糯米小麻花：？

校草：我刚刚才发现，前几天就有短信提醒我，因为假期满客，酒店没有预订成功。

岳千灵一开始没仔细考虑过住宿的问题，见他这么说了，才意识到他家里有长辈在，她出去住酒店确实比较合适。

糯米小麻花：那你现在快去看看还有没有酒店，别到时候让我流落街头。

本来国庆就是出游高峰期，不知道这个时候还找不找得到空房。

岳千灵叹了口气，接过方清清手里的菜单继续点菜。

火锅吃了一半，顾寻才来报告结果，他发来一个链接。

校草：好点的酒店几乎全都满客了，只有这家还有空房。

岳千灵打开链接看了一眼。

糯米小麻花：可以。

校草：但只剩一间了，开吗？

糯米小麻花：？

糯米小麻花：不然我一个人要住几间？

校草：？

校草：我不用住的吗？

糯米小麻花：？

糯米小麻花：你为什么要住酒店？

校草：？

校草：不是你说的，给我妈一个惊喜？难道我们明天不在酒店住？

岳千灵夹菜的动作一顿，牛肉滑落到衣服上，她忙不迭拿起纸巾擦衣服，惹得方清清皱眉："你又怎么了？怎么毛手毛脚的。"

"没什么……"

岳千灵放下筷子，手指扣在屏幕上，感觉手机都在发烫似的。

她说的惊喜是不提前告知顾韵萍，结果顾寻的打算居然是惊喜到底，非要二号当天才出现在她面前。

这样的话，看来确实是得两个人先出去住一晚酒店。

她脑子里想了很多，才一个字一个字地戳键盘。

糯米小麻花：所以你原本是打算开两间房的吗？

校草：宝贝。

校草：作为一个二十二岁的年轻男人……

校草：我当然想只开一间。

校草：但这不得先征求一下你的同意。

火锅正沸腾着，肉眼可见的白色热气袅袅升起，堪堪遮住岳千灵脸上泛起的红晕。

踌躇半晌，她也不知道要怎么回答。

说开两间，好像有点矫情。

同意开一间，她又有点不好意思。

迟迟没有等到答复，顾寻又发来一条。

校草：所以再重新找吗？比较偏的地方倒是还有。

糯米小麻花：那就……

糯米小麻花：不换了吧。

糯米小麻花：怪麻烦的，也不知道这大过节的还找不找得到。

糯米小麻花：唉，你说这些人大过节的不在家里好好休息，非要出去住什么酒店呢，真是的。

校草：嗯。

校草：你说得对。

校草：影响了我们这种真正有开房需求的人。

虽然他的话看似只是在回应岳千灵，但她总觉得他是故意这样措辞的。

因为这个小插曲，岳千灵和方清清在逛街的时候显得有些心不在焉。

经过一家内衣店时，方清清顺手把岳千灵拉进去，指着一套蕾丝内衣对她说："你要不要试试这个啊？"

岳千灵定睛一看，手中的奶茶呛得她差点儿喷出来："我、我为什么要试这个？"

"现在很流行法式内衣呀。"方清清拿起那套内衣往岳千灵眼前晃，"没有钢圈，很软很舒服，重点是比以前那些传统款式漂亮多了，你不觉得吗？"

见岳千灵不说话，方清清凑到她耳边低声说："而且呀，都是有男朋友的人了，可以适当增加点情趣什么的。"

岳千灵很难想象方清清作为她的同龄人，却拥有如此多的想法。

此后的一个多小时，岳千灵一直在告诉自己，买那套布料很少的内衣只是因为它很软很舒服也很漂亮，绝对不是别的原因。

接近晚上十点，岳千灵才和方清清离开商场。

她提着大包小包回到家里，电梯门一开，便遇到了也才回家的顾寻。

"这么快就到了？"

九点半那会儿顾寻就打电话问过她需不需要他来接，岳千灵见路上很堵便拒绝了，自己坐地铁回来，却没想两人在电梯里撞上。

此刻看见他，明明是很普通的场景，岳千灵却有些不自在。

“嗯。”她埋着头走进电梯，“买完衣服就直接回来了。”

顾寻的视线慢慢移到她手中五花八门的购物袋上：“买什么衣服了？我看看。”

“哎别！”顾寻还没下一步动作，岳千灵就已经飞快地把购物袋藏到自己身后。

见状，他挑了挑眉：“买了什么东西这么见不得人？”

意识到自己的反应太大，岳千灵拂了拂头发：“没什么，就是一些秋天的裙子什么的，你别给我碰脏了。”

顾寻轻哼一声：“还嫌我脏。”

出了电梯，岳千灵闷着头往自己家走，却发现顾寻跟在她身后。

开门的时候，她回头望着顾寻，眼里有一抹自己没察觉到的紧张。

“你干什么？”

顾寻上下打量她一眼：“这不还早吗？”

平时这个时间点顾寻也总来她家里待着，也不一定总是亲热，有时候只是坐着看她画画。

但想到明天就要跟他住一间房了，岳千灵感觉自己浑身的细胞已经从此刻就开始紧张。

“早什么早，明天就要出发了，你不回去收拾行李吗？”

岳千灵自以为把情绪掩饰得很好，殊不知她的眼神已经快把她心里在想什么写在脸上了。

顾寻缓缓斜靠到墙上，似笑非笑地看着她：“我没什么东西要收拾的。”

岳千灵眨了眨眼，不去看他。

“那你也早点睡，别起不来床误了航班。”

“那怎么会呢。”顾寻说，“我们是下午的航班。”

最后岳千灵依然以自己逛了一晚上街很累，拒绝了他进屋的要求。

不过这一晚上，她却很不争气地失眠了。

岳千灵不知道自己是几点睡着的，早上掐了好几次闹钟，最后还是顾寻打电话把她叫醒的。

睁眼一看，竟然已经十二点，看来只能去机场吃午饭了。

岳千灵手忙脚乱地收拾好东西，正要准备出门，顾寻已经提着行李箱走进了她的房间。

“想想有没有什么东西没带？”

岳千灵盯着自己的行李箱看了一会儿，打了一个响指：“我昨天买的新衣服洗了晾在阳台还没收。”

顾寻点头：“我去帮你收。”

岳千灵下意识就说“好”。

直到顾寻已经出去一会儿了，她突然想起什么，风一般地冲出去。

“不用了不用了！我自己去收！”

可惜晚了。

当岳千灵冲到客厅阳台时，见顾寻背对着她，抬头看着那在风中飘摇的蕾丝布料，不知在想什么。

两人就这么一前一后，不出声地站着。

过了一会儿，他转过头，目光灼灼地看着岳千灵，勾了勾唇：“挺好看的。”

岳千灵双拳紧握，深吸一口气，平静地说：“你喜欢吗？”

顾寻如实回答：“很喜欢。”

岳千灵：“那借你穿一天。”

托了出门前这一出的福，岳千灵在去机场的路上一直装睡，基本没怎么跟顾寻说话。

下了车，她也无非是跟着顾寻走，必要的时候回答一下他的问题，不是“嗯”就是“行”，连登机牌都是顾寻帮她取的。

直到上了飞机，岳千灵看了一下两人的机票才发现不对劲：“怎么我的是头等舱，你的是经济舱？”

顾寻帮她把小行李箱放到行李架上，漫不经心地说：“买的时候只有一张头等舱的票了。”

岳千灵愣了片刻：“那你买两张经济舱就好了呀。”

“刚刚不是还什么意见都没有吗？怎么这会儿话这么多？”

顾寻放好行李，顺手按着她的肩膀让她坐下，并弯腰帮她把安全带系好：“行了，我去后面了。”

“哎，要不你坐这里吧。”岳千灵说，“你个子那么高，挤在经济舱不舒服。”

她刚说完，顾寻已经顺着人群走到了经济舱里。

岳千灵盯着他的背影看了一会儿，才默默坐下来。

因为晚上没怎么睡觉，飞机起飞后，岳千灵放倒座椅，戴上眼罩，很快失去了意识。

走出机场已经接近晚上七点。

暮色降临，华灯初上，岳千灵望着这座陌生的城市，心里却有微波荡漾。

今年的春天刚来时，她还只是隔着学校的操场远远看着顾寻。而一个夏天过去，她竟然和他一起回到了他的家乡。

这里的每一个行人，每一盏灯，每一缕风都是陌生的。

她微微出神，沉浸其中，像是在感觉顾寻长大的踪迹。

不一会儿，顾寻的声音把她拉回现实。

“车来了。”他温热的手握住她的掌心，“我们先去酒店放东西，等一下骆驼跟我们一起吃饭。”

岳千灵点头：“好。”

因为路上堵，他们坐了近一个小时车才到酒店。

岳千灵下车后抬头看见酒店大厅里来来往往的人群，有片刻的失神。

一想到今晚要跟他住在一起，岳千灵那该死的紧张感又不受控制地冒了出来。但她不想被顾寻感觉到，便从他掌心抽出手，雄赳赳气昂昂地朝旋转门走去。

一路登记身份证、领房卡，她都强撑着表面的镇定。

直到顾寻把房卡贴到门口的感应器上，随着那一声“嘀嘀”，岳千灵整个人一激灵，太阳穴很不争气地紧绷了起来。

顾寻没回头看她，把门打开后，径直拉着两人的行李箱进门，放到行李架上，然后转身去冰箱里拿水。

岳千灵浑身不自在地在房间里踱了两步，打量着那张一米八的双人床，脸颊不自觉地热了起来。

而她一扭头，见顾寻正仰头喝着冰水。

正想说点什么，顾寻便朝她看过来，两人视线在昏黄的灯光下不期然相撞。

他什么都没说，可是眼神却直勾勾地落在她身上，随着他喉结的滚动，岳千灵目光一颤，连忙别开脸，看着酒店的设施准备找点话说。

她三两步走到他身边，打开冰箱看了看：“里面的东西都是免费的吗？”

顾寻：“嗯。”

岳千灵又走到桌边：“这些零食也是免费的？”

顾寻：“嗯。”

岳千灵拿起一袋饼干朝床边走去，慢吞吞地坐下来，似漫不经心地说：“那还挺划算的，不然这酒店住一晚上那么贵，也太亏了。”

顾寻这次没接话，岳千灵此时受不了一分一秒的沉默，便把饼干放到床头柜上。

处于极度紧张状态下的她目光一垂，看见柜子上有一个塑料架子，上面摆放着许多小包的东西，下意识就伸手去拿。

当她指尖刚刚触碰到塑料包装时，顾寻的声音在她身后响起：“那个不是免费的。”

岳千灵定睛看清了自己摸的是什么东西，顿时像碰到了炭火一般收回了手。

而后，顾寻的声音越靠越近：“怎么，怕我买不起？”

62

岳千灵所有强装的镇定都因为顾寻那句话土崩瓦解，本就安静的房间开始疯狂跳动起心知肚明的暧昧。

她浑身僵硬地背对着顾寻，试图从齿缝里挤出几个字，却发现自己好像说什么都不能接住他话语里的明示。

虽然在来的路上已经做好了心理准备，但当真的要真枪实弹的时候，她还是不可遏制地㞞了起来，心跳声一下下地震动着耳膜。

还好这时顾寻的手机响了起来。

他不再紧盯着岳千灵的背影，转身接起电话。

“你们到了吗？”骆驼在电话那头问，“我已经出发了，不过路上实在太堵了，也不知道什么时候才能到。”

“嗯，在酒店了。”顾寻瞄了一眼岳千灵，见她背脊终于缓缓松弛，才又说道，“不急，我们可以在酒店多待一会儿。”

岳千灵不知电话那头说了什么，只听顾寻慢悠悠地说：“实在不行今天就算了，我们就在酒店待着不出去了。”

不会吧？！

现在就要在酒店一直待到晚上了吗？！

岳千灵假装随意地拂着裙摆上的皱褶，却竖着耳朵想听他们怎么说。

然而顾寻只“嗯”了一声便挂了电话。

安静的瞬息，岳千灵吸了口气，神色已然恢复，回过头笑盈盈地说：“骆驼呀？”

“嗯。”顾寻将手里的水放下，坐到她身旁，手臂绕过后背揽住她的肩膀，故意在她耳边低声说，“他堵车了，要不我们不出去了？”

“这不太好吧？”岳千灵忙不迭起身，拎着包就从他身边蹿出去，“我岳千灵生平最讨厌放人家鸽子！”

顾寻看着她落荒而逃的背影，偏着头笑了起来。

他三两步追上去拉住她的手，两人并肩不紧不慢地朝电梯走去。

“真这么讨厌？我记得你以前可没少放我鸽子。”

岳千灵眨了眨眼：“我有吗？”

“当然有。”顾寻昂着下巴，“啧”了一声，“还是我每次低声下气地把你哄回来。”

岳千灵仔细想想，在顾寻还是“林寻”的时候，她对他确实挺随意的。

至于他说的“低声下气”，岳千灵可没感受到。

自此之后，岳千灵一直低头没说话，不知道在想什么。

直到他们走出酒店，她突然道：“所以你那时候就喜欢我了吗？”

没等到顾寻即刻的回答，岳千灵感觉自己是不是有点自作多情，于是立刻解释道：“你看你之前说你早就喜欢我了，我也不知道具体是什么时候，然后之前还有同事跟我说过，你们第九事业部的都挺瞧不起手游的，结果你天天叫我打游戏；虽然你天天跟我抢 AWM 吧，但好像没了我你就扛不动枪似的，这很难让我不多想啊。”

说完，她悄悄去觑顾寻的表情。

假期四处张灯结彩，五光十色的光晕映在顾寻脸上。

他目光缥缈地看着前方路口，似乎在沉思什么。

片刻后，他拖长尾音，恍然大悟似的“哦”了一声：“原来是这样。”

看来是她这么说了，他才意识到自己从那会儿就开始动心了。思及此，岳千灵脸颊酒窝若隐若现，眼睛也弯成了月牙。

然而她正想借机挖苦一下顾寻的闷骚时，却听他说："怪不得当初我问你玩不玩手游，你一脸嫌弃。所以是哪个同事跟你说的？黄婕吗？"

这是重点吗？

算了。

岳千灵低低地叹了口气，踢着路上的小石子，又不甘心地说："你先回答我的问题。"

顾寻侧头看向她，说出的话是在回答她的问题，也是在回答自己心里的问题："你也说了我很嫌弃手游，如果不是喜欢你，我能让它在我手里待这么久？"

岳千灵看着他的双眼，笑意重新浮上嘴角。

她暗恋的人，没有因为外貌对她心动，却在平时的点点滴滴中喜欢上她。

回想起来，似乎比她曾经幻想过的与他在一起的任何途径都要值得欢喜。

"所以到底是谁说的？嗯？我去找她算个账。"

"你烦不烦，别问了。"

……

吃饭的地方在离酒店不远的街道，因为路上堵，他们选择慢悠悠地步行过去。

走过繁华的街道，拐入一条充满烟火气息的巷子后，顾寻看向一个地方，对她说："我初中和高中都在这儿读的。"

两人在门口停留了一会儿，顾寻指着四层最角落的一间教室，告诉她自己在那里上了三年的课。

后来他们经过一家小餐馆，顾寻告诉她那是他最喜欢吃的店，也不知道现在换没换老板。

磨磨蹭蹭了近二十分钟，顾寻还带她走向另一条路，告诉她这是他每天放学回家必经的路。

眼看着越走越远，顾寻还在跟她讲述着记忆中在这里发生的各种小事。

岳千灵当然乐意听，但是她感觉顾寻有点不对劲。

他什么时候变得话这么多了？

“你干吗呢？”她掐了掐他的掌心，“在给我当导游吗？”

“我在——”顾寻昂着下巴，漫不经心地说，“分享内存。”

岳千灵不解：“什么东西？”

顾寻叹了声气，无奈于她的不解风情，只好进一步解释。

“Sharing memories.”

后来的很长时间，岳千灵回想自己到底是什么时候感觉到一颗心落地，不再思量着顾寻到底有多喜欢她时，脑海里总会浮现出这个闲暇的夜晚。

当一个人事无巨细地与另一个人分享自己过去的回忆时，无疑是希望这个人能存在于他未来的蓝图中。

走过这条街，岳千灵刚想问距离吃饭的地方还有多远，就见不远处一个小餐厅门口站着一个微胖的男人，正在远远看着他们俩。

自从骆驼成为准爸爸后，他所有空闲时间都用来陪怀孕的老婆，别说打游戏，就连闲聊也很少出现，所以岳千灵一时并没有把这个男人和骆驼对上号。

直到他朝顾寻喊出“林寻”两个字，岳千灵才恍然回过神。

如果说相由心生这个成语需要一个佐证的话，骆驼就是最好的例子。

他个子不高，身材微胖，看得出来确实比顾寻大个八九岁，此时他穿着一件橘红色的卫衣，激动地朝他们招手，完完全全就是岳千灵心中那个妇女之友一般的大哥哥骆驼。

这十来米的距离，岳千灵能感觉到骆驼的视线一直在她身上，直到人在他面前站定，他诧异地问：“我去，你就是小麻花？”

岳千灵也学着他的表情，歪头问：“我去，你就是骆驼？”

骆驼无言以对。

果然是她。

一旁的顾寻瞥了岳千灵一眼，扳正她的脑袋：“跟他学什么，赶紧进去吃饭。”

骆驼终于回过神，屁颠儿屁颠儿地跟上去，满是好奇地看着岳千灵，突然想起什么，说道：“我怎么觉得我在哪里见过你？”

大概是他三两句话就让岳千灵找到了熟悉的感觉，她面对他的时候没有初次见面的尴尬。

闻言，她直接就抱住顾寻的手臂，装模作样地说：“哥哥，他调戏你女朋友。”

顾寻果然凉飕飕地看了过来：“你看见美女都觉得眼熟。”

“哎，不是！”骆驼知道他们在开玩笑，同时猝不及防被恶心了一把，“你们别这么腻歪，我认真的。”

不过他确实想不起来到底在哪里见过，最后只能把这种感觉归因于缘分。

落座后，骆驼感慨道：“早就好奇你长什么样了，偏偏林寻还藏着掖着，生怕别的男人多看你一眼他就会吃亏，非得等到现在才让我跟你见上一面。”

骆驼这话说得挺有水平，看似吐槽，却让岳千灵心里甜滋滋的。

她用手肘撞了一下顾寻：“你占有欲这么强啊？”

“强什么强？”

顾寻一边用开水烫筷子，一边对骆驼说：“我真没她照片，不信你问她。”

岳千灵一噎，面对骆驼疑惑的眼光，她讪讪点了点头。

“我确实不太喜欢拍照，手机里基本都是跟朋友的合照。”说完她扭头看向顾寻，“那过几天你当我的摄影师，帮我多拍点照片？”

顾寻笑着点头：“好。”

“慎重啊！”骆驼连忙道，“你知道他给别人拍照什么水平吗？”

岳千灵：“什么水平？”

骆驼：“你看了得报警的水平。”

见顾寻吃瘪，骆驼笑了起来：“你俩一张合照都没有吗？这样吧，我经我老婆多年调教，在拍照上颇有建树，要不这会儿我给你俩拍个合照吧？”

岳千灵想说这里环境会不会太乱了，但见骆驼已经拿出手机，便没再说什么。

他打开相机，念叨道：“林寻一直是个拍照面瘫，不知道的还以为他在拍证件照呢，小麻花你记得教教他。”

话音刚落，他看见镜头里的岳千灵，神情一滞。

“哎不是，怎么你也一副拍证件照的样子啊？”

岳千灵用余光瞄了一眼顾寻，见他也端端正正地坐着，脸上甚至都没什么表情，便瞬间有了底气。

“你快点，一会儿菜该凉了。”

骆驼看了一眼镜头中两人端正严肃的表情，心想，行吧，他哥们儿是一万年面瘫脸就算了，没想到找个女朋友也一样，果然不是一家人不进一家门。

然而就在他按下快门前一秒，镜头里的顾寻突然侧身朝岳千灵靠去。

画面定格，岳千灵因为惊喜而睁大的双眼闪闪发亮，嘴角微扬。而顾寻只有一个侧面，在她脸颊落下一个轻吻。

骆驼：“……”

够了。

他只拍了这一张就默默放下手机：“吃饭吧。”

因为出来得晚，这顿饭没吃多久，骆驼就搁了筷子，说他老婆今天有点不舒服，想早点回去陪着。

岳千灵和顾寻自然也没有多留，和他一起走到停车的地方，目送他的车尾灯拐出巷子，才掉头往回走。

“真好啊。”岳千灵拉着顾寻的手前后摆动，同时感慨道，“骆驼对他老婆可真好。”

顾寻挑了挑眉：“我对你不好？”

岳千灵抿着唇笑，嘀咕道：“我又没有说你，你可真敏感。”

“敏感……”顾寻声音不大，自言自语般地说，“我确实很敏感，哪儿都敏感。”

话题好像突然拐向了不对劲的地方，岳千灵脸上惬意的表情顿时消失，目光闪烁地盯着前方的霓虹灯。

这种状态持续到他们回酒店。

一开门，岳千灵盯着这间宽敞的房间，眼珠转了好几圈，视线落到浴室里，然后问：“你先还是我先？”

“你先吧。”

顾寻走到床边拿起遥控，把窗帘关上。

就这么一会儿的工夫，他回过头，见岳千灵已经抱着自己的睡衣跑进了浴室。

隔着磨砂玻璃，他看见浴室里的百叶窗缓缓降下，才懒散地坐到椅子上，把憋了两天的笑意从眼底释放。

紧张个什么，好像要把她怎么样似的。

他根本就没想过要在外出的时候做点什么。

几分钟后，浴室里水声响起。

原本在看手机的顾寻思绪缓缓被侵扰。

间隔着缝隙的百叶窗并不能将风光完全遮掩，顾寻抬起头，视线落在那透着影影绰绰身影的磨砂玻璃上。

越是朦胧的视觉，反而越是勾起他更浓重的欲念。

也是此刻，他才意识到自己并不是一个很有自制力的人。

岳千灵这个澡洗得特别久。

当她感觉热气快憋得她无法呼吸后，才关了水龙头，缓缓擦干身上的水，顶着一头湿发走了出来。

她穿着睡衣，没多看顾寻一眼，拿着吹风机径直走到桌前，然后开始吹头发。

顾寻也没说什么，只是从她身后经过时，手臂轻轻擦过岳千灵的肩膀。

分明只是很轻的接触，却让岳千灵吹头发的动作顿了一下。

直到他进了浴室，岳千灵才继续吹着自己的头发。

男生洗澡一般都比较快，岳千灵这样想着，反而放慢了自己吹头发的动作。然而等她一头长发彻底干了，顾寻还没出来。

岳千灵往浴室看了一眼，视线触及玻璃上的身影时倏地收回，忙不迭掏出洗漱包开始护肤。

也不知道为什么，连他也洗了这么久。

岳千灵抹完身体乳后，往浴室那边看了一眼。

同一时刻，他正好关了水，岳千灵下意识感觉自己好像偷看被抓包似的，“嗖”的一下蹿到床上。

顾寻出来时，岳千灵已经侧躺在床上，严严实实地盖着被子，双眼紧闭，看起来像是睡着了。

但顾寻知道她肯定没睡着。他走到床边，弯腰凑到她身前问道：“吹风机你放在哪儿了？”

岳千灵的睫毛轻颤，好一会儿，才徐徐睁眼。

“就在桌——你怎么不穿衣服？！”

顾寻低头看了看自己身上仅有的一条睡裤，漫不经心地说：“反正等下都要脱。”

岳千灵："……"

她翻了个身，背对顾寻重新闭上眼。

当视觉消失，听觉却变得格外灵敏。

岳千灵听着他吹头发，听着他整理东西，又听着他脚步声渐近，直到床边塌陷下来。随后，他的气息靠近，岳千灵被他从背后揽住。

他的体温好像比晚上走路回来时还要高，当他的手掌在岳千灵小腹轻轻摩挲时，岳千灵感觉自己全身都在发烫。

然而他也只是轻抚她的小腹，没有下一步动作。

"你怎么这么瘦。"

岳千灵感觉到他赤裸的前胸紧紧贴着自己的背，相隔的那件睡衣就像消失了一般，她浑身的神经末梢都在轻颤，此时根本没有心情说话。

其实之前两人坐在客厅看电影时，他也习惯这样抱住她的腰，也是这样亲昵的动作，岳千灵也没多想过。

可是这会儿毕竟是在床上，不是沙发。

顾寻也没有非要等她回应，下巴时不时轻蹭她脖子，手指在她睡衣扣子边打转，却没有要解开的意思。

好一会儿，岳千灵实在受不了了，挤着齿缝蹦出几个字："你要开始就快点，别折腾我了！"

拂在她后颈的呼吸果然变重了些。

然后他用沉哑的嗓音，说出极不要脸的话："那你会对我负责吗？"

"……"岳千灵咬着牙点头，"负责负责！"

下一秒，他的手直接掀起她的睡衣，从小腹一路往上。

两人竟意外地很契合。

熬过最开始的生涩后，痛楚很快被另一种难以言说的感觉覆盖。

静谧闷热的房间里，开始传出两人深浅不一的声音。

在沉沉浮浮中，岳千灵的声音像在低泣，也像在撒娇。

……

时间的流逝既快也慢。

云收雨歇之后，她趴在床上，艰难地伸手掏出手机看了一眼，才惊觉时间竟然已经过了这么久。

和她的精疲力尽相比，顾寻似乎尚有余力。

他把岳千灵的脑袋扳过来，细致地擦干她眼角的生理泪水，随后双手穿过她的腰间，收紧的那一刹那，岳千灵像是条件反射一般往后一缩。

“你还想干吗？！”

顾寻抬了抬眉，低头看着她：“我抱你去洗澡。”

“谁要你抱。”说着，岳千灵从枕边掏出被揉得皱巴巴的睡衣，往身上一披，打算下床。

然而双手刚刚撑住床沿，她便闷哼一声。

片刻后，她抬起头，可怜巴巴地露出求助的眼神。

63

第二天下午，艳阳临窗之时，岳千灵才初初转醒。

若不是考虑到今天有正事要做，她恨不得长睡不起。可惜看着时针的走向，她不得不起来洗漱。

一旁的顾寻还睡得很沉，手臂横搭在她身上。

岳千灵侧头看着他沉静的垂眼，抬手轻轻摸了一下他的睫毛。

见他没有什么动静，她的手指顺着他的眼睛一路往下，滑过鼻梁，最后停留在他的薄唇上。

他的面容虽然近在咫尺，触手可及，岳千灵还是感觉有微妙的不真实感。

曾经连和他说一句话都是奢望的少年，如今安静地躺在她身旁，沉睡中也不忘抱着她，呼吸缠缠绵绵地拂在她鼻尖。

静静地躺了一会儿，岳千灵决定先起来梳妆打扮。

男人只需要洗个脸刷个牙就行，所以她没打算叫醒顾寻，只是轻轻地抬开他的手臂，拂开被子，轻手轻脚地下床。

然而脚尖刚刚着地，她腿根处传来一阵酸软感，并不是很难受，却在瞬间牵动起岳千灵的神经。

他只用了一晚上，便把自己清澈少年的人设崩得彻彻底底。

思及此，岳千灵不知道哪儿来的怨气，转身就朝顾寻的胸口来了一拳。

睡睡睡，睡个屁。

床上的人猝不及防被揍醒，迷茫又无措地睁开眼。

“你干什么？”

“想揍你需要理由？”岳千灵丢下这句话便起身去了洗漱间。

潺潺水声响起，岳千灵刚埋下头准备洗脸，水龙头却被人关了。

她抬头望着镜子里的顾寻只穿了一条睡裤，无奈地扯了扯嘴角：“你就不能穿件衣服吗？”

顾寻抬手把水龙头扳到热水那一边，满不在乎地说：“搞那么麻烦干什么。”

此刻水龙头里的流水已热，岳千灵懒得理他，埋头捧水洗脸。

旁边还有一个水池，顾寻就站在她旁边刷牙，两人几乎同步着每一个动作。但不知道为何，岳千灵总感觉顾寻在若有若无地看她。

“又怎么了？”

“没什么。”顾寻的视线从她胸口掠过，“我去换衣服。”

他人一走，岳千灵才察觉到他刚刚在看哪里。

以他的身高，不需要岳千灵弯腰，就能把她领口处的风光尽收眼底。

当岳千灵意识到什么时，低下头一看，倒吸一口冷气。

怪不得昨天晚上他突然停下来问了一句她明天准备穿什么衣服。

岳千灵当时想不通他为什么会在这种时候问这种问题，哼哼唧唧地说了一句“衬衫裙”。

此刻看见锁骨以下斑斑驳驳的痕迹，岳千灵拳头又握紧了。

两人出门时已经接近下午五点。

岳千灵原本打算穿一件打底短背心，然后将衬衫裙解开三颗扣子，露出半个肩膀，看起来不会那么死板。

结果托了顾寻的福，她规规矩矩地把扣子一颗不落地扣上，配上她严肃的表情，简直就是一个活脱脱的在高中深受班主任喜欢的学习委员。

“其实……”顾寻垂着头打量她的衣服，“你跟我妈也见过很多次了，不用穿得这么良家妇女。”

岳千灵：“……”

她沉默了会儿，说：“顾寻，你知道吗？我第一次听说‘衣冠禽兽’这个词时，根本不知道怎么去诠释它。”

顾寻抬了抬眉梢：“然后呢？”

岳千灵：“直到我遇见你，对这个词有了深刻的理解。”

顾寻拖着尾音“哦？”了一声：“那你展开说说怎么个理解？”

岳千灵拧着眉没理他，走到路边伸手拦车。

酒店到顾寻家的距离并不近，路上又堵，汽车一行一停，坐得岳千灵直犯困。

直到手机突然振动，骆驼突然把昨天拍的合照发到了群里。

骆驼：昨天回家忙别的去了，忘了把照片发给你们。

昨天拍照的时候，她没想到顾寻会猝不及防亲她，所以也没好意思急着找骆驼要照片，一派云淡风轻地吃完了饭，到后面也就忘了这件事。

现在他发出来，岳千灵捧着手机看得津津有味，丝毫不在意背景的杂乱。

过了一会儿，她扭过头，发现顾寻也在看这张照片。不一样的是，他把照片放大，屏幕上几乎被岳千灵的脸占满。

他专注地看着照片，岳千灵则目不转睛地看着他。

半晌，岳千灵突然发现他俩这样有点傻，于是清了清嗓子，说道："看什么看得这么久。"

"看你。"

照片里的岳千灵双眼笑得像两轮弯弯月牙，在餐厅不甚明亮的灯光下也灿若星辰。

顾寻放下手机，侧头对上她的目光："你眼睛怎么这么好看，像有星星。"

岳千灵昂着下巴别开脸，轻飘飘地说："那当然。"

"嗯。"顾寻淡淡道，"但我眼睛更好看。"

岳千灵扭头睨他一眼，浅笑着说："我眼里有星星，你眼里有什么？"

"有你啊。"

岳千灵没再搭腔，盯着车窗上倒映的顾寻的身影，嘴角的笑意缓缓放大。

这个时候，小麦却突然冒出来破坏氛围。

小麦：这照片怎么回事？骆驼，你拿枪逼林寻了吗？

小麦：他怎么突然这样了？

骆驼：委屈。

骆驼：是他自己的问题，关我什么事？

小麦：真后悔我没回家，见不到这史无前例的一幕。

糯米小麻花：……

顾寻直接拿过岳千灵的手机，面无表情地打了两个数字。

糯米小麻花：86。

小麦：？

糯米小麻花：考研倒计时。

小麦：……886[1]。

顾寻家所在的小区位于安静的老城区，他们下车时，小区保安一眼看见他，把上半身从保安亭里支出来跟他打招呼。

“哟，感觉很久没见你回家了。”保安说完又看向岳千灵，“还带女朋友回来了呀。”

两人跟他简单打了个招呼，他便做了个浮夸的驱赶动作：“快回去吧，你妈也才下班回来没一会儿。”

才下班回来？

岳千灵只知道顾韵萍国庆节不会出去玩，却不知道她竟然还在加班。

“阿姨他们公司国庆节都不放假的吗？”

顾寻：“她们公司是跨国企业，外国人又不过国庆节，所以她虽说有名义上的假期，但她作为财务总监，其实基本还是在工作。”

原来是这样。

怪不得顾寻信誓旦旦不用提前告知，说回来一定可以见到她。

说曹操曹操到，进电梯的时候，岳千灵就收到了顾韵萍给她发的消息。

“阿姨还什么都不知道呢，这会儿还在嘱咐我们出去玩不要吃太多垃圾食品，要找环境好的餐厅，早餐一定要吃，每天的蛋白质摄入量一定要足够。噢，她还说入秋了，你不喜欢吃青菜，让你买点维生素片吃。”

顾寻没说什么，电梯停在了九层，他看见那道熟悉的家门，才轻轻地叹了口气：“在我妈的生活里就没有‘随便’两个字，一日三餐都严格配比营养。骆驼以前还说我妈要是退休了，完全可以去考个营养师执照。”

---

① 网络用语，借谐音，即拜拜了。

说话间，他打开家门。

顾韵萍正坐在餐厅吃饭，手里拿着一份报表看得认真，并没有注意到大门的动静。

看着顾韵萍纤瘦的背影，顾寻似有片刻的恍惚，随后才拿着他和岳千灵的行李箱踏了进去。

听到滚轮声的顾韵萍吓了一跳，慌慌张张地回过头。

看见来人的瞬间，她手里的筷子落地，整个人也僵住，半张着嘴却吐不出一个字。

在这片刻，顾寻已经走到了她面前。正想说什么的时候，他的目光落到饭桌上，也倏地愣住。

岳千灵没有注意到顾寻的变化，只是笑着对顾韵萍说："阿姨生日快乐！"

即便岳千灵说了这句话，顾韵萍还是没回过神，这种多年未曾有过的惊喜冲击让她不知道该如何回应，表情依然凝固在脸上。

岳千灵便伸手去扯顾寻的袖子，示意他说点什么。

然而她一转头，却见顾寻静静盯着餐桌，情绪十分复杂。岳千灵顺着他的目光看过去，也是一愣。

桌上放了一台笔记本电脑，键盘上堆着一些打印出来的报表。

而另一边，则是一碗汤泡饭，上面零零星星几片菜叶，以及堆在碗边沿的一撮榨菜。

室内的空气在这一瞬间凝固，谁都没有说话。

顾韵萍沉默是因为这突如其来的惊喜，而岳千灵和顾寻则是因为眼前画面带来的冲击。

半晌，顾寻拧眉看向顾韵萍，眼里有着岳千灵从未见过的沉重："你一个人在家就吃这个？"

顾韵萍终于从震惊中抽回了神思，连忙把刚刚落地的筷子捡起来朝厨房走去。

“这几天太忙了，随便吃吃省点时间。”

她把筷子放进水池，没再拿新的，转头笑道：“你们不是出去玩了吗？怎么突然过来了？”

顾寻没说话，只是紧紧盯着她。

“我们来给您过生日呀。”岳千灵回过神，脸上重新挂起笑容，“不过您好像有点忙？”

“这会儿不忙了，我就是看看报表。”说着，她又问，“你们刚刚下飞机？我去给你们倒点水。”

在两人的对话中，顾寻偏了偏头，闭眼深吸一口气，朝厨房走去。

“我来吧。”

他人高腿长，三两步就走到了厨房。打开那个熟悉的橱柜门，却看见里面堆放着不少自热米饭、泡面。

情绪翻涌间，他手臂僵在半空中。

自那年林宏义把他丢在科技馆的事情爆发，顾韵萍再也不允许这类速食产品出现在家里。不管她工作有多忙，只要顾寻在家，她一定会回家亲自给他做饭。

十来年风雨无阻，几乎没有一次例外。

有时候顾寻想吃点泡面之类的，自己去超市买一些回家，可顾韵萍则是见一次丢一次。为此两人还发生过不少争吵，谁也不会退一步。

十几岁的顾寻常常被这种小事点燃，不明白自己为什么连决定吃什么东西的自由都没有。

直到今天，久未归家的他目睹顾韵萍一个人在家是怎样的生活状态。

陈旧的记忆翻涌而来，顾寻回望往昔，才发现自己从未把自己抽离自我状态去观望顾韵萍的生活。

她的严苛和自律，并非天生，只是因为她从头到尾都是实质上的单亲妈妈。当她独处，母爱无处释放时，那些细致到极点的习惯便荡然无存。

顾寻突然觉得他那些对自由的固执变得很可笑。

这时，顾韵萍的声音突然响起："杯子没在那里，我去年买了个消毒柜，全都转移到那里面了。"

见顾寻没什么反应，她便朝厨房走来。

"算了，我来拿吧，你去客厅歇着。"

和他擦肩而过的那一瞬间，顾韵萍感觉一只手放在了她的肩膀上。

血浓于水的感应让她察觉到气氛在这电光石火间悄然发生了变化，脚步下意识顿住。

下一秒，顾寻展臂，把她揽入怀中。

她依然浑身僵硬，顾寻则摁了摁她的后脑勺，让她把头靠在他肩上。

"妈，生日快乐。"

这天晚上他们三人出去吃了晚饭，很多餐厅都在排队，他们兜兜转转好几个地方才找到有空位的地方。

吃完饭后经过商场，顾韵萍说上次去江城比较匆忙，也没给岳千灵准备什么见面礼，非拉着她进去买了一个手镯。

这一耽误，回到家里已经近晚上十点。

一进门，顾韵萍突然想到什么，问岳千灵："对了，你是睡客房还是……"

岳千灵当然知道她什么意思，连忙道："我睡客房就好了。"

"行，那我去给你换一套干净的床单。"

顾韵萍走后，岳千灵看了顾寻一眼，他笑着轻轻钩了一下她的手指："昨天不是还说要对我负责，今天就要跟我分房睡了？"

"……滚。"

也不知道是因为今天起得太晚，还是因为这是顾寻生活了很多年的家，总之，岳千灵躺下来后的半个多小时没有玩手机，却依然毫无睡意。

直到十多分钟后，她听见客厅传来细小的说话声。

虽然听不清具体内容，但能分辨出是顾寻和顾韵萍在说话。

窗外浓云散开，夜空月朗星疏。

岳千灵听着那细碎的谈话声，不知不觉进入温柔梦乡。

后来她又醒过一次，恍惚间不知准确时间，只觉得应该很晚很晚了，但客厅的低声细语依然浮动在空气中。

这一次不知道过了多久，岳千灵看见门缝里透出的光亮终于熄灭，才又合眼睡去。

迷迷糊糊中，她不知道自己是不是做梦，总感觉顾寻来过客房一趟，似乎还轻轻地吻了一下她的额头。

接下来的两天一直在下小雨。

顾韵萍白天去工作，顾寻就带着岳千灵撑着伞在这座城市闲逛。

看似漫无目的，岳千灵却慢慢感觉到顾寻心里是有一条路线的。他在带着她走过他成长的每一条轨迹。

普通人的童年和青春期大同小异，顾寻并没有太多例外的地方，但这一切对岳千灵来说都是新奇的。

像是在看一部沉浸式的电影，短短两天时间，那些他记忆中所有美好与不美好的回忆全都存在了岳千灵脑海中。

到了第三天，岳千灵被和煦的阳光晃醒，正望着窗户发愣，敲门声突然响起。

岳千灵知道是谁，打着哈欠说："进来吧。"

顾寻推门而入的时候，岳千灵扭头问："阿姨走了？"

顾寻懒洋洋地坐到床边，靠到枕头上，睨她一眼。

"十一点了。"

"噢。"

岳千灵起身伸了个懒腰，拉开窗户，阳光如瀑布般倾泻而入，毫不吝啬地洒在她身上。

她闭眼深深吸着秋日清爽的空气，顾寻不知道什么时候和她并肩站到了窗前。

余光中，岳千灵看见暖阳在顾寻身上镀了一层淡淡的金光，琥珀色的眸子看起来漫不经心，却又熠熠生辉。

画面像回到了三年前的那个秋天，岳千灵在桂花树下第一次遇见他的场景。

她收回之前的话。她的少年人设没有崩，还是那个让她看一眼就会怦然心动的人。

只是那时的他眉宇间浮着一抹若有若无的烦躁，而如今，他那层隐形的茧壳似乎已经褪去，嘴角清浅的笑容里没有一丝杂质。

看了许久，岳千灵再次望向窗外泛红的枫叶，没由来地说道："今天天气真好。"

"是啊。"顾寻抬手勾住她的肩膀，"天气这么好，我们私奔吧。"

64

他们决定利用这个假期回来陪顾韵萍过生日时，原计划也不是在家里待够整个假期，只是岳千灵看顾寻这几天和顾韵萍相处得挺和谐，便没再提去其他地方游玩的想法。

没想到今天早上顾韵萍出门时竟然主动让顾寻带着她出去玩，不要成天无所事事地窝在家里。

岳千灵其实并不介意在顾寻家里玩到假期结束，就这样闲暇地虚度时间也很美好。但既然顾寻都说了"私奔"，岳千灵当下就收拾行李和他出发。

算起来，他们也只是在家里多待了一天，和计划相差不大，只是浪费了一天空置的酒店而已。

五号下午，岳千灵和顾寻坐了两个多小时的车，到了当地一个小众古镇。

这里的特色建筑风貌被很大程度地保存了下来，并非那种连贩卖的纪念品都大同小异的旅行古镇，岳千灵这几年在网上和朋友圈看了不少美图，一直想来这里玩，但计划总因为各种原因夭折。

如今愿望终于实现，她在车上都没有睡觉。

兴奋地到酒店安置好行李后，她便迫不及待地拉着顾寻出门逛。

酒店在离古镇几公里外的半山腰，一路过来不算特别堵，甚至时不时还会跟骑行的人擦肩而过。

但一到入口，岳千灵当即傻眼。

她知道人多，但没想过会这么多。

别的闻名遐迩的景区也就罢了，为什么这种小众景点也人山人海？！

那条不到三米宽的主道路，一眼望去只有黑压压的人头，连店面的招牌都不怎么看得清。

看见岳千灵的呆滞状，顾寻望着张袂成阴的街道长叹了一口气："失策了，看来我们只能酒店两日游了。"

听到"酒店"两个字，岳千灵眉心一跳，立刻迈腿朝前走去，并说出了出门旅行的四字真言："来都来了。"

秉持着这个原则，岳千灵一路上拽着顾寻的手试图寻找一点旅行的乐趣。

可是她个子本就不高，挤在道路中央，视线所及的不是男人的背影就是女人的头发，想找个有趣的小店逛一逛都得小心翼翼地挪动，不然很容易撞到人家摆的商品。

坎坎坷坷挤了一路，终于找到一个还算空闲的台阶站着歇气。

由于没有座位，她又累，便像一只树懒般挂在顾寻脖子上以减轻自己双脚的受力。

"之前你不是说这里人不多的吗？"

顾寻手背放在她额头遮住闷热的阳光，无奈地皱了皱眉："我之前来的时候确实不多。"

岳千灵合理怀疑他在给自己的失策找托词。

"之前是多久之前？"

"大概……"顾寻认真地想了想，"十一二年前吧。"

岳千灵深吸一口气才忍住揍人的冲动："之后你就没来过了？"

"之前我爸喜欢来这里，后来他连家都不回了，我跟谁来？"

虽然感觉他隐隐约约有点故意卖惨的意思，但岳千灵还是很不争气地心软了。

她松开顾寻的脖子，转而挽住他的手臂，歪头靠着他："没关系，以后我陪你来。"

岳千灵的这句海誓山盟，有效期只有一个小时。当她发现连买一杯奶茶都要排队时，彻底放弃了挣扎。

她艰难地挤到河边，弯腰靠着栏杆，长长地舒了一口气。

整个古镇依靠着蜿蜒曲折的河道建造，岸边尺树寸泓，烟霏露结，河中央还漂荡着几艘古色古香的画舫，颇有点江南水乡的意思。

可惜岳千灵无心赏景，只想回酒店躺在柔软的大床上放空。

"我宣布，我今天的游玩计划就到这里了，在此祝福祖国旅游业昌盛发展。"她侧过头，晃了晃顾寻的手，"我们回酒店吧？"

顾寻一口答应："好，没问题。"

其实他只是依着岳千灵，没什么别的意思。

但岳千灵却想到了什么，讪讪松手，盯着河里漂漂荡荡的落叶："其实也不急，来都来了。"

顾寻一开始只觉得女人的心思怎么这么多变，一会儿要走一会儿又不走的。

但他低头看见岳千灵的目光没个焦点，极不自然地装出一副云淡风轻的样子，一看就是在想些什么不好意思说出口的事情。意识到这点后，顾寻肆意地笑了起来。

真把他当成满脑子少儿不宜的人了吗?

岳千灵瞪他一眼:“你笑什么?”

“没什么。”顾寻弯腰，把脸凑到她眼前，声音压得很低，带了点蛊惑的意味，“真不回去啊? 躺在床上不比在这儿舒服?”

“不了吧。”岳千灵抿着唇把目光移开，抬手一点点地推开他，“我再看看这些画舫吧，还挺好看的。”

“行吧。”顾寻手臂勾住她肩膀，“我再看看你吧，还挺好看的。”

岳千灵垂着眼笑，任由河风吹起她的长发，轻拂顾寻的下巴。

等人流稍微疏散一些后，岳千灵和顾寻找了一家人少的餐厅吃了饭，决定放弃晚上的画舫灯光秀，直接回酒店休息。

途中经过一家屈臣氏，她想起今天出门时把洗漱包忘在了家里的卫生间，便拉着顾寻进去买新的。

一开始顾寻还陪着她挑挑选选，后来不知道自己一个人逛到哪里去了。

等岳千灵挑齐了所有洗漱用品时，顾寻已经站在了收银台前排队。她拎着小篮子朝他走去，中途电话突然响起。

这还是鞠云珍在假期里打来的第一通电话，岳千灵不敢怠慢，直接把购物篮交给顾寻便接起了电话:“妈，怎么了?”

“没事，这几天玩得怎么样? 累不累?”

“还行，不怎么累。”

从江城出发前，岳千灵和她打过一通电话，当时只说跟朋友出去玩，鞠云珍也没多问。

“发点照片来看看啊。”

岳千灵瞄了一旁的顾寻，低声道:“拍得不太好看。”

鞠云珍很不满地“啧”了一声:“好不好看也发给我们看看啊，挺久没见了，你爸都想你了。”

话都这么说了，岳千灵哪儿还能拒绝。

挂了电话后，顾寻问她："谁的电话？"

岳千灵低头翻找着照片，低声道："我妈。"

顾寻点头，抬头看了一眼前方排队结账的人，冷不丁说道："你跟你妈说了吗？"

"嗯？说什么？"

"我们的关系。"

"……还没。"

说话间，岳千灵已经把这几天顾寻给她拍的照片发给鞠云珍了。

顾寻沉沉地叹了口气。

"都这么久了，我也没什么见不得人的吧。"他没看岳千灵，自言自语道，"除了那个了点，可是这你不说，别人也看不出来啊。"

岳千灵眨眨眼："哪个？"

"就是——"顾寻弯腰在她耳边低声说，"床上过分了点。"

岳千灵握了握拳，咬牙说道："顾寻，如果不是这里人多，我真的很想教你做人。"

"可以啊。"顾寻满不在乎地说，"你白天教我做人，我晚上教你做——"

挨了一记眼刀子，顾寻很自觉地把原来那个字吞了回去："鬼。"

若不是鞠云珍这时候回了微信消息，岳千灵还想再骂他两句。

妈：这是谁拍的？怎么这么丑？

妈：把你拍得跟一米五似的？！

岳千灵低下头郑重地打了三个字。

糯米小麻花：男朋友。

妈：你交男朋友啦？什么时候的事？

糯米小麻花：有一段时间了。

妈：同事还是同学？人怎么样？有照片给我看看不？

糯米小麻花：妈，你认识的。

很快，鞠云珍回了个名字。

妈：顾寻?

糯米小麻花：嗯。

在这之后，鞠云珍没再回消息。

岳千灵握着手机，心里弥漫着小紧张，不知道她妈在想什么，有没有可能会反对他们。

时间在这一刻竟然变得很漫长，岳千灵心不在焉地四处张望，直到手机再次振动。

看着锁屏上显示的七八条消息，她的心立刻悬到了嗓子眼儿。

她妈妈刚刚一定是组织语言去了，发了这么多条，想必没什么好事。

片刻后，她才战战兢兢地打开微信，看到的内容却和想象中不一样。

妈：灵灵啊，我最近在网上看了一些东西，但我不知道怎么买，我发给你，你帮我买一下吧。

岳千灵不懂鞠云珍为什么话题转换得这么快，难道对她交往男朋友这件事一点都不关心吗?

不过她也不想在这个时候主动再挑起这个话题，便顺从地点开鞠云珍发来的图片。

东西倒确实都是她喜欢的一些丝巾和墨镜之类的小玩意儿，只是岳千灵滑到第四张，屏幕上赫然出现一张安全套的图片。

岳千灵：“……”

一分多钟后，鞠云珍撤回了那张图片。

妈：哎哟，不小心发错了一张。

这些事情岳千灵虽然知道，但是鞠云珍这样委婉的提醒反倒让她更难为情。

这时，顾寻突然开口：“你看什么看这么久？”

岳千灵莫名一慌，把手机塞进包里。

“没什么。”

一抬头，却发现他们不知不觉已经站在了收银台前。而顾寻大大方方地从旁边货柜上抽出两盒东西，光明正大地放到了收银员面前。

岳千灵：“……”

回到酒店还不到晚上八点。

岳千灵匆匆洗了个澡，出来便坐到沙发上打开电视，装模作样地看了起来。

当浴室里的水声响起，岳千灵发现自己再也没办法把注意力集中到电视节目上。

唉。

某种思想好像开始出现人传人现象。

等到顾寻穿了条睡裤出来，岳千灵的注意力更是八匹马都拉不住。还好她脸上不显，看起来倒像是认认真真在看电视里的养生保健品广告。

只是当顾寻坐到她身边时，空气好像都停止流动了。

岳千灵的每一口呼吸都裹挟着他身上的沐浴露香味，无时无刻不在加重着他的存在感。

顾寻仅仅坐在身侧都让岳千灵浮想联翩，于是她不动声色地往旁边挪了点位置。

顾寻好像没发现似的，目光平静地看着电视，也没说话。

岳千灵悄悄松了口气。

下一秒，他却又挤了过来。

岳千灵抱着双臂，再挪。

顾寻也再跟着挪。

她有点绷不住了，动作却更小地往那边挪。

直到顾寻把她挤到了沙发最边缘，她实在忍不住，虚张声势地瞪着他。

“你干什么？”

顾寻侧过头，直勾勾地看着她，薄唇轻启，一字一句道：“你说我想干什么？”

他把答案这么明显的问题抛回来，让岳千灵怎么好意思开口回答。

眼神无处可躲，她只能强装镇定地说：“你明天想不想去爬山？”

顾寻慢条斯理地偏着头，视线倒是一步不退地盯着她：“你不是说不想太累吗？”

岳千灵声若蚊蚋般开口：“来都来了……”

顾寻没再回答，温度在他几近于明示的眼神中缓缓升高。

片刻后，他朝一旁的双人床抬了抬下巴。

岳千灵顺着他的目光看过去，感觉那张大圆床上面仿佛也写了四个字——来都来了。

语音通话

【糯米小麻花】向你发起了语音通话。

拒绝　接听

快开门呀，哥哥　第一章

我是在追你　第二章

西湖醋鱼　第三章

只喜欢你一个　第四章

理想型　第五章

Hello, World　第六章

你会对我负责吗　第七章

你才是我的第九艺术　第八章

？？？　番外篇

65

酒店建在半山腰，完美避开了最喧闹的景区，却难掩画舫灯光秀的光彩。

岳千灵躺在床上，但依然没好意思直视顾寻的眼神，只偏着头看着侧边。

衣服一件件落地，皱巴巴地堆积在柔软的地毯上。

她的十指徐徐插入顾寻柔软的短发中，轻轻摩挲。

情迷意乱之时，她双眼半开半合，迷离地看着黛青色的天边五光十色的灯光。

在意识彻底迷乱的前一秒，她突然想到什么，慌乱地推了顾寻一把：“窗、窗帘还没拉上。”

顾寻抽空往窗边看了一眼。

窗帘只掩了一半，放眼望去，目光所及之处是浩瀚无垠的夜空，缀着几颗星光。

收回视线后，顾寻眼里的欲念反而越发浓重。

“外面连只鸟都没有，你怕什么？”

“我……”岳千灵还来不及完整地说一句话，双唇便被他堵住。

远处的灯光秀不知何时结束的，影影绰绰的炫光黯然退场，夜色重如浓墨。

因为消耗过多体力，岳千灵第二天自然没能见到早上的太阳。

等她睁眼时，不出所料又到了游客高峰期。

她在床上沉思了几秒，索性自暴自弃留在酒店里。

岳千灵生平第一次感觉休假比工作还累，也是第一次迫不及待想回去上班。

那一个个的工位是多么严肃又庄重啊。

第二天早上，岳千灵打着哈欠走进了公司，在电梯里遇到黄婕。

“怎么一副睡不醒的样子啊？”黄婕抱着双臂上下打量她，“假期过得怎么样？好玩不？怎么没见你发点朋友圈啊？”

岳千灵露出一个沧桑的笑容，并不知道该说什么。

“哎哟，被人山人海挤坏了吧？我光看网上那些照片都犯了人群恐惧症。”黄婕得意扬扬地笑，“我就不一样了，在手机、iPad 上七日游，过得非常惬意，还省了不少钱呢。”

“是啊。”岳千灵苦笑望天，“还不如在家里躺个几天呢。”

好在进入工作状态后，顾寻克制了许多。

这几天她几乎每天晚上都睡在顾寻家里，不过两人都不清闲，所以比起假期，他的行为基本算是个人。

后来她习惯性地都去了他家里，不过一来房租没到期，二来平日里若是两人都有事情要忙，分开在两处地方还更方便，所以房子也没退。

日子就这么不紧不慢地过着，迈过十月上旬，路边绿植几乎一夜之间黄了一半。

这是一年中最舒服的时节之一，虽然路上还有坚持着露腿的女孩，岳千灵却早早穿上了自己的毛衣外套，每天窝在她的椅子里，看似懒洋洋，却顺利地完成了西格莉德最终的后期调整。

当她把画稿提交到主程序时特意看了一下今天的日期，难以相信自己竟然花费了三个多月的时间才完成这幅原画。

虽然西格莉德有一定特殊性，前期确定草图阶段就耗时近一个月，但除此之外，第九事业部的其他模型也几乎是一两个月的周期。

和岳千灵以前一周出一张原画的效率比起来，虽然累得多，但不能否认，她的自我满足感岂止增加了百倍。

跟卫翰交差时，他的满意溢于言表，而岳千灵却有些提不起精神。

“怎么了？”卫翰看出她的不对劲，沉声问道，“哪里还有问题？”

岳千灵回神，连忙摇头：“没什么问题。”

就是有点舍不得。

“行，那晚上一起吃个饭啊。”卫翰说，“我请客，宿正付钱，权当感谢你这段时间的帮忙。”

“好。”

岳千灵慢吞吞地回到手游事业部，打开电脑，盯着屏幕发呆，整个人陷入一种奇妙的恍惚感，没有注意到有人在悄悄打量她。

直到黄婕的声音在一旁响起：“她就是岳千灵，也是咱们组的，只是这段时间在第九事业部帮忙，所以没怎么出现。”

岳千灵循声看过去，发现打量她的是一个陌生女孩。

不用黄婕专门介绍，她也能猜出这应该是近期秋招进来的新人。

由于项目具有保密性，岳千灵这段时间很少出现在手游部，所以和这些新人不熟也是情有可原。

除此之外，岳千灵发现曾经那些熟悉的面孔也少了许多。

金九银十这种时候，各大公司纷纷展开招聘，自然也有人寻机跳槽。

比如刚刚打量她的那个女孩，坐的就是上个月才离职的同事的位子。虽然岳千灵知道这都是常态，没什么大不了的，但真的看见新人代替了旧人的位置，心里难免产生些许怅惘。

她对这个项目组本来就没什么归属感，现在这种感觉只会更甚。

偏偏这个时候尹琴的老毛病又犯了，拍着桌子吸引了所有人的注意力，然后说道：“今天下班大家都别走，咱们一起聚个餐吧，新同事来了一两周了，还没一起吃过饭呢。”

那些新人自然全都应允，而黄婕向来喜欢热闹，自然也没有拒绝。

尹琴便把目光放在了岳千灵身上。

“我不去了。”岳千灵说，“我晚上有事。”

“什么事啊，你不是忙完了吗？”尹琴不依不饶地说，“新同事刚刚主动跟你认识呢，你也算个前辈，不能这么不给面子吧？”

旁边几个新同事果然都悄悄看了过来，岳千灵只好给个解释。

“晚上卫翰那边说好了聚餐。”

尹琴的神情凝固片刻，随后便笑着坐下，一边摆弄电脑，一边说道：“行，那你还是去那边吧，毕竟卫翰是第九事业部的主美术，跟我们还是不一样的。”

岳千灵和黄婕对视一眼，都心下了然，懒得跟她说什么。

她收回思绪，动了动鼠标，准备整理一下自己最近的画稿。

就在这四下安静的片刻，她听见尹琴低声自言自语道：“还真把自己当第九事业部的人了。”

岳千灵今天情绪本来就低落，再被尹琴这么一刺激，连虚与委蛇的心情都没有了。她冷下眉眼，沉声道：“你是不是——”

这话刚说了一半，她的桌子便被不轻不重地敲了一下。

岳千灵回头，见她们项目组的主美术正站在她身后。

“你来我办公室一趟。”

他神情凝重地丢下这么一句话就走了，听起来不像有什么好事发生的样子。

花了两秒确定自己最近没犯什么事后，岳千灵才起身跟了上去。

HC 互娱的办公室一贯是用玻璃门窗，里面的人在做什么，外面的人都看得清清楚楚。

同样，当岳千灵在主美术办公室里坐下来时，也知道尹琴她们都在张望这边。

主美术此刻的表情也没好到哪里去，坐在自己的椅子上看了岳千灵好几眼，一副欲言又止的样子，像是半天找不到措辞一般，惹得岳千灵也紧张起来。

“大胡哥，你有什么就直说吧。”

主美术撇撇嘴，终是开口：“是这样，你也知道，公司最近招了很多新人，这种情况下就会对人员进行一个调优。”

所谓调优只是个美化说法，一般情况下反而是“去劣”，也就是公司为了资源最高效利用，会辞退一些能力较次的人。

所以岳千灵这么一听，整个人都傻了。

该不会是公司要辞退她吧？！

这不可能吧？！

她倏地睁大了双眼，紧张地等着主美术的下文。

“我们项目组也进了不少新人，能力都挺好的，能支撑起我们项目组的日常工作，所以——”

岳千灵：“！”

完了。

天道好轮回，老板果然还记着她曾经干过的事，现在准备踹了她。

“第九事业部那边想把你调过去。”

“唉，我知道了，可是——等会儿？”岳千灵眼睛突然一瞪，“你说什么来着？”

主美术搓了一把脸，很不情愿地重复了一遍：“就是问你去不去第九事业部。”

岳千灵：“……”她如果有钱了，一定买一个会把话一次性说完的主美术。

当下，她没有钱，只是闭着眼深呼吸。

片刻后，她才平静地说：“可以。”

当然可以啊！！！

主美术大概是没看出来她内心的激动，试图再次挽留：“其实也没有强制性，你可以多考虑一下。这段时间你也见识到他们的工作量了，虽说工资会高些，但真的累多了，基本就没什么自己的生活了。”

岳千灵点头：“好，我考虑一下。”

主美术见她似乎被说动了，喜不自胜。

说到底他刚刚心情不好也是这个原因，当初第九事业部把岳千灵借走的时候，他就有了不好的预感，但是老板都同意了，他也不好说什么。

现在好不容易盼着岳千灵可以回来了，结果那边直接来抢人了，这不是强盗吗？

可惜人家那边做什么都有老板撑腰，他也说不了，只能寄希望于岳千灵本身。

“行，那你回去考虑一下，回头告诉我你的想法。”

岳千灵抬头：“不用了，我已经考虑好了。”

主美术身体不自觉地前倾，眼里充满期待：“那你……”

岳千灵：“我当然去呀！”

主美术：“……”

从办公室出来的那一瞬间，岳千灵觉得自己成长了。

——她可以喜怒不形于色了。

所以当她回到工位，大家都看不出来主美术找她到底是好事还是坏事。

“什么情况？”黄婕探头来问，“大胡哥找你干吗？”

岳千灵食指往嘴前一挡，低声说：“确定下来了再告诉你。”

“什么呀，神神秘秘的。”黄婕睇她一眼，“该不会是要给你升职吧？”

她说这话的时候，尹琴肩膀一耸，竖着耳朵听岳千灵的回答。

“不是升职。”

岳千灵抿着笑，看了手机一眼，黄婕懂了，立刻打开微信。

几秒后，黄婕瞪大双眼，忍不住惊呼出声：“真的假的？！”

"还没定呢。"

说到这儿，她突然想起出来时带的一个小任务，抬头对尹琴说道："哦对了，主美术叫你去一趟他办公室。"

尹琴淡淡地说"好"，随后拿出小镜子理了理头发才起身朝办公室走去。

岳千灵的心情还没平复下来，她想立刻跟顾寻分享这个喜悦。

可是消息发出去好一会儿，他也没回复，不知道在干什么。

正好临近午休时间，岳千灵越发坐不住，决定亲自上去告诉他这个好消息。

到了顶层，岳千灵刚到开发部就迎面撞上了易鸿。

"你找顾寻？他没在，刚刚接电话去了，可能在外面楼道吧。"

岳千灵点头，转身朝空旷的楼道走去，果然看见一个人站在尽头接电话。不过背影很明显不是顾寻，是宿正。

岳千灵隐隐约约听见他在说什么"医院""爸爸"之类的事情，便打算悄无声息地离开。

然而她还没来得及转身，视线便和刚挂了电话掉头而来的宿正撞了个正着。

这段时间，宿正一直带队在全国各地采集音频，出现在公司的次数一只手数得过来，而且每次回来都是匆匆忙忙地开个会议，第二天又和音效团队奔赴另一个城市。

此时乍一见，岳千灵发现他似乎瘦了许多，面容看起来也很憔悴。

岳千灵有时候对氛围有一定的敏感度，比如此刻，她能感觉到宿正处于一种极度的低气压下，所以一时不知道怎么开口打招呼。

而宿正也愣愣地看了岳千灵半晌，才笑着开口："没去吃饭？"

宿正平时是一个很温和的人，但此时的笑容明显有些勉强，岳千灵自然而然压下了先前的喜悦："马上就去了。"

"对了，卫翰跟你说了吗？"宿正紧接着她的话说下去，"你愿意来第九事业部吧？”

他主动提到这件事，岳千灵的笑容重新浮上嘴角：“嗯，我当然来。”

“我就知道你肯定不会拒绝，卫翰还担心你不愿意呢。”

这时，宿正的手机又响了起来，他低头看的那一瞬间眉头很轻地皱了一下，岳千灵立刻说：“那我不打扰你了，你忙吧。”

离开后，岳千灵依然没找到顾寻在哪里，给他打电话也在占线状态。

她叹了口气，掉头下楼，找黄婕一起去吃午饭。

“没跟顾寻一起啊？”黄婕问。

“找不到人，不知道干吗去了。”岳千灵摇头晃脑地说，“消息也不回，可能出轨了吧。”

“对了，你知道主美术今天找尹琴什么事吗？”出了电梯，四周没人，黄婕便开口问道，“她在里面待了很久才出来，也不说什么事，我这好奇的呀，总不能她也可以去第九事业部吧？那我就要闹了。”

“不知道啊，主美术没跟我说过，只是让我帮忙叫人。”

岳千灵刚说完，手机振动了好几下。

她以为是顾寻回她消息了，连忙打开看，结果竟然是宿正。

宿正：对了，我发点资料给你。

宿正：除了咱们这个项目的一些公共资料，还有不少我自己搜集整理的思路汇总，可能对你有点帮助。

对于这种情况，岳千灵完全没理由矫情，立刻就给宿正连发了十个“磕头”的表情包。

毕竟一个项目的资料好搜集，但策划本人的思路汇总并不多得。

午饭后，宿正直接拿了个硬盘给她，说是东西已经拷好了，这个硬盘可以直接送给她。

岳千灵打开一眼，直接傻眼。

竟然足足有三千兆？！

里面的内容更是翔实到覆盖了每一个小关卡的设计思路和每一个小 boss[①]的人物小传。

不知为何，看到这些东西，岳千灵总有一种宿正在交代后事的感觉。

下午三点，顾寻终于给岳千灵回了个电话。

“你先别说话，我问你个问题。”岳千灵站在茶水间，皮笑肉不笑地说，“我叫什么名字？”

顾寻沉默半晌，并没有接岳千灵的梗，而是沉沉地说：“遇到点事，没来得及看手机。”

听到他严肃的语气，岳千灵立刻收了开玩笑的心思。

“什么事？阿姨吗？”

“是工作上的事情，晚上回去再跟你说吧。”顾寻叹了口气，“我现在只有几分钟的空，先挂了。”

“好。”

既然顾寻说是工作上的事情，岳千灵便没记挂太多，无非是引擎开发遇到什么问题，这对他们来说是常见的难题。

况且岳千灵觉得自己就算记挂着也帮不上什么忙，索性就不打扰他。

心里唯一的小忧愁就是预料到顾寻接下来肯定又要忙得脚不着地。

下午时光一晃而过，岳千灵已经做好了顾寻今天回家会很晚的准备，便给他发了条简短的消息。

糯米小麻花：我和卫翰他们吃个饭，完了我自己回家。

校草：？

校草：吃饭不带上我？

糯米小麻花：你不是说有事？

---

① 在游戏中，指级别较高，打败后会掉落稀有道具或触发重要剧情的重要角色。

校草：有事也不是一个晚上就能忙完的。

校草：电梯口见。

岳千灵立刻笑了起来，拎着包朝电梯走去。

等到第二趟电梯，顾寻果然站在里面，同行的还有卫翰和宿正。

只是岳千灵发现，这趟电梯像是被一片浓云笼罩着似的，三个人个个看起来心情都不太好。因此她进去后也没说什么，默默地站在顾寻旁边，观察着众人的神情。

到了餐厅，大家落座后都各自沉默着，只有顾寻拿了菜单给岳千灵，叫她点菜。

可是她这会儿心里跟猫抓似的，哪儿有什么心情点菜，憋了一会儿，实在忍不住直接开口问道："你们是不是有什么事情啊？"

宿正和卫翰对视一眼，随后，卫翰碰了碰宿正的肩膀："你跟他们说一下吧，早晚都要知道的事情。"

"嗯。"

宿正垂着眼沉默了一下，才开口道："我准备辞职了。"

话音一落，现场气氛立刻凝固。

岳千灵呆滞地看着宿正，半晌没回过神，甚至怀疑自己听错了。

她转头看向顾寻，见他也同样惊讶地看着宿正。

只是他的眼神比岳千灵多了几分沉重。

见状，宿正笑了笑："你们这是什么表情，现在很少有人一个工作干一辈子，离职不是很正常的事情吗？"

话是这么说，但是这个道理放在宿正身上不适用。

不提之前的合作，单单是从岳千灵今天收到的硬盘内容，她都能看出宿正为这个项目付出了多少心血。

这样一个人，怎么会半途而废？

岳千灵："为什么呀？实机操作视频不是要出来了吗？为什么这个时候离职？"

“其实是因为家里的事情。”宿正埋着头，长叹一口气，“我爸四十多岁才有的我，今年已经六十多岁了。我因为这个项目这几年回家的次数十个指头都数得过来，上一次回家还是去年春节。”

宿正顿了一会儿，语气比刚才更沉重。

“月初的时候我爸摔骨折了，但是他们没告诉我，不想让我分心，我是前几天才知道这件事情的。

“他最艰难那几天，我竟然一无所知，连个电话都没打过去。

“要不是我姑妈说漏嘴，可能我爸出院了我都不知道这件事。”

“还好他这次伤得不致命，可是……”他突然揉了一下脸，才得以继续说下去，“我不敢想象，如果他这次摔到的不是腿而是脑袋，事情会怎样，我是不是连他最后一面都见不到。”

话已至此，后面的内容不用多说，在座的人也明白。

人生最大的遗憾无非是子欲养而亲不待。

宿正意识到，父母已经年迈，正是需要有人陪伴照顾的时候，他却远在他乡，连见面都是奢侈。所以辗转难眠几个夜晚后，他决定放弃梦想，回到老家尽子女的责任。

没人能评判宿正的取舍是否正确，这种事情本来就没有一个标准答案。

岳千灵也只是感慨可惜，好几年的心血就这么付诸东流。

而且宿正是签了竞业禁止协议的，一旦离开，他无法再捡起自己的梦想。

席间沉默许久后，还是宿正主动打破了气氛：“你们别这样啊，我只不过是选择了另一种生活，还轻松点，凡事都有利有弊嘛。”

岳千灵闷闷地低着头，不知道说什么。

这时，她却看见顾寻沉沉地看着宿正，几乎是从嗓子里挤出了几个字：“一定要走吗？”

这样的顾寻，岳千灵从未见过。

在岳千灵的认知里，顾寻并不是一个优柔寡断的人。

宿正的职位于他而言算不上关键，第九事业部也不只宿正一个策划。况且他曾经还把这个人当作情敌对待过，即便是惺惺相惜，他的性格也决定了他不会做出如此挽留之态。

岳千灵侧头静静地看着顾寻，手从桌下伸过去握着他的掌心。平时总是温热的那双手，这时竟然有点冰凉。

许久后，宿正点了头。

之后，无论宿正怎么活跃气氛，这顿饭都没人能大快朵颐。

夜幕降临时，他们在停车场分道扬镳。

等卫翰和宿正分别上了自己的车，岳千灵把自己手里的可乐递到顾寻嘴边："喝一口肥宅快乐水？"

顾寻埋头，就着她用过的吸管喝了一口。

"所以你今天说的工作上的事情就是宿正吗？"

"不是。"顾寻咽下那口冰冰凉凉的可乐，语气却依然沉重，"我也是刚刚才知道他决定离职。"

岳千灵问："那是什么事？"

顾寻突然停下脚步，低头看着岳千灵，身上似有千斤重负。

他低声说了三个名字，而后的一句话如一记重锤——"他们跳槽了。"

"砰"的一声，岳千灵手里的可乐应声而落。

66

顾寻说的那三个人，岳千灵并不熟悉，只是偶尔打过照面。

他们平时日夜颠倒，常常晚上八九点才出现在公司，第二天中午又神龙见首不见尾，因此即便岳千灵在第九事业部待了几个月，对他们的熟悉程度还不如楼下咖啡厅的售货员。

不过这种行为在他们这一行挺常见，特别是作为核心开发人员，有恃才傲物的资本。

顾寻他们部门的运行模式和其他开发团队无异，都是几个核心人员作为主导，带动另外几十个程序员进行开发。

而那三个人和顾寻以及易鸿就是整个团队的主力军。

当他们一走，所有的压力全都到了顾寻和易鸿两个人身上。

除此之外，立项 3A 游戏的公司数不胜数，可是在资金、市场以及技术的多重压力下，大多数项目都被无声无息地埋葬在了探索的路途中。

甚至连资金雄厚、人才辈出的游戏大厂，在市场考量下也放弃了 3A 这个领域。

在目前的环境下，3A 游戏对于任何一个公司来说都是一场没有把握的豪赌。

所以在岳千灵看来，愿意进入第九事业部的人，都是怀揣着对电子游戏的情怀，用自己最宝贵的青春进行一场孤注一掷的赌博。

半小时前的晚饭，宿正选择离开时眼里流露出的纠结痛苦还历历在目。

沉默许久后，岳千灵沉声问：“他们为什么要走？就这么放弃了自己这几年的心血吗？”

“天真。”顾寻摸了摸她的头，看向前方的车里，眼里流露出几分讥讽，“真以为所有人都是为了情怀而来？对他们而言，这只是一份高薪工作而已，一旦有更好的报酬，他们跑得比狗还快。”

岳千灵怔怔望着他，好一会儿说不出话。

她竟然忘了这里还有高额的薪资，在利益为先的人眼里，这可比什么情怀都重要得多。

而且从顾寻的语气中，她想起自己刚刚忽略的一个点——这三个人并非普通离职，而是跳槽。

第九事业部所研发的项目，是 HC 互娱毋庸置疑的拳头产品，项目里每一个人都会签署竞业协议，在离职一定期限内不得从事同类产品的制作工作。

而这三人作为行业顶尖人物，突然集体跳槽，新工作自然不可能从 3A 级项目降到普通单机游戏甚至是网游或者手游。对方公司也没必要为了市面上并不稀缺的项目来挖走 HC 互娱第九事业部的核心主开发。

因此，即便岳千灵不问也能猜到，那三个人一定是跳槽到了竞品公司，并且对方财大气粗，能负担起高昂的违约金。

更为险恶的是，对方选在第九事业部即将发布实机操作视频的时候来挖人，司马昭之心，路人皆知。

若是普通的跳槽，顾寻所承受的压力无非是工作量加倍，而现在的情况是那三个人很有可能带走整个项目的核心玩法。为此，整个第九事业部必须赶在心血被抄袭之前推出实机操作视频，抢占市场关注度。

事已至此，所有人都得接受这个现实，他们连愤怒的时间都没有，就得立刻投入更高强度的工作中。

覆巢之下，焉有完卵，第九事业部没有任何一个团队不被波及。

岳千灵还没有完全适应正式调岗的情况，铺天盖地的任务便像山一般朝她压来。

生活似乎又回到了刚刚接手西格莉德的那段时间，而披星戴月、早出晚归将成为她未来几个月的常态。

至此，岳千灵总算明白为什么有人说做游戏是吃青春饭，年纪大的人还真扛不下来这样的工作强度。

即便这样，第九事业部依然出现了人心惶惶的情况。

虽然大家当面不说，可这种心知肚明的暗涌却更让人倍感压力。

整个第九事业部顶上像笼着一层厚重的黑云，压得每个人都喘不过气，却不知道那一场暴雨是否真正降临。

真正的压力重心并没有顶在美术部门头上，在这种情况下，岳千灵都感觉到泰山压顶的窒息感，她更是不敢想象顾寻到底背负着怎样的重担。

唯一肉眼可见的是，顾寻这段时间瘦了许多。看见他电脑上那些密密麻麻的英文，连她都感觉喘不过气。

一个周日的中午，所有人都在加班，岳千灵想抽空去茶水间泡一杯咖啡。

她刚到门口便听到有人在窃窃私语。

“我估计这次实机操作视频要跳票了吧，顾寻他们两个人哪儿顶得住五个人的工作量。”

“没看见老板这几天都长白头发了吗？最近资金也紧张，听说有其他公司想投资来着，也不知道老板会不会同意。”

“这要是同意了还了得？股东要是插手进来，绝对最后会变成网游你信不信？”

“要真这样，我当初还不如直接去做网游。”

“是啊，现在这种情况怎么可能按原计划出实机操作视频啊。”

岳千灵捧着水杯，什么都没说，掉头就走。

在回去的走廊上，她跟顾寻迎面撞上。

“谁惹你不高兴了？”顾寻手里端着当初跟着岳千灵买的同款杯子，装模作样地跟她碰了碰杯，“我这就去给我宝贝报仇。”

岳千灵没心情跟他闲扯，闷闷不乐地瞪他一眼：“你还笑得出来，你知道我刚刚听到什么了吗？”

“嗯？”顾寻抬眉，“你说。”

岳千灵蔫头耷脑地把刚刚听到的内容复述了一遍，声音听起来倒也不愤怒，但顾寻从未见过岳千灵有过这种如死水般的状态。

他收了脸上的不正经，严肃地看着岳千灵。

“这些话你完全可以当耳边风。”

“不是我要在意，而是……”岳千灵想叹气，却发现自己连深吸气都做不到，只能留一口郁气堵在心口。

当人处在临界状态时，很容易就被别人轻如稻草的一句话压倒。

此刻她便有一种无力感，迫使她面对现实。

没有人在唱衰，但希望就是很渺茫。

没等到她的下文，顾寻追问："而是什么？"

"算了，没什么，我去忙了。"

岳千灵摇摇头，打算离开。刚迈了一步，顾寻突然把她拉进怀里，抬手抚平她有些凌乱的发丝。

"相信我。"

在他克制的拥抱里，岳千灵贴着他的胸膛，听见了他强有力的心跳声。

有些人的一句话像稻草一般压垮骆驼，而有些人的一句话，却像深井里的绳索，能找见光明。

比如此刻，岳千灵脑海里只回荡着一个想法。

——相信他。

江城的阴雨缠绵了近半个月，岳千灵在天昏地暗中抬头，发现路边的树叶不知在什么时候悄然枯黄，簌簌掉落。

但天不会一直阴沉，任何谷底都会迎来触底反弹的那一天。

当冬日里第一个艳阳天出现时，宿正回来了。

他背着双肩包进来时甚至没有被发现，所有人都在埋头苦干，键盘敲击声与交谈声充斥着整个办公区。

一个新来的助理小姑娘抱着墨盒匆匆忙忙地往打印机跑去，不小心撞到了宿正，墨盒噼里啪啦砸地。

即便发生这样的动静，办公区里也没有人抬头。

直到宿正弯腰帮忙捡起墨盒，轻声问道："没撞疼你吧？"

小姑娘不认识眼前这个人，蒙蒙地摇了摇头，随后发现所有人的目光都聚集到了她这里。

现场却一反嘈杂，陷入鸦雀无声中。

岳千灵原本在和 3D 建模师讨论画稿，此时也不可置信地看着宿正。片刻后，她一个字一个字往外蹦："你、回、来、了？！"

宿正笑："是啊，我想来想去，还是觉得我不能在这个时候离开。"

话音一落，全场哗然，宿正迅速被老同事们包围起来。

有骂他的，有笑的，还有一个女策划抱着他哭了起来。

十几分钟后他才突出重围，呼吸了一口新鲜空气，朝自己原本的办公室走去。

自从他走后，还没招到新的策划人员，那间办公室也原封不动。

经过岳千灵身边时，她问："那你爸爸呢？"

"昨天出院了。"宿正停下脚步，"老头子站都站不起来，还拿着棍子非要把我赶回来，说我丢了这么个高薪工作，以后上哪儿找钱给他住 ICU。"

他说这话的时候明明在笑，却听得人想哭。

岳千灵明明也不是一个矫情的人，这时也感觉鼻尖一酸。

她点点头，没再说什么，却第一次在工作中产生了一种并肩作战的感觉。

这时，顾寻和易鸿也从办公室出来了，他们看见宿正，皆是一愣。

宿正倒显得比较轻松，走过去拨了拨易鸿的黑发："怎么回事，说好一起到白头，你却偷偷焗了油？"

刚刚染了黑发的易鸿跟哑巴了似的，"你、你、你"半天说不出一句完整的话。

宿正转头，看向顾寻。

"虽然我作用不大，但是——"他抬手握拳碰了碰顾寻的肩膀，"加油。"

当宿正得知三个主开发跳槽后，彻夜难眠了三个夜晚，每当闭上眼，脑子里就嗡嗡作响，浑身上下每一个细胞都在叫嚣着让他回去，回到他坚守了八百个日夜的战场。

其实他也知道，自己一个人的力量并不能扛起整个大旗，但他还是毅然决定回来。

然而他不知道的是，即便他只是一道微弱的光芒，却能点燃这一片黑夜。

风雨晦暝的黎明前，启明星虽不如太阳，但它一定能引来天亮。

自他归来，整个第九事业部像打了鸡血一般，龟裂的大地迅速回春，枯木开出绿叶，所有进度都在疯狂推进。

岳千灵第一次拥有和顾寻统一的作息，每天忙得晕头转向，回到家里沾枕头就睡，常常连父母的电话都没时间接，搞得她爸妈以为她被卖进传销组织了。

组织头子可能姓顾。

这些日子岳千灵对时间的度量也从年、月、日，变成了每一步进度的推进，漫漫冬日里，她浑然不觉时光的流逝。

直到一天早上，她忙里偷闲看了一眼手机，发现鞠云珍给她发了一条消息。

妈：宝贝，今天是你二十二岁的生日，妈妈祝你天天开心、无忧无虑。

看见这句话的一瞬间，岳千灵才恍然想起今天竟然是她的生日。

这么多年来，她还是第一次忙到忘记这个日子。

回过神，她连忙回复。

糯米小麻花：谢谢妈妈，爱你！

妈：顾寻今天有陪你过生日吗？

岳千灵一愣，回头看向身后的会议室。

顾寻和易鸿正坐在桌前面色严肃地看着投屏，架构师则拿着红外线笔眉飞色舞地说着什么。

糯米小麻花：当然有啊，晚上我们要去吃大餐。

妈：那你们好好玩。

放下手机，岳千灵撑着下巴叹了口气。

连她本人都不记得自己的生日了，何况处于旋涡中心的顾寻。

她也不想在这个时候非要大费周章地去过个生日，有这个时间，还不如让顾寻多休息一会儿。

可今天到底是她和顾寻在一起之后过的第一个生日，就这么无声无息地度过了，心里总会有些遗憾。

“唉……”她拿起马克笔在草稿纸上画了个小蛋糕，“祝我生日快乐。”

晚上八点，岳千灵被卫翰叫进了办公室。

她每到这个点就有点困，习惯性地打了个哈欠，卫翰便说道：“这几天没睡好？”

“还行。”岳千灵揉了揉眼睛，“找我有什么事吗？”

卫翰把电脑屏幕掉转方向对着岳千灵，皱着眉说：“看看你今天提交的稿子，角色动态有点小问题，倒也不严重，主要是你这个构图是不是有点失误？把策划想表达的内容完整表达出来了吗？你看看这个人物，已经弱化得快要融入场景了。”

岳千灵的手僵在半空中，怔怔地看着屏幕上她才提交的稿子。

卫翰：“所以我刚刚问你是不是最近太累了，没跟你寒暄。这个状态是真的不行，这稿子完全不是你的水平啊岳千灵！”

岳千灵垂下眼，端端正正认错。

“我知道了，我这就回去重画。”

见状，卫翰意识到自己的话说得有些重，便说道：“算了，我也是最近压力太大了，你别太放在心上。”

他撑着桌子呼了一口气：“我知道你这几天很累，今天就早点回去吧，好好睡一觉，找好状态再继续。”

沉默片刻后，岳千灵点头：“好，我明天一定改好。”

走出卫翰办公室时，岳千灵耷拉着脑袋，活像一只垂头丧气的小鹌鹑。

画师这个圈子其实有很多规矩，别人一般不会这样直接骂人，并且岳千灵的问题也没有严重到这个地步。

她也知道卫翰只是最近压力太大了才会出现这种情况。

但即便如此，她难免还是丧。

不仅是懊悔自己的失误，还担心拖累了整个项目的进度。

收拾好东西，岳千灵喝了一口热水，给顾寻发了条消息。

糯米小麻花：我忙完了，先回去了。

校草：好，路上注意安全，到了跟我说一声。

岳千灵的手指在键盘上停顿片刻，还想说点什么。

但想了想还是算了。

她拎上包闷闷不乐地走出去，刚走到电梯口，陈茵在远处喊了她一声，然后提着一个袋子朝她走来。

“要走了啊？”

岳千灵点头：“你还没下班？”

“加班呢今天。”说完，她把手里的袋子递给岳千灵，“喏，你的生日礼物，生日快乐。”

“生日礼物？”岳千灵诧异地看向那个礼品袋，“给我的？”

陈茵：“对，代表公司送给你的礼物。”

这么一说，岳千灵就理解了。

作为 HR，陈茵知道她的生日倒是不奇怪。

只是她去年没有收到过礼物，今年却有了，难道这又是第九事业部的特殊待遇？！

“谢谢！”岳千灵看了眼袋子上的 HC 互娱标志，开心地收下，“里面是什么啊？”

“回去再看。”陈茵拍拍她的肩，“我先回去继续忙了。”

第一次收到公司的礼物，岳千灵刚进电梯就迫不及待地拆开了包装。本以为里面多半是马克杯或者耳机之类的小玩意儿，没想到竟然是一个西格莉德的手办。

她睁大了眼睛，一遍又一遍地细看这个手办。

制作也太精细了吧，不仅色彩完全还原了画稿，连睫毛都根根清晰可见，这得花多少钱啊！

看来第九事业部果然是老板的亲儿子，不仅出手阔绰，还贴心地为她定制了对她有非凡意义的西格莉德。

走出电梯，岳千灵还爱不释手地捧着手办，直到看见一层大厅来来往往的行人，她才小心翼翼地把东西重新放回礼品袋里。

出来后，她没有直接去地铁站，而是朝旁边的甜品店走去。

这段时间人人都在争分夺秒，岳千灵为了省时间，每天晚上都会来这里买一些牛奶面包作为她和顾寻的早餐。

今天下班早，甜品店里还有不少人在买东西，岳千灵轻车熟路地拿上东西便去结账。

收银员拿识读器扫了一下她的会员二维码完成扣款，拿袋子装好她买的东西，随后弯腰从柜子里拿出一盒巧克力。

“今天是您的生日，这是我们赠送给会员的小礼物。”

岳千灵双眼倏地一亮：“这么好？”

现在甜品店的客户体验也太好了吧！

店员把巧克力塞进袋子里递给她，笑着说：“生日快乐。”

岳千灵接过袋子，笑出了两个酒窝：“谢谢！”

因为生活中这点小惊喜，岳千灵挨骂的那点不开心已经完全消失，脚步轻快地走向地铁站。

十几分钟后，她从地下通道出来，看着路边杂乱的小摊贩都觉得亲切可爱了起来。

眼看着快要到小区门口了，她低下头，把手伸进包里找门禁卡。

这时，一个陌生的女声在她身前响起：“美女！美女！”

岳千灵抬头，愕然看着眼前的女人。

这个人她见过，平时经常在附近卖花。此时她抱着一个空荡荡的桶，里面只剩一小束包装精致的玫瑰花。

岳千灵："叫我吗？"

女人点头，把那一小束花拿了出来。

见状，岳千灵连忙说："我不买花的。"

"不是叫你买，是送给你的。"女人摇头道，"今天好冷，我想早点收摊回家，就剩这一束了，干脆送给你吧。"

说完，她便把花塞进岳千灵怀里。

猝不及防收了一束花，岳千灵愣了片刻才开口："这不好吧，我要不给你钱？"

"不用！"女人转头就走，"我收摊回家了！"

岳千灵呆呆地看了她的背影好一会儿，才低头闻了闻花香。

她其实没有什么细腻的心思，也不算是一个很会生活的人，但在生日这天收到路人送的玫瑰花，足以让她感觉到生活中的小浪漫。

她想，很久很久以后她也会记得这一天。

在她忘记了自己生日的这一天，竟然收到了这么多意外的惊喜。这些连点头之交都算不上的人，让她感觉自己竟然是这么幸运的一个人。

这份喜悦从心底慢慢发芽，一点点地弥补了今天的遗憾。

从电梯出来那一刻，声控灯亮起，岳千灵突然脚步一顿。

——每件事看起来都只是小事，可是连在一起，会不会太巧了点？

她低头看着自己手里拎着的两个袋子和那束玫瑰，突然想到了些什么。

会不会是……

带着这份期待，她紧张地按开密码锁，握住门把手的那一刻就感到自己的心跳在加速。

闭眼深呼吸一口，岳千灵终于推开门。然而客厅里和今早离开的时候无异，没有惊喜，也没有顾寻。

但她心里还抱有一丝侥幸，不甘心地打开灯朝饭厅和厨房看去。

结果一样。

唉。

看来是她想多了。

顾寻最近忙成这样，怎么可能有精力给她这样的连环生日惊喜。

她长吁了一口气，看向手里那些东西。

没关系。

她自顾自地笑了笑。

那么这些小礼物就纯粹是意外之喜，可也足够她高兴一整个晚上。

走到沙发放下东西后，岳千灵揉了揉脖子，准备去换衣服洗澡。

刚推开房间门的瞬间，客厅里的灯突然灭了。整个房子陷入黑暗，显得房间里的光亮格外显眼。

岳千灵愣在原地，此时却不是害怕，而是感觉到了什么。

她的手僵握在门把手上，动了动，彻底将门推开。

随后，星空一般的光亮出现在她眼前。

她不可置信地看着房间里闪闪发亮的星星灯，一颗连着一颗，串起了她今天的所有惊喜。

她就这么一动不动地站着，只有视线缓缓移动，看见了摆在书桌上的蛋糕。

在这一刻，脚下的地板似乎也变成了柔软的云朵，将岳千灵托到恍若梦境的半空中。

一切的不真实，都是真实。

半晌后，岳千灵依然没有回过神，却被某种感应牵扯着回头。

影影绰绰的星星光影中，她看见顾寻站在玄关边，眼里映着繁星点点。

"生日快乐，宝贝。"

岳千灵一直认为自己是个不矫情的人，但听到这句话，还是很不争气地落下眼泪。

67

后来岳千灵回想起这次生日，铭记于心的不是看到星星灯和蛋糕那一刻的惊喜。

而是她一路归家所遇到的浪漫。

她想要的生日蛋糕、礼物、玫瑰花和巧克力，全都有了。

虽然不是全由他的手送出，可是他把爱意分配给身边每一个平平无奇的人，让岳千灵感觉到自己是一个幸运的人，感觉到全世界都在爱她。

眼泪落下的那一瞬间，她紧紧盯着他，目光描摹着他的轮廓，终于意识到自以为的不矫情，只是没有遇到一个让她在生日落泪的人。

热情拥吻的时候想永远年轻，而此刻，她只想一夜白头。

这一晚上是岳千灵和顾寻这段唯一的喘息时间。

他们在家里笨拙地做了一顿晚餐，把厨房搞得一团乱。吃完后又硬撑着吃了蛋糕，随后依偎在沙发上看无聊的电影。

岳千灵不记得电影讲了什么，也不知道自己是什么时候睡着的。

第二天早上，她从顾寻怀里醒来，看着窗外依然漆黑的黎明，却感觉浑身都充满了力量。

被卫翰批评的丧气一扫而光，即便前方是无边无际的深海，只要有顾寻在身边，她也感觉自己能游到尽头。

并且此时的情况也并不如先前糟糕。于顾寻而言，最艰难的引擎开发已经看见希望的曙光，而岳千灵需要做的，无非是加快效率以供应整体画面效果的呈现。

这段时间他们的生活两点一线，全天几乎有十八个小时待在公司，家于他们而言不过是个睡觉的地方，就连跨年夜也变成了一个普普通通的日子。

特别是易鸿，别人是消瘦，他却肉眼可见地过劳肥，只要双手有空，就不停地吃东西以排解压力。

当进度一步步逼近原先的时间进程表后，老板的心稍微沉了沉，也怕大家撑不住，便让所有人今晚都好好休息。

大家想的都是终于能回家好好睡一觉，只有易鸿想找个地方大吃一顿。

他见顾寻和岳千灵都瘦了，死活要请他们吃饭。

虽然他说得一把鼻涕一把泪，但岳千灵和顾寻都知道，他只是害怕自己一个人点不了多少菜。不过看破不说破，他们还是陪着他去了。

公司楼下的餐厅已经吃腻，他们去了一个稍远的商圈，找了一个看起来客人很多的中餐厅。

当易鸿点到第十个菜时，岳千灵拦住他让他克制一下，吃不完浪费。

但易鸿不肯，他说就算摆着也好看，毕竟已经很久没有正经地坐在餐桌上吃饭了，现在他的键盘里面都掉了不少米粒。

岳千灵只好由他去，倒没想到这家店味道确实不错，最后他们也没剩多少。

离开时，餐厅里依然人满为患。

易鸿走在最前面，岳千灵则跟在顾寻身后，有他牵着，她就肆意地埋头看手机。

结果没走几步，前面的人突然停了下来，岳千灵猝不及防就撞到了顾寻背上。

“怎——”话没说完，她顺着易鸿和顾寻的目光看去，在旁边的餐桌上看见了一个熟悉的背影。

如果她没记错的话，他就是那跳槽的三个主开发之一，车嘉佑。岳千灵和他并不熟，但从易鸿和顾寻的眼神中能确定这一点。

而此时，车嘉佑正和一桌人喝着酒侃侃而谈。他的声音并不小，稍微注意一下就能听到他的说话内容。

“他们原计划在大年三十那天推出实机演示视频，我当时就说了不可能，根本来不及。现在好了，开发就一个顾寻一个易鸿，其他都是些废物，能成啥事啊，我看大年三十一才搞得出来。

“那何畅就是个傻子，一个女人啥都不懂，以为自己玩了几年游戏就能做游戏了？还成天颐指气使的，真以为自己有几个臭钱就了不起了？”

这还是岳千灵回过神时听到的内容，在这之前易鸿和顾寻听到了什么她并不知道，只看见易鸿太阳穴青筋突起。

下一秒，易鸿就握着拳头冲了过去。

还好顾寻反应够快，在易鸿拳头挥到车嘉佑头上之前拉住了他。

但这一动静并不小，车嘉佑立刻转过头来，在看见顾寻和易鸿的一刹那神情僵住。片刻后，他极不自然地把头转了回去，当什么都没看见。

其实易鸿平时是一个很好说话的人，别说发脾气了，岳千灵就没见他黑过脸。但他此时面对车嘉佑，如同一个战士。

面对的不是仇人，而是倒戈的叛军。

此时他囿于教养不至于再动手，但那张嘴是谁都拦不住了。

“人家的臭钱好歹是自己赚来的，总比有些人为了点钱连脸都不要了光明正大得多。”

车嘉佑的肩膀抖了抖，像是在忍。

但最后还是没忍住，他回过身来，脸上不知是因为生气还是喝了酒，变得涨红。

“你们这种人说好听点是单纯，说难听点就是蠢，还蠢而不自知。

“但凡你们清醒一点都能知道，何畅一个女人能做出什么玩意儿？啥都不懂还成天觉得自己可牛了，你们跟着她能有什么好结果？

“现在累吧？苦吧？有钱不知道赚吧？这都是自找的！

“你也别用那种眼神看着我，我今天就把话撂这儿了，你们跟着何畅能做出东西来，我车嘉佑给你来个倒立走路！”

眼看着易鸿又要冲上去，顾寻再次拉住他，拽着他往外走。

迈步时，他却不忘回头看车嘉佑一眼：“行，那你记得养点头发，头皮这么光亮，到时候别打滑。”

“你狂个屁——”车嘉佑还没骂完，余光却瞥见岳千灵一脸崇拜地看着顾寻，而后还不忘扭头对他嘟着嘴耸肩，那表情仿佛在说“我男朋友就是好狂妄，我好喜欢哦，真的好帅哦”。

在车嘉佑气急败坏的瞬间，顾寻便一手拽着易鸿，一手牵着岳千灵离开。

当天晚上，易鸿就把这件事告诉了第九事业部的所有人。

大家自然同仇敌忾，甚至有人说不休息了，立刻就要回去加班。

岳千灵到最后也不知道那人到底有没有回去加班，总之她第二天早上到公司时，感觉四周的气氛比之前还要凝重。

只是到了这个时候，凝重归凝重，大家的心情不像之前那般焦躁，头顶压着的乌云正在一点点被驱散。

俯仰之间，隆冬终于到来。

时间进度表一格格地往前迈，终于追赶上原计划。

那天晚上，有一群人静静地站在时间进度表前，神情各异，目光却统一向前。

岳千灵不知道他们在想什么，但她却第一次在工作中感受到了“感动”这种情绪。

她终于理解了宿正为什么会在父亲伤病时依然选择回来，也明白了这群人为什么把电子游戏虔诚地奉为第九艺术。

有人说过，把事情做对是科学，把事情做好才是艺术。

直到这一刻，岳千灵才感觉到自己已经彻底融入他们，被他们所感染，追求的不再是完成任务，而是将落下的每一笔都尽全力发挥到极致。

在年纪很小的时候，岳千灵翻着她爸爸的书，看见里面有一句话：“人来这世上一趟，总得留下点什么东西证明你来过这个世界。”

那时候的岳千灵说她要成为举世闻名的大画家。可当知道大多数画家在生前都食不果腹时，她马不停蹄地踹掉了这个想法。

而现在，她似乎又回到了那个童言无忌的时候，找到了真正想要留下她标记的东西。

站了许久，岳千灵回头，发现顾寻也在不远处的会议室里看她。

目光相接的那一刻，他斜靠在椅子里，朝左偏着头，右臂抬起，拇指指了一下自己的脖子。

他没说话，但岳千灵却从他这个看起来有点狂妄的动作中接收到了他的意思。

嗯，相信你果然没错。

今年的春节来得比较晚，大年三十晚上，寒风萧瑟。地铁空无一人，路上车辆稀少，更是不见行人踪影。

灯火只亮在团圆的家里，市中心的写字楼每年只有今天会如此大规模地陷入黑暗中。

只有 HC 互娱的顶层依然灯火通明，亮如白昼。

当《贝克行星》实机操作演示视频定时统一发布到各个平台时，没有出现岳千灵想象中的欢呼声。

大家都只是一动不动地站着，围着那台电脑，目光沉沉，四周反而陷入落针可辨的安静中。

直到易鸿回过神，一声大喊划破长空：“都愣着干什么？！给我燥起来啊！”

下一秒，欢呼雀跃声终于姗姗来迟。

众人如潮水一般拥向易鸿，把他高举着抛向空中。

岳千灵被挤得趔趄了一下，随后被一只温热的手拉到后面，避开了这群疯子。

她看着他们夸张搞笑的庆祝动作，笑得前俯后仰。

其实所有人都知道，实机演示视频只是一个阶段性成果，前路还未可知。

多少前人跨过了这一步，却败在临门一脚的进程里。

他们也不知道，从这一步到游戏正式发布，还要历经多少磨难，耗费多少时间。

或许两三年，或许五六年，或许穷极一生，一切都还是一个不定数。

但这一刻，热血永恒。

喧闹之后，岳千灵突然想起什么，回头问顾寻："你手机呢？给我用一下。"

顾寻没问她要干什么，直接把手机掏给她。

岳千灵按开密码锁，翻开联系人列表，找到"车嘉佑"这个名字。她手指悬在按键上空一毫米的地方，抬头看向顾寻。

顾寻手插在兜里，也不知道在想什么，别开脸笑了一下，才朝她抬了抬下巴。

于是岳千灵拨出了这通电话。

几秒后，对面接通，却没有说话。

岳千灵也没有说话。

沉默片刻后，对方烦了："怎么，来炫耀的吗？"

"不是呀。"

当岳千灵的声音响起时，即便看不见他的脸，也能想象到此刻他正一头雾水。

毕竟这个温柔甜美的女声对他来说是陌生的。

下一秒，岳千灵笑眯眯地说："就是想问问你什么时候表演倒立行走？现场直播吗？”

忙音响起的前一刻，岳千灵拔高音调：“哎别挂啊！要不录个视频也行！我不挑的！”

听见声音，老板回过头问岳千灵：“你干吗呢？”

岳千灵把手机藏到背后，笑着摇头：“没什么，想着要不要联系一个耍杂技的给大家助兴。”

老板呵笑，随即转头拍拍手，吸引了所有人的注意力。

“大家回家过年吧！”

岳千灵长这么大第一次错过家里的年夜饭。

初一早上，顾寻送她去了高铁站。这个时候赶回家的人依然不少，候车厅里人山人海，吵闹不堪。

顾寻把行李箱递给她，低声道：“进去吧，时间不早了。”

岳千灵虽然伸手接过了行李箱拉杆，却迟迟不动。

她看了一眼候车厅的人群，低着头嘀咕道：“里面好挤，等要上车了再进去吧。”

“安检要排队，你别到时候赶不上。”顾寻笑了笑，“那就只能跟我回家了。”

岳千灵看他一眼，没再说什么，拉着行李箱慢吞吞地朝入口走去。

其实她只是有些恋恋不舍而已，同时又很想爸妈，所以才想在仅剩的时间里多跟他待一会儿。

谁知道他这么不解风情。

进入候车厅后，黑压压的人群挡住了所有视线，岳千灵看不见顾寻的身影后，只得找个空地站着。

距离检票还有十来分钟，她百无聊赖地拿出手机想给顾寻发消息。

但是一想到他刚刚催她的模样，顿时又不想理他了。

于是她打开工作群，继续看同事们发来的实机操作视频发布后的各界反响。

这才过去一晚上，就有数不清的游戏博主就这个实机操作视频写了分析长文，刷屏了各大游戏讨论板块。

岳千灵看得出神，屏幕顶端突然弹出一条微信新消息。

她勾了勾唇角，立刻打开，却失望地发现不是顾寻发来的消息。

黄婕：对了，这两天忙着过年忘了跟你说个消息。

糯米小麻花：？

黄婕：尹琴她拿 N+1 走人了！

糯米小麻花：哦。

黄婕：你不知道，那天她搬东西走的时候表情可精彩了，实习生问她怎么要走，她说她离职了，要去亲戚开的公司工作，哈哈哈。我还说她什么时候有这么厉害的亲戚了，结果没一会儿我去问陈茵，才知道她是被辞退的。

和黄婕闲聊了一会儿，广播提示开始检票，岳千灵连忙拖着行李箱朝检票口走去。

到扶梯上，岳千灵手机又振动了几下，她以为又是黄婕，便没拿出来看。

到了高铁上，她放置好行李箱，又把座位调整到一个舒服的角度后，才拿出手机。打开一看，她哼笑了声。

校草：上车了吗？

糯米小麻花：上天了。

校草：行。

校草：今天青安是大太阳，飞的时候小心点，别被烤成香辣鸡翅。

糯米小麻花：……你有病吧。

校草：给我个地址。

糯米小麻花：？

校草：前几天太忙，今天空了给你补寄一个新年礼物。

糯米小麻花：嘻嘻。

糯米小麻花：好嘞。

校草：你再敢给我派出所地址，就留在青安别回江城了。

校草：不然让你在床上躺上好几天。

岳千灵老老实实地给他发了自己家地址，并精确到了门牌号。

这样一来，她这个假期便多了一个期待。

回到家里的日子和往年过春节时没什么不同，不过岳千灵爸妈专门为她补了一顿年夜饭。

桌上，鞠云珍一边给她夹菜一边问道："顾寻没跟你一起回来？"

岳千灵嘴里嚼着菜，含混不清地说："人家也要回去陪妈妈过年，而且这段时间他太累了，折腾什么呀折腾，以后再说吧，急什么呢急。"

鞠云珍还想说什么，岳文斌连忙打断她："你操这么多心干什么，你跟他妈妈昨天不是还打过电话嘛，又不是没见过。"

鞠云珍这才努努嘴，没再继续这个话题。

初二岳千灵便跟着爸妈去舅舅家拜年，带着小侄子玩了一下午的捉迷藏。到了晚上，她以为有时间可以跟顾寻一起打游戏了，结果姑姑又带着女儿上门，让她教画画。

忙碌了一整天，到了初三，岳千灵一起床就开始翘首以盼。如果顾寻给她的新年礼物是用顺丰寄来的，今天也该到了。

于是一整个上午，岳千灵坐在沙发上陪爸妈看电视，心思却一直在手机上。

可惜直到中午十二点，厨房里的饭菜香已经传了出来，岳千灵依然没有接到快递电话。

期望越大，失望也就越大。

她频频打开顾寻的对话框想说点什么，最后直接起身去了阳台。

家里的阳台是露天的，正好能晒到初春的暖阳。岳千灵靠在栏杆上，拨通了顾寻的电话。

很快，对面接起。

“怎么了？”

岳千灵盯着对面住户的窗子，闷闷不乐地说：“没事就不能给你打电话吗？”

“这不是到饭点了吗？”顾寻不紧不慢地说，“还没吃饭吗？”

“等会儿就吃了。”岳千灵伸手揪着身边绿植的小叶子，声音听起来有点不高兴，“我的新年礼物呢？还没到啊？”

“快到了。”

“行吧。”

说完这句，岳千灵便没再继续开口。

她低着头，没好意思说出心中想的那句话。

顾寻隔着手机听出她的欲言又止，也没催，两人就静静地听着对方的呼吸声。

片刻后，岳千灵还是支支吾吾地说道：“顾寻，那个……”

“嗯，我在听。”

“就是……”岳千灵垂眼，睫毛扑扇，手指不安分地绕着发梢，正期期艾艾着，突然听见隔壁露天阳台也传来隐隐约约的说话声。

那是一道清亮甜美的女声，此时似乎也在和男朋友打电话。

“明天就参加婚礼啊。

“我大学的学长。

“是叫‘学长’啊，怎么，你大学的时候没人叫你‘学长’？”

停顿片刻，那道女声又响起。

“你不要岔开话题，你还没回答我呢，到底想没想我？

“你冷笑是什么意思？

“算了，我不跟你一般见识。

“不过我还是想告诉你……

“我好想你啊。”

听到最后一句话，岳千灵像是被传染了一样，轻声开口：“我好想你。”

电话对面安静了片刻，下一秒——

“是吗？那你低头。”

“你搞什——”话说到一半，岳千灵低下头，视线里突然出现一道瘦高身影。

而后，耳边响起他的话：“下来签收你的新年礼物。”

岳千灵目光凝滞在那一刻，视线里的人影逐渐清晰。

他就站在那里，依然穿着他喜欢的黑色飞行员外套，仰头和她遥遥相望。

几秒后，岳千灵大梦初醒般浑身一激灵，然后转身就往客厅跑。

她匆忙的身影穿过父母眼前，奔向玄关，迅速地开门。

“哎？！你上哪儿去！吃饭了！”

岳千灵没有回答，趿拉着拖鞋就朝电梯口跑去，只留给父母一个残影。

“怎么了这是？”

“不知道啊！”

鞠云珍两口子一头雾水地面面相觑，半晌才回过神，拿起手机要给岳千灵打电话，却发现她连手机都没带。

又等了十来分钟，还没见岳千灵回来，两口子这下更迷茫了。

就在他们犹豫着要不要追下去看看情况时，门口突然传来动静。

两人齐齐扭头看过去。

明亮的门口，岳千灵半弯着腰探头和他们对视，脸颊红红，也不知道是因为开心还是因为刚刚跑得太快。

总之，鞠云珍两口子都没有出声，只是齐刷刷地盯着顾寻。

顾寻坦坦荡荡地站着，估摸着两位长辈打量得差不多了，没从他脸上挑出什么错，这才开口道：“叔叔阿姨新年好，我来给你们拜年。”

岳文斌还没反应过来，鞠云珍却已经调整好了表情，面不改色地用手肘撞他：“还不去加副碗筷？”

鞠云珍两口子也不至于因为顾寻的到来惊讶太久。

至于他为什么突然出现，他们没问，心里却门儿清。

毕竟谁还没年轻过。

鞠云珍虽然和顾韵萍是大学同学，但两人毕竟联系甚少，和顾寻更是一共只见过两次面，所以当顾寻进屋的那一刻，鞠云珍就以目光审视着他。

在这之前，夫妻俩对顾寻的认知大部分都来源于岳千灵的描述，此刻难得又见上面，他们便迫不及待地问东问西，像是在一一证实岳千灵说的都是真的。

岳千灵也确实没有撒过谎，两口子问了半晌，哪儿还能对顾寻挑出什么不满意的。

饭后，鞠云珍琢磨着自己下午有牌局，便让岳千灵带顾寻出去逛逛，晚上记得回来吃饭就行。

今年正月气温比往年都要高些，两人穿得轻便，十指相扣，慢慢悠悠地走过青安的大街小巷。

岳千灵其实也不知道带顾寻去干什么，只好学着他之前的方式，带他走过她的小学、初中、高中，和学习美术的画室。

一路上，她滔滔不绝跟他讲着自己印象中的每一件事。

有的东西分明早就埋葬在记忆深处，不知为何今天全都冒了出来。

她时而兴奋，时而惋惜，时而手舞足蹈，时而捶胸顿足，像一个挥墨者，把自己的青春卷轴绘声绘色地铺展在顾寻面前。

直到暮色冥冥，岳千灵终于讲累了，拉着顾寻走进一家装潢简朴的奶茶店。店里只有三四张桌子，全都空着，老板闲得在柜台里打盹儿。

她点了两杯奶茶，等老板制作的时候，又习惯性地跟顾寻介绍：“初中那会儿，我每周去画室都要来这里买一杯奶茶，又便宜又好喝。后来喝到的奶茶都比不上这家味道好。”

说完没多久，两杯奶茶就摆在了他们面前。

顾寻刚把吸管插好递给岳千灵，便听到一阵闹腾声。

是四五个高中生模样的男孩进来了，他们就坐在岳千灵旁边那桌，仅隔着一米宽的过道，从进门那一刻就没安静过，到这会儿也不消停，奶茶也堵不上他们的嘴。

而且他们刚打过球，带着一身汗味又吵闹不堪，岳千灵有些受不了这样的环境，打算和顾寻离开。

刚拿起奶茶，却听见那桌男孩的话题一转，说到了游戏。

“你们看年三十晚上那个《贝克行星》的宣传片了没？好牛啊！”

岳千灵的听力从来没有这么灵敏过，抓到关键词的同时，放下了手里的奶茶。

她抬头看顾寻，他也盯着她抬了抬眉梢，两人就这么安静地坐着，光明正大地偷听别人说话。

“我看了啊，还在班群里发了，结果被发红包的刷上去了。”

“真牛啊！我光是看个操作视频都感觉到枪械打击感了，而且居然连子弹落地的声音听着都特别真实。”

“人物动作设计也很绝，就那个拔枪的动作，太酷了，我看着好爽。”

“不过我看有人说，实机画面里的东西肯定不是实时渲染的，多半是为了宣传做的动画，你们也别太认真。”

“放屁，那些傻子懂不懂游戏啊，没看有人都捕捉到了子弹飞行时阴影生成延迟的痕迹吗？这板上钉钉的实机演示好吧。”

在他们的吵吵闹闹中，顾寻一直没有说话，只是安静地听着。

其实自《贝克行星》发布实机操作视频那天晚上起，引起的反响在这两三年几乎是绝无仅有。

还不到七十二小时，除了游戏玩家的热议，还有各个游戏大厂抛来的橄榄枝，以及各个领域的空前关注。

但这些资本的欣赏，远不如亲耳听到普通玩家的夸赞来得真实。

那边有个人又说：“官方有没有说什么时候能正式发布啊？！我已经无聊很久了，总不会再等个三五年吧？”

顾寻在自己桌上低声接话：“谁知道呢。”

“是啊。”岳千灵转头，把顾寻话里的意思转达给那群小孩，“管它三年还是五年，总归那一天一定会来。”

“……”

那几个人都扭头看着岳千灵和顾寻，或许是觉得他们奇奇怪怪的，于是端着奶茶窃窃私语地离开了。

奶茶店又空荡了下来。

金乌西坠，余晖映在顾寻脸上。

岳千灵捧着下巴看着他，感觉眼前这个少年好像永远都是这样金光闪闪的。

“你开心吗？”她问。

顾寻漫不经心地说：“当然开心啊。”

岳千灵转而撑着太阳穴，偏头看着他。

“幸好你当时挺住了，现在想想很值得吧？有了它，你的所有努力都有人见证，未来的日子也有了明确目标。”她伸手戳了戳顾寻的胸口，“这多幸运啊，好多人一辈子都没有到达过这种状态，好好珍惜你的第九艺术。”

夕阳光束洒在两人之间，顾寻的眸子被映成了淡淡的琥珀色。当他垂眼看向岳千灵时，眼神越过光束，虔诚而又清澈。

“照你这么形容，”他说，“你才是我的第九艺术。”

语音通话

【糯米小麻花】向你发起了语音通话。

拒绝　接听

番外一　你是不是怀孕了

岳千灵回到家里的时候，秋风正把最后一片绿叶带走。

她看着光秃秃的枝干发了一会儿呆，本想挂点小铃铛上去点缀些色彩，但这个想法只在脑海里停留了两秒，就因一个大大的哈欠而打消。

又是一年夏去秋来，岳千灵一如既往地开始犯困，在沙发上坐了一会儿便不知不觉睡了过去。

直到一阵手机振动声把她吵醒。

印雪：今天干吗呢？

糯米小麻花：保养大脑。

印雪：？

糯米小麻花：发呆。

印雪：……

印雪：：去不去吃火锅？

糯米小麻花：不想吃火锅。

印雪：那吃烤肉？

糯米小麻花：不吃，好油腻。

印雪：那日料吧！

糯米小麻花：不想吃生的。

印雪：那你到底想吃什么？

岳千灵懒洋洋地躺在沙发上，跷着二郎腿，用一根手指慢吞吞地戳键盘。

糯米小麻花：酸菜鱼。

糯米小麻花：酸辣汤。

糯米小麻花：醋熘白菜。

印雪：怎么全是酸的?

糯米小麻花：最近都没胃口，我连吃三天酸菜鱼了，只有这些能开胃。

印雪不知道干什么去了，没再回她消息，取而代之的是方清清发来的一条链接。

方清清：今天卫生棉打折，四舍五入就是不要钱啊，姐妹们冲啊!

糯米小麻花：不了，之前囤的还没用完。

糯米小麻花：老天爷为了让我省钱，上个月都没让我见姨妈。

这时候印雪冷不丁冒泡。

印雪：你确定老天爷是为了让你省钱?

印雪：而不是天赐你一子?

岳千灵把这两句话看了三次，手机突然砸到她脸上，伴随着她的嗷嗷叫，手机滚落，不偏不倚地砸到了桌角上。

鼻梁上的疼痛还没缓解，岳千灵颤颤悠悠地起身捡起手机，果然见屏幕碎了一大片。

她含泪看着印雪发出的灵魂质问，半晌不知道回什么，脑子里只有千万只蜜蜂同时在鸣叫。

几分钟过去。

印雪：人呢?

糯米小麻花：刚刚被吓得手机都摔坏了。

印雪：看来肚子里还是个不省心的。

糯米小麻花：……

在沙发上呆坐两分钟后，岳千灵丢下手机拔腿就朝卫生间跑去。

去年圣诞节那会儿，她发现自己莫名其妙长胖了不少，再注意到月经竟也推迟了一周时，“怀孕”这个熟悉又陌生的词像烟花一般在她脑海里引爆，炸得她六神无主。好在当时她刚买回孕试纸，还没来得及用上，例假便大驾光临，可算让她松了一口气。

岳千灵没想到这个试纸这么快又派上了用场，把它从卫生间的洗漱柜里掏出来时，深深吸了一口气，才鼓起勇气拆开了包装纸。

二十分钟后，江城体育中心。

刚刚中场休息的顾寻接过朋友扔过来的矿泉水，没急着喝，而是习惯性地去场边拿起手机看一眼。

七八个未接电话，全来自同一个人。

顾寻眉头轻皱，正想回拨的时候，一通电话又打了过来。

他接起时，还在重重喘气："怎么了？"

"你现在快回来。"

不知是不是体育场环境太嘈杂，顾寻总觉得岳千灵的声音有些颤抖。

他立刻拎起自己的东西，一边朝出口走，一边问道："怎么了？"

"我……"岳千灵刚说了一个字，就通过手机听到有几个人在喊顾寻，她沉默了一下，语气突然扭捏了起来，"你先回来我再跟你说。"

听这个回答，觉得应该也不是遇到了什么安全问题，顾寻便没再追问，跟朋友们说了声"有事"便离开了体育中心。

这个时间点恰逢堵车，顾寻花了近四十分钟才到家。

此时夜幕已经降临，屋里没开灯，氤氲的夕阳光影透过窗帘缥缈地映在客厅里。

听到开门声，岳千灵也没回头，像一座雕塑般坐在沙发上。

顾寻疑惑地看着她的背影，不轻不重地走过去："你怎——"

当他目光不经意触及岳千灵面前的茶几上时，说到一半的话突然卡在了喉咙里。

在如此昏暗的环境里，试纸上一深一浅的两道杠格外显眼。

客厅突然安静到落针可辨。

岳千灵花了一个小时来消化这件事，心情稍微平静，但双眼却愤愤地瞪着顾寻。

“你自己说，你是不是……”岳千灵目光微闪，低下头的同时声音也变小，“有哪次没戴那个？”

“不可能。”比起岳千灵在说这种事情时候的羞赧，顾寻则像在讨论晚饭吃什么一样平常，我每次都戴。

心知现在不是脸红的时候，她别开头，对着窗户说话：“那你是不是中途摘了？”

顾寻气笑：“我在你眼里是这种人？”

他看不见岳千灵的眼神，只听她嘀咕道：“本来也算不上人。”

岳千灵绞尽脑汁也想不出是哪个环节出了意外，抱着枕头在沙发上像个不倒翁一般摇摆。

“怎么会这样呢……难道我们就是那 0.1%？不应该啊……”

见状，顾寻摁住她的头，让她停止摇摆。

“你别着急，这东西准确率也不是百分之百，明天早上我们去医院检查。”

“上午有例会不能请假，看看下午有没有时间吧……”

岳千灵说完便把头埋在了顾寻胸前，用额头蹭着他，却不再说话。

顾寻明白她的欲言又止，揉了揉她的头发，将她圈在怀里低声问：“虽然我不舍得让你做手术，但如果你不想要，做什么决定我都支持。”

岳千灵的眼睛突然涌上一股热意，说不上来是何种情绪在作祟，因为此刻她既害怕，又有点惊喜；明知不应该，却又有些期待。

静谧的傍晚，岳千灵就这样靠在顾寻怀里沉默了许久，不知道在想什么。

直到天色全黑，她终于抬起头，揉着眼睛打算去洗澡。

刚站起来，她想到了什么，又转身拍了拍顾寻的肩膀：“你也别想太多，不要太自责。”

顾寻见她神色终于轻松，便也笑：“嗯？你还安慰起我来了？”

岳千灵：“毕竟孩子爸也不一定是你。”

顾寻：“？”

岳千灵打了个哈欠朝房间走去：“也可能是酸菜鱼。”

“……”

第二天一早，第九事业部例会结束后，岳千灵抱着电脑回到自己的工位，拉开椅子正要一屁股坐下去，突然想到自己肚子里还有一个人——哦不，是一颗受精卵。

于是，她每一个动作都变得很轻。

即便坐了下来也担心会不会挤压到哪里，每隔几分钟她就调整一下姿势。

半小时后，旁边的同事扭头问她：“你不舒服？”

岳千灵干笑两声：“是有点不舒服。”

“那你趁今天还比较闲，赶紧去医院看看吧。”同事关切地凑过来说，“等明天忙起来了也不知道什么时候才能请假。”

岳千灵恍惚地点点头：“好，我下午就去。”

另一边，易鸿遇到了一个难以解决的问题，连暴力测试都尝试过了也没能解决，只好去求助顾寻。

可是他找到顾寻时，只见他眉头紧蹙，一只手抵着下巴，一只手滑动鼠标，似乎正专心致志地看着什么资料。

易鸿在要不要打断顾寻思路的犹豫不决中，挪到了他的身后。

抬头一看，宽大清晰的电脑屏幕上赫然出现了一个花里胡哨的育儿网站，并且该标签页还有一个非常醒目的标题——“保姆级教程：新手奶爸必须知道的十件事”。

第九事业部的管理非常扁平化，请假流程也不复杂，甚至有时候只需要跟领导说一声就行了。

但半个多小时过去了，岳千灵还没收到卫翰的回复，便打算直接去找他。

卫翰此时并不在办公室，岳千灵在他门口等待的几分钟里，隐隐约约有一股不祥的预感。

如果她真的怀孕了，必定跟不上现阶段的工作进度，等休几个月产假回来，想补上空缺更是不可能了。所以老板要是知道了这个消息，想必只会觉得恨铁不成钢。

思及此，岳千灵莫名打了一个寒战。

战栗感还未消失殆尽时，卫翰的身影出现在了视野里。他低头看着 iPad，脚步匆匆，神色忙碌，到了办公室门口才发现岳千灵的存在。

两人目光相接的那一刻，眼神各异。

岳千灵心头一沉，感觉自己的预感大概是要成真了。

下一秒，卫翰便问："你是不是怀孕了？"

岳千灵："……"

她来不及思考，立刻否认："没有啊！这怎么可能？我怎么可能在这种关键时刻怀孕？我还有好多工作呢！"

卫翰倒也没太大反应，只是点了点头。

"那你就是被绿了。"

番外二　求婚

多亏了易鸿那张嘴，短短二十分钟，整个第九事业部都知道岳千灵怀孕了。

她向卫翰请好假后，直接去了卫生间，两个正在排队的女同事看见她进来，默默对视一眼，然后让开了位置，以一种关爱老弱病残的眼神看着岳千灵："要不你先吧。"

岳千灵一时竟不知道该说点什么才好。

沉默几秒，岳千灵尴尬一笑："谢谢。"

上完洗手间，岳千灵顶着同事们过度关爱的慈爱目光从卫生间离开。

回工位的这段路她熟得不能再熟，去茶水间倒了一杯果汁，边低着头看手机边往回走，没注意四周的人。

刚走了两步，突然有个同事蹿出来拉了她一把。

"小心台阶！"

岳千灵低头看了一眼只有十厘米高的台阶，又看了一眼殷切的同事，突然觉得手里的果汁都不甜了。

"谢谢……"

原本打算请好假就和顾寻一起去医院，此时此刻，她一点都不想跟他同框，否则公司明天大概就会传出他们要买学区房的谣言了吧。

到了下午四点，岳千灵收到了顾寻的消息。

校草：我忙完了，什么时候去医院？

岳千灵原本也正准备出去，便草草打了几句话。

糯米小麻花：算了，你忙你的，我自己去。

糯米小麻花：检查很快就好，犯不着兴师动众。

收了手机，刚到楼下，他的电话便来了。

“真不用我陪你去？”

岳千灵在他问这话时纠结了几秒，还是拒绝了。

“不用。”她看了眼朝这边驶来的出租车，敷衍地说，“车来了，我先挂了。”

“……”

跟司机报了地址，岳千灵打算睡一会儿，让自己紧张的心情变得稍微平静点。

倏地，手机又是一振，岳千灵点开一看，是顾寻发来的位置共享。

糯米小麻花：干吗？

校草：看看你在干吗。

岳千灵低头笑着，连接了位置共享。

到了医院后，她倒没时间去注意手机，跟着流程做了各种检验以及最重要的血 HCG 检查，一个多小时后，结果出来了。

岳千灵盯着检验单看了好一会儿，虽然字都认识，但还是执意问医生：“这是确定没有怀孕的意思吗？”

医生看她一眼，淡淡地说：“没有。”

岳千灵迷迷瞪瞪地愣了一会儿：“可是我用试纸测出来是阳性……”

“你看看你的试纸是不是质量有问题。”医生说，“也有可能是过期了或者受潮了。”

回家的路上，岳千灵的思绪依然没能完全回笼。

怀孕这件事虽然算得上虚惊一场，但确认是乌龙后，她却有一点怅然若失的感觉。

她偏头靠着车窗，看着路边飞速倒退的绿植，脑海里出现了许多未来的画面。

虽然现在还不是时候，但是她想，在不久的将来，她和顾寻应该会有一个可爱的孩子。他曾经说过他喜欢女儿，其实她也喜欢。人们说女肖父，他们的女儿肯定会是一个漂亮宝贝。

沉浸在憧憬中，不知不觉便到了家。

岳千灵下车时才惊觉自己还没有告诉顾寻这个消息，拿出手机，刚打出一行字，突然顿了片刻，随后全部删除。

糯米小麻花：就说怎么办吧。

糯米小麻花：你要当爸爸了。

发出去后，岳千灵慢悠悠地走进小区，脑补着顾寻的表情。

直到她进了电梯，顾寻也没回消息。岳千灵突然觉得索然无味，逗他的心思都少了一半。

回到家里，岳千灵换了身睡衣，躺在沙发上给顾寻打了个电话，等了好一会儿他才接起。

“怎么样？医生怎么说？”

如果岳千灵没听错的话，他说话的声音竟然有点喘？

这么紧张的吗？

“你没看手机吗？”岳千灵叹了口气才又继续说，“我怀孕了，你要当爸爸了。”

他没再说话。

岳千灵心情大好，将一条腿搭在另一条腿的膝盖上，盘算着怎么继续骗他一下。

刚琢磨好措辞，家里的门突然被打开。岳千灵立刻回头看过去，顾寻就站在门口直勾勾地看着她，双眼漆黑，额头上还有汗。

“你干什么去了？”岳千灵放下自己的腿，蒙蒙地坐直，“怎么还出了一身汗？”

顾寻依然没回答，反手关上门后便迈腿朝她走来。

在距离岳千灵两步远的地方，他突然停下脚步，深深地看着她。

从进门到现在他便没有说过话，在冥冥暮色中，岳千灵看着他的眼神，却感觉到了什么。

果然，下一秒，她眼前的男人掏出了一个深蓝色的丝绒盒。

当盒子递到她眼前时，顾寻握住她的手，单膝跪了下来。

岳千灵瞬间瞪大了双眼，连呼吸都停滞。

感觉到她的手在颤抖，顾寻握得更紧了。

“本来想多准备一下，但是今天下午，在楼上看见你一个人去医院，突然觉得不能等了。”他把盒子打开，一枚精致的钻戒在昏暗的屋子里闪闪发亮，“嫁给我，好不好？”

他在求婚。

终于确认了此时正在发生什么的岳千灵大脑轰然炸开，耳边却安静地只能听见自己的心跳声。

好一会儿过去，顾寻晃了晃岳千灵的手：“在吗？”

岳千灵骤然回神，依然懵懵懂懂的：“啊？什么？”

顾寻感觉自己腿有点麻。

“稍微尊重一下正在跟你求婚的男朋友行吗？”

“不是，哎……”岳千灵结结巴巴地说，“你快起来快起来，我、我没怀孕。”

顾寻抬眉，眼里流露出几分惊诧。

岳千灵知道玩笑开大了，慌张得不知道要做什么，低头对上他诚挚的眼神。她心跳得很快，于是用另一只空着的手捂住眼睛，支支吾吾地说：“检查结果出来了，我没怀孕，应该是试纸在卫生间放了太久受潮了。”

说完后，并没有听到顾寻的回答。

岳千灵只好慢慢放下自己的手，无奈地说：“我刚刚就是跟你开个玩笑，你快起来，东西快收起来。”

但顾寻并没有松开手。

她垂眼，看见顾寻的眸子里竟然还有几分失落。

岳千灵是真没想到顾寻居然真的想要孩子，她张了张口，正想说“你还年轻，孩子总会有的”，顾寻就抢在她之前开口：“你没怀孕就不愿意嫁给我吗？”

岳千灵：“啊？”

顾寻沉沉地看着她：“我就只能父凭子贵？”

当反应过来他在说什么的时候，岳千灵没忍住，“扑哧”一声笑了出来。

顾寻也露出了笑，轻晃她手：“给不给个父凭子贵的机会？”

今天的天空余霞成绮，是江城难得一见的艳丽秋景。

大家都忙着记录此刻的美景，纷纷在朋友圈晒出自己拍的晚霞。角度千变万化，拍出来的照片却大同小异。

直到岳千灵也加入了这支队伍。

她的晚霞照片跟别人也没什么不一样，只是角落里不经意露出一只戴着钻戒的手而已。